翻轉學

不拖延、不依賴靈感的
寫作達標術

暢銷作家、教授、編輯、記者、自媒體創作者……
萬人實證有效的高產出習慣

BEC EVANS & CHRIS SMITH
蓓蔻・艾文斯 & 克里斯・史密斯 著
閻蕙群 譯

How to keep writing
and build a habit that lasts

「我不喜歡寫作,但我喜歡寫完之後的成果。」*

—— 吉米・麥高文(Jimmy McGovern),
英國知名犯罪懸疑劇《心理追凶》(*Cracker*)原創者與編劇

---

* 雖然麥高文確實說過這句話¹,但「名言調查員」(Quote Investigator)網站指出,說過這句話或類似話語的名人頗多,包括《時代雜誌》前總編輯赫德利・唐納文(Hedley Donovan);《金銀島》(*Treasure Island*)作者羅伯特・路易士・史蒂文生(Robert Louis Stevenson);1970年代美國熱門情境喜劇《天生冤家》(*The Odd Couple*)的編劇群:奇幻小說作家喬治・R・R・馬丁(George R.R. Martin);小說家法蘭克・諾里斯(Frank Norris);作家桃樂西・派克(Dorothy Parker);演員兼劇作家・娜莉亞・奧提斯・史金納(Cornelia Otis Skinner);編劇兼導演席尼・謝爾敦(Sidney Sheldon);伸張女權的作家暨社運人士葛蘿莉亞・史代能(Gloria Steinem),以及1936年為路易斯安那州某報社撰稿的未具名記者,可見此話令許多作家心有戚戚焉。

目錄

好評推薦		10
推薦序	破解拖延的寫作實戰心法， 獻給想持續前進的你／鄭緯筌	15
推薦序	建立一個真正適合你的寫作習慣／奧利佛・柏克曼	19
前言	那些能一直寫下去的人，做對了什麼？	21

Part 1　寫作方法

第 1 章　打破規則
—— 因為這些規則是寫給別人的　　38

迷思如何操控我們
當模仿成了阻力
「每天寫作」神話的崛起與瓦解
完成寫作的方法不只一種
一個轉念，改變寫作人生
定型心態與成長心態
你的寫作信念是否屬實？

第 2 章　自定規則
── 對自己來場科學實驗　53

拖延與停滯
寫不出「夠好」的第二本
承認自己卡關了
溫和的百日寫作
用心注意自己做事的方式
過程比結果更重要
更用心注意寫作過程
記下思考歷程
寫作方法不只一種
停掉「自動駕駛」式的寫作

Part 2　開始寫作

第 3 章　規劃時間
── 注意你的寫作過程　72

將寫作融入生活中
隨興寫作法
每日例行寫作法
追劇式寫作法
固定排程寫作法
不要拘泥於一種方法

沙盤演練──規劃時間

第 4 章　設定目標
── 找到寫作之旅的方向　　　　　　　　95

想像一個正面的結果
有目的的「腦中演練」
心動不如行動
寫得更多、更久
成功設定目標的五個面向
越具挑戰性，越可能激發行動
讓夢想變得更聰明
夢想需要行動才能實現

沙盤演練──設定目標

第 5 章　踏出第一步
── 從小處做起，進步隨之而來　　　　113

從小處著眼
動機並不可靠
最小、最容易開始的方式
小步前進，能成就大事
鷹架式出版的力量
建立行動節奏
設定漸進式的次目標

沙盤演練──踏出第一步

第6章　停止分心
—— 主動掌控你的注意力　　　135

盛名之累
分心是人類的天性
思考很花力氣
除障思考
選擇環境設計
想繼續寫的時候停下來
正確應對分心

沙盤演練——停止分心

Part 3　持續寫作

第7章　培養韌性
—— 巨大挑戰，小步前進　　　158

不出書就出局
人人皆可培養韌性
當寫作成了義務
做小事讓你前進
如何培養韌性
寫作目標需要有意義
不要硬撐

沙盤演練——培養韌性

第 8 章　養成習慣
―― 讓你日復一日的堅持下去　　　178

寫作習慣可以追蹤
習慣的力量
追蹤寫作進度與感受
追蹤績效
有效養成習慣的基礎
咖啡與寫作情境
啟動大腦的獎勵迴路
讓寫作變得愉快的方法

`沙盤演練――養成習慣`

第 9 章　與人合作
―― 寫作中的社群動力　　　201

讓他人協助你
鼓勵競爭的殘酷教室
競爭好還是合作好？
歸屬感的力量
在共同目標下寫作
合作無間的最佳拍檔
集體創作的多重面貌
我們如何寫出這本書？
寫作也需要問責機制
與人連結，是創作之路的養分

`沙盤演練――與人合作`

第 10 章　走向精通
—— 堅持下去，會越寫越好　　229

從遊戲到出版
「如何練習」更為重要
有目標的練習
刻意練習之路
向頂尖師資精進寫作
從信任導師到自我教練
如何教導自己

沙盤演練——走向精通

結語　　數量迷思　　　　　　　　　　251

邁出下一步　　　　　　　　　　　　　263
謝辭　　　　　　　　　　　　　　　　264
引文出處　　　　　　　　　　　　　　267

好評推薦

「清新坦率的寫作之道——作者明快的筆調讀來振奮；無論專業寫作者或新手，都會迫不及待開始敲鍵盤。」
——出版人週刊（Publishers Weekly）

「它不賣萬用解法，只帶你辨識並建立屬於你的最佳寫作流程。」
——《富比士》（Forbes）

「給想為自身學術寫作找到新路徑、並協助他人的讀者，一本關鍵的實務指南。」
——倫敦政治經濟學院（London School of Economics）

「這是一本對各階段寫作者都極具價值的指南。兩位作者深知創作過程極其個人化，他們提供了大量睿智且富有同理心的建議，能幫助寫作者打破無效的創作模式，並制定靈活且務實的寫作計畫，以實現可持續的長期創作力。」
——梅森・柯瑞（Mason Currey），
《創作者的日常生活》（Daily Rituals: How Artists Work）作者

「這是一本引人入勝且極其實用的書,我強烈推薦!」
——大衛・昆蒂克(David Quantick),
小說家、艾美獎獲獎影集和《幕後危機》(*The Thick Of It*)編劇

「多麼可愛又友善的一本書啊!它讓我感到愉快、振奮、不再孤單,並且迫不及待地想要繼續寫作。強烈推薦!」
——凱茜・倫岑布林克(Cathy Rentzenbrink),回憶錄作家,
《寫下一切》(*Write It All Down*)作者

「這本關於如何寫出好文章的書,寫得非常出色,對任何希望提高寫作效率的人來說都極具價值。如果你是個寫作者,請成為這本書的讀者吧。」
——羅伯特・席爾迪尼(Robert Cialdini),
《影響力》(*Influence*)作者

「一本有趣且包含豐富資訊的指南,幫助你克服寫作中最棘手的障礙。」
——嘉蓓爾・歐廷萱(Gabriele Oettingen),
《正向思維新解》(*Rethinking Positive Thinking*)作者

「本書闡述了幾乎每位寫作者都會面臨的挑戰，並針對為何無法完成作品的許多誤解和傳說，提供了切實可行的解決方法。本書將幫助你規劃寫作生活，並指導你如何對待寫作這門藝術。」

——雷尼・桑德斯（Rennie Saunders），
「安靜寫作！」（*ShutUp&Write!*）創辦人兼執行長

「這不僅是一本關於提高生產力的書——大多數寫作者已經擁有不少這類書籍，但沒有一本能真正觸及寫作如此困難的根本原因。本書與眾不同：它不僅基於作者自身的經歷，還匯集了他們多年來與數千名寫作者合作所積累的經驗。無論你寫什麼，無論你遇到什麼困難，你都可以在本書找到切實可行的解決方法。這本書溫暖、睿智且實用，它值得在你的書架上占有一席之地。」

——艾莉森・瓊斯（Alison Jones），
《探索式寫作》（*Exploratory Writing*）作者

「這本書有兩點我特別喜歡。首先，蓓蔻和克里斯並沒有假設適合某位知名作家的方法也適合你，他們強調的是幫助每位作家找到最適合自己的寫作方式。其次，這並非僅憑直覺，而是基於對作家寫作方式的深入研究，強烈推薦。」

——奈傑爾・沃伯頓（Nigel Warburton），
《哲學的40堂公開課》（*A Little History of Philosophy*）作者

「在我的工作中,沒有什麼比一張空白的頁面更令人感到恐懼的了,卻也沒什麼比完成並出版一本書更令人滿足和興奮的了,本書會全程陪伴你走完這個過程。蓓寇和克里斯注重實用性,並以令人欽佩的專注力聚焦於需要改變的習慣,為了幫助你將文字『公之於眾』。如果你想從『寫作』到『成書』,那麼你需要這本書。」

——格雷安‧艾科特(Graham Allcott),「Think Productive」創辦人、《如何成為生產力忍者》(*How to be a Productivity Ninja*)作者

「蓓寇和克里斯的克服拖延症課程,是我們『Reedsy Learning 線上寫作課』最受歡迎的課程之一,因此我很高興看到他們把既實用且富有啟發性的建議整理成書——它真的非常有效。」

——雷卡多‧法耶特(Ricardo Fayet),Reedsy 共同創辦人

「令人耳目一新且極具實用性。知道寫作並沒有唯一的正確方式,這種自由感令人欣喜!我喜歡這本書的廣度和深度——它既收錄了資深作家們的心得和創作過程,又提供了極其實用的技巧和練習,告訴你接下來該做什麼。這本書值得成為每位寫作者書架上最常翻閱的手冊。」

——葛蕾絲‧馬歇爾(Grace Marshall),《如何真正提高生產力》(*How to be Really Productive*)作者

「我翻遍了我的作家自助藏書，沒有一本能與本書相提並論。在我看來，本書可能決定了你手稿的生死：要不繼續躺在抽屜裡不見天日，要不順利出版被放到書架上販售。我知道很多寫作者會從本書受益，因為我就是其中之一。」

——威爾・孟繆爾（Wyl Menmuir），
入圍布克獎的小說家、寫作老師、《大海的吸引力》（The Draw of the Sea）作者

「引人入勝且極具權威——為所有寫作者提供經過實踐驗證的建議，無論他們處於寫作生涯的哪個階段皆適用。」

——黛比・泰勒（Debbie Taylor），Mslexia 創辦人兼編輯

「這本書是任何努力養成寫作習慣的人（我們大多數人！）不可或缺的夥伴。有了蓓蔻和克里斯的陪伴，寫作之路將不再孤單，也更容易實現。我們將在未來數年廣泛與我們的寫作社群分享這本書。成為作家沒有神奇祕方，但這本書已經非常接近了。拿起它，開始行動——然後放下它，開始寫作。」

——馬修・特里內蒂（Matthew Trinetti），
倫敦作家沙龍共同創辦人

「在我出書的過程中，蓓蔻和克里斯提供了很大的幫助，他們對創意生產力的深刻見解和淵博知識，為我提供了靈感和支持，以及實用的工具，陪伴我堅持下去，並建立更注重心態的寫作實踐。我對他們的書感到非常興奮，因為它將幫助許多寫作者。」

——路易絲・巴塞特（Louise Bassett），
《隱藏的女孩》（The Hidden Girl）作者

推薦序
破解拖延的寫作實戰心法，
獻給想持續前進的你

——鄭緯筌，
世新大學新聞學系兼任講師、《經濟日報》專欄作家

我在企業、大學教過很多人寫作，曾以為寫作的最大敵人是時間不夠或沒有靈感。直到有一天，我在臺北某間咖啡館裡，眼看著隔壁桌客人的咖啡從熱騰騰變成溫涼，Word 畫面卻還是空白一片時，我才意識到真正的敵人，從來不是時間，而是自己。

那天，我一邊啜飲咖啡，一邊偷偷觀察隔壁桌的客人。只見他先是檢查了三次信箱，然後滑了十多分鐘網路論壇，接著又到 YouTube 看了幾段職棒比賽的精華。一個小時之後，咖啡杯裡只剩下幾口冷掉的液體，但這位老兄的 Word 畫面還是一片空白。

別再等完美時機，它必須被創造

我們很常見到這種拖延的現象，我相信應該很多朋友都

很熟悉。那麼，我們該如何克服拖延症呢？直到我讀到《不拖延、不依賴靈感的寫作達標術》，我才明白很多人過去一直陷在一個迷思裡：等到靈感來了、等到環境完美了，或是等到時間剛剛好才願意動筆。但事實上，那個「剛剛好」的時機也許永遠不會自動出現；換句話說，它必須被創造。

身為一個長年在商管與傳播領域寫專欄、也教學生寫作的老師，我看過太多一本正經的寫作建議，像是：每天寫一千字、清晨五點起床或一定要在安靜的房間裡才能創作⋯⋯

以前我也深信不疑，直到這本書用一個個故事告訴我：不同作家有完全不同的節奏，有人喜歡追劇式爆發，有人偏好細水長流；有人必須早上動筆，也有人卻在午夜的效率最高。

我特別喜歡書裡談到加拿大小說家瑪格麗特・愛特伍（Margaret Atwood）的例子。她曾經在冰天雪地的英國鄉間，和一個都鐸時期的小說題材死磕半年，最後什麼也沒完成，卻意外從這段失敗中誕生了《使女的故事》（*The Handmaid's Tale*）。那種繞了遠路才找到方向的過程，其實就是創作過程的真實樣貌。

寫作難，常卡在心理而非技巧

書中有一段話特別打動我：「寫作困難的真相，不只是技巧，更是心理障礙。」嗯，這一段話讓我太有共鳴了。就算身為資深講師，也出版過十多本書，我依然會被「我寫得夠好嗎？」這種疑問拖住腳步。特別是當我同時身處學術圈與商業

圈，看到同行的佳作時，那種比較與懷疑會不斷打擊自我。

這本書提醒我，寫作需要的不只是時間管理，更是一套能支撐你心理狀態的系統。對我來說，這套系統包括：固定的寫作時段、一杯手沖咖啡、把手機放在手搆不到的地方，以及一個能夠相互鼓勵、打氣的寫作夥伴。

這讓我想到，我在大學任教帶學生做專題時，也常強調支持系統的重要性。學生不是不知道怎麼寫，而是缺乏那個讓自己持續下去的環境與陪伴。

我認為，靈感靠行動得來，不是憑空掉下來的。本書的作者用很多案例提醒我們，動機是行動的副產品。你不必等到有寫作感覺才動筆，反而要先動筆，感覺才會慢慢跟上來。

對於很多剛開始學習寫作的朋友，我會推薦他們採用「15 分鐘寫作法」：只要在手機上設定好時間，不管文筆好壞，先設法寫滿 15 分鐘。這個方法其實不難，很多人會不知不覺寫到 40 分鐘，甚至 1 小時，因為一旦跨過門檻，手感就會回來了。

我在某些企業作培訓時，也會把這個方法傳授給需要寫報告或做簡報的學員。有人原本要花三天才能完成一份提案，結果用這種小步快走的方法，只花半天就寫好了初稿。

書中談到的「追劇式寫作法」與「每日例行寫作法」，不但讓我覺得印象深刻，也藉此重新檢視自己的節奏。我發現自己在不同任務中，會切換不同模式：好比在寫專欄或教案時，我傾向每日例行，保持穩定輸出；但在衝刺書稿或研究報告時，我會進入追劇模式，連續幾天專注沉浸其中。

看完這本書，也讓我釋懷：原來不必死守某一種模式，彈

性切換才是長久之道。舉例來說，還記得有一次我接下一份跨國顧問案，需要在兩週內完成多達 100 頁的研究簡報。我索性安排自己進入閉關模式——每天早上 8 點到咖啡館，下午 4 點收工，不應酬也不接新專案。結果，我不僅準時完成，還意外多做了兩個個案研究。這段經驗讓我更相信，節奏是可以設計的，而不是被動等待。

讀完這本書，我最大的感觸是：寫作是很個人的體驗，也許沒有所謂的完美方案。就像很多管理大師說「策略是動態的」，寫作方法也是如此。

我們會經歷不同的生活階段、承擔不同的責任，甚至心理狀態也會變。今天有效的方法，明年可能就不再適用；而曾經覺得不可能的方法，有一天可能正好成為解方。

我想鼓勵大家要正向思考，不再責怪自己沒靈感或不夠自律，更重要的是需要更專注於建立適合當下的支持系統，並允許自己靈活切換節奏。

如果你也曾在寫作時感到坐立難安，或是覺得靈感遙不可及，我真心推薦你讀這本《不拖延、不依賴靈感的寫作達標術》。它不會給你一套死板的公式，而是陪你找到那條屬於自己的寫作路徑。

嗯，寫作本來就該是這樣。我們不急於達到完美，重要的是持續前進。

推薦序
建立一個真正適合你的寫作習慣

──奧利佛・柏克曼（Oliver Burkeman），
《人生4千個禮拜》（*Four Thousand Weeks*）作者

　　我常幻想自己有一天能成為一名作家，但這幻想其實有點莫名其妙，因為不論按哪種標準來看，我都已經是作家了：我在報社當記者二十多年了，且出版了三本書。

　　但我指的是真正的作家──他們已經得知每天高效寫作的祕訣。我幻想自己在一間專屬的寫作小屋裡，桌上只有一台筆電、一本皮質封面的筆記本，和一杯裝在陶杯裡的現泡咖啡。能在這樣的環境中寫作，肯定感覺像在記錄上帝的口喻。（此話是借用蘇格蘭作家繆麗爾・史派克〔Muriel Spark〕的說法，其實她是在形容她的創作過程，只不過每次看到都令人火冒三丈）。

　　本書既能獲得你的青睞，想必閣下平日也愛舞文弄墨（至少有時候會寫點東西吧），並渴望成為一名作家（我的意思是，你最後終於找到適合自己的寫作藍圖，不再為了寫作而苦苦掙扎、心情沮喪或批評自己）。

　　但我得告訴你一個壞消息，本書並未提供成為一個快樂、高效作家的祕訣，因為世上根本沒有這種東西。不過好消息

是，不再幻想世間有本寫作的葵花寶典，是成為一個更快樂且更高效作家的關鍵第一步。

本書收錄了我見過最棒的建議，能幫助你打破那個不切實際的幻覺，並建立一個真正適合你的寫作習慣（而非海明威、繆麗爾・史派克或理想版的你，所適用的那種）。

你需要自己的版本

作家很愛給其他作家立規矩，畢竟這不失為一種愉快的分心，能夠讓自己暫時脫離寫不出來的窘境。但堅守「每天寫作」或「要在零干擾環境中寫作」之類的寫作規則，其實弊大於利。它們會讓你以為：如果你沒有遵循這些規則，你就不是真正的作家；或是你曾遵循這些規則，但持續一段時間後，便停筆好幾個月，因為重拾完美的「寫作生活」像是一個無法克服的挑戰，但其實你只需重新開始寫點東西罷了。

事實上，對於不同個性、處於不同人生階段和不同生活狀況的人，需要採用完全不同的寫作方式。（說實話，在我家裡，我星期四和星期一的做法，就不一樣，很多家庭也是如此。）誰規定每天都必須寫作，或是一定要長時間不受干擾地寫；我甚至願意承認追劇式寫作法可能最適合某些人，其實我很不情願，因為這種作法完全不符合我的個性。況且，據我所知，本書並非提供一個寫作系統，而是**提供一套系統，能幫助你找到適合自己、按照你的心理和環境，為你量身訂製的獨門寫作方法。**

我想，我們之所以執著於那些一體適用的寫作規則，是因為我們渴望它們看似能帶來的掌控感。但是對於寫作而言，那樣的掌控感只不過是海市蜃樓罷了（其他方面何嘗不是如此）。這是本睿智、友好且實用的書，探索及應用書中的理念，將帶來比幻想完美寫作生活，更有價值的東西。它將幫助你，在你真正生活的這個世界裡，更快樂寫出更多的作品。

前言
那些能一直寫下去的人，做對了什麼？

　　我穿著全新的威靈頓雨鞋大步穿過樹林，準備前往我的新工作地點，我邊走邊在心裡默默幫自己打氣：「一切都會很順利的。」雨鞋是前同事送我的離職禮物，他們真的好貼心。我受聘管理一家知名的寫作中心，位於英國約克郡的鄉間，我感覺自己正翻開人生的新篇章。

　　我喜歡住在倫敦，但那裡的生活實在太忙碌了，搞得我身心俱疲。之前的我，猶如行屍走肉般做著高壓的管理工作，一直到三十多歲才終於意識到這一點。

　　我的夢想是過著能發揮創造力的生活，並且有更多時間投入寫作，因為寫作一直是我的最愛。我在倫敦時偶爾會寫點東西，但數量遠遠不夠；當時我滿心以為，要是我的生活壓力能少些，時間能多些，那我肯定能大寫特寫。

一切都到位了，只有文字沒來

　　我揮別喧囂的城市辦公室，搬到寧靜的朗班（Lumb Bank）寫作中心大宅，它曾是 18 世紀某位紡織廠廠主的公館，一度隸屬於桂冠詩人泰德‧休斯（Ted Hughes）。房子坐

落在廣達 8 甲的陡峭林地上,俯瞰下方的山谷美景令人心曠神怡,遠眺則將奔寧山脈(Pennine)的景色盡收眼底——連綿起伏的群山、茂密的森林、潺潺流淌的河水、古老的馱馬小徑,以及舊紡織廠的遺跡。

如今這座老宅被阿爾文基金會(Arvon)用來舉辦為期一週的寫作課程,身為寫作中心的主任,我的職責是輔導學員寫作,更棒的是能與一些知名作家近距離接觸。在這種地方工作,我離成為一名成功作家豈非指日可待?換句話說,乾脆現在就把普立茲獎頒給我吧!但我的美夢卻未如願成真。

從倫敦搬到約克郡並非衝動之舉,而是經過多年的深思熟慮。我很清楚此舉會帶來一些後果:我會想念朋友和倫敦的薪資水準,以及穩定的生活。當時我先生克里斯(也是本書的合著者),是一名顧問兼代筆作家,在倫敦找客戶不成問題,但在未來的新家容易嗎?搬到新家有太多未知因素,其實挺冒險的,但我們一致認為值得一試。因為這不僅能讓我們離家人更近,還能擺脫激烈的職場競爭,以及實現我們的其他目標,例如寫作。

到了新家我就能擁有寫作需要的一切:更多時間,更少壓力,更豐沛的靈感和創造力。但問題是:當我開始新工作後,我自己的寫作卻徹底停擺了。我明明萬事具備——想法、動力、空間、支持和鼓勵全都有了,我卻交了白卷。

回想之前在倫敦的狹小公寓裡,我都能強撐著工作 12 小時後、筋疲力盡的身體寫作,產量遠比在山明水秀的約克郡多得多,真是白白糟蹋了大把的時間和源源不絕的靈感。

你有沒有注意到,當你追求完美時,事情往往不會如你

所願？我們常以為自己還需具備某些條件，例如完美的寫作環境，或是跟某位大作家一樣出色的好文采，才能開始「動筆」。實際上，這些因素或許會有幫助，但我們真正需要的，卻是完全不同的東西。

光會寫，還不夠──你得開始寫

創作任何作品，都需要結合技巧與實踐。寫作則至少需要具備一定程度的拼字能力，還要懂得基本的文法、風格、語氣、句子結構和句法規則。接下來，根據你的寫作方向，你也需要掌握特定的領域、流派、次流派（甚至次次流派）的寫作規則。

你可能還需要學習如何撰寫三幕劇結構*、規劃一篇文獻綜述、創作一首俳句，或塑造一個引人入勝的角色。你或許也需要學會如何呈現研究結果、規劃敘事弧線，或建構有力的論點。無論你寫的內容是什麼，皆會涉及你那個領域的相關技術和系統化知識，而且它們都很重要。

但要寫作，光知道如何寫是不夠的。掌握寫作技巧當然很重要，但僅憑這一點，並不能真正完成寫作，最終你必須坐下來，真正開始寫。這會帶來一系列全新的挑戰，我們內心的情緒、恐懼、焦慮、懷疑和期待。當你決定要寫作時──或許這

＊戲劇或小說敘事的三個階段：開頭（鋪陳）、中場（衝突）、結局（高潮）。

就是你此刻閱讀本書的原因——**你需要找到一種方法讓自己寫出來**。需要做到以下幾點：

- 找到時間寫作，並將寫作列為最優先的要務。
- 已經確定如何開始寫。
- 在感到文思枯竭、壓力山大或厭煩倦怠時，找到可以繼續下去的方法。
- 保持專注——手機、Netflix、吸塵器，周遭有一堆東西試圖分散你的注意力。

當我住在倫敦時，儘管時間有限，但寫作效率好的出奇，只不過當時我並不這麼認為。那時候不知怎麼的，我總能一篇接著一篇地寫出短篇小說。

生活確實很忙，但我替自己張羅了一套簡單的寫作支持結構。例如我每週都會乘坐一趟長途火車，我便利用這段時間來構思一些寫作想法。那並不是什麼高強度的工作，只是做些筆記、來點創意思考，或是做些微幅修改。但我很期待這2、3小時，讓自己與外界隔絕、全身心沉浸其中的時光。

我還加入了一個互相支持的作家小組。我們最初認識是在當地一所學院舉辦的夜間課程，後來決定每週在一家酒吧樓上繼續聚會。此外，我還習慣在下班騎車回家的途中，到婦女圖書館（Women's Library）稍作停留，利用那裡的安靜環境寫點東西。它不僅給了我專心寫作的空間，還成了我紓解一天壓力的絕佳方式。

但是這些東西到了約克郡後全沒了，我空有一堆想法、期

待和抱負,甚至有源源不斷的創作靈感。況且每天早上,我還會帶著剛收養的小狗,走過陽光斑駁的森林去上班,說真的,環境已經再完美不過了,但偏偏我卻停下了自己最想做的事情:寫作。

寫作困難的真相

人們覺得寫作很難的原因各不相同。是什麼讓你卡關了,又是什麼幫助你堅持下去,理由全都因人而異。我寫不出來,是因為我尚未重建我在倫敦時的支持系統,因為我根本沒意識到自己曾經受惠於這些結構。

因為我遲遲無法動筆,導致我每次經過我的書桌時,心裡都會感到一絲恐懼,我肯定不是唯一有這種感覺的人。筆記型電腦已經準備就緒,筆記本和鋼筆也都擺放好了,整個空間盡善盡美,時間也很充裕,那問題究竟出在哪裡?

現在回想起來,答案其實很明顯:**我開始把自己微不足道的努力,拿去跟我一起共事、成功作家的優秀作品相比,搞得我的信心潰不成軍,寫作習慣也跟著沒了**。跟那群寫出振聾發聵作品的暢銷書作家共事,令我開始對自己寫的東西產生了疑慮和恐懼,讓我的寫作大計竟起了反作用。

由於我們早在學校裡就學習了寫作的基本技巧,便以為寫作對成年人來說會易如反掌,殊不知其實很難,無論是技巧還是過程,**就跟其他技能一樣,需要經年累月的學習和發展**。事實上,一群專研「創造堅持」(creative persistence)的心理學家,做了

一項研究發現，創作過程天生有種特質，他們稱之為「流暢障礙」（disfluency）。[1]任何創作專案都會經歷試錯、盲目摸索、迷失在死胡同裡、對早期的嘗試感到尷尬，而這些障礙都會使我們更容易拖延、推諉、分心以至於最終放棄。

神經科學家指出，大腦天生渴望確定性並避免風險，但創作過程恰恰與此相反，寫作不可避免地涉及試錯、瓶頸和突破，以及隨機和運氣，所以需要付出相當程度的努力、毅力。這些都是很難做到的特質，但也正因如此，寫作才會帶來如此深刻的意義和成就感。

我們常不自覺地拿自己未經精煉的初稿，去和他人或成功作家千錘百鍊後的成品做比較；也經常擅自認定他們天生擁有過人的文才，所以他們的作品是信手拈來、毫不費力，但真的是這樣嗎？即使是早已功成名就的作家，也都曾在創作過程中經歷過障礙、瓶頸和疑慮，只不過他們有個共同點，那就是**他們都找到了讓自己繼續寫下去的方法**。

寫作停滯因人而異

以加拿大知名小說家瑪格麗特・愛特伍（Margaret Atwood）為例，她曾於 1983 年冬天，在冰天雪地的英國北諾福克租了一間房子，打算在那裡寫一本都鐸時期的小說。雖然那本小說最終並未問世，卻有其他東西開始浮現出來。她待在那裡的期間，小說的情節變得越來越複雜，人物越來越不真實，時間線也越來越混亂。

幾個月來，她一直努力寫作，只能靠著散步和觀察鳥類，來避免長時間伏案桌前。或許是在某次散步時，她受到了所住那間房子的啟發——她在那座古老的牧師公館裡看到修女的鬼魂，她寫道：「或許是那大半年的徒勞無功⋯⋯促使我突破了某道看不見的牆，因為在那之後，我抓住了我一直想要避開的麻煩，開始寫《使女的故事》（The Handmaid's Tale）。」愛特伍建議我們：「前人常說，**爬回把你摔下的馬背上，你從失敗學到的，和你從成功學到的一樣多。**」[2]

愛特伍與寫作計畫纏鬥了大半年的例子，看似一段漫長的時間，但英國作家莫辛・哈米德（Mohsin Hamid）的遭遇才真的是可歌可泣，他足足花了 7 年時間才完成他的第一本小說《蛾煙》（Moth Smoke）。他很確定自己想以一種更貼近讀者的方式講故事，但是該怎麼做卻毫無頭緒，於是他不斷從不同的角度重寫這本書，慢慢地找到了方向，該書後來在印度和巴基斯坦皆成了暢銷書。[3] 你可能認為第二本小說應該比較好寫，但他聲稱初稿「慘不忍睹」。

不過他並未氣餒，竟又花了 7 年時間，慢工出細活地寫他的第二本書，他一遍又一遍地重寫，直到結果讓他滿意為止，至少他覺得拿得出手了。他說：「我的工作是讓一本書經過歲月的淬鍊，能變得去蕪存菁。」

幸好皇天不負苦心人，他的堅持帶來了成功；他的第二本小說《不情願的基本教義派》（The Reluctant Fundamentalist）不但成了享譽全球的暢銷書，還被改編成同名電影，且同樣大獲好評，請來了瑞茲・阿邁德（Riz Ahmed）、基佛・蘇瑟蘭（Kiefer Sutherland）以及凱特・哈德森（Kate Hudson）幾位

大明星主演。

　　寫作者經歷的寫作停滯因人而異，有些作家會像愛特伍一樣，雖經歷了重大的寫作停滯，之後仍有幸迎來一刻的清晰；有些作家則比較悽慘，每天都要跟疑慮和恐懼角力一番。美國推理小說作家蘇・葛拉芙頓（Sue Grafton）表示，她很少花時間去思考寫作停滯，因為這對她來說根本是「家常便飯」。[4]

　　雖然寫得不順的苦日子，遠超過下筆如有神助的好日子，但好日子賦予了她生活的意義。這麼多年下來，葛拉芙頓終於開始將她經歷的寫作停滯，看做是幫助她最終完成寫作的信號；**寫作停滯提醒她可能偏離了軌道**，她寫道：「寫作停滯是我做出錯誤選擇的副產品，所以我會退後一步，看看能否找出害我走錯方向的那個岔路口。」她還制定了一些策略，以確保她在遇到寫作停滯時，也能繼續前進，其中一個方法，就是為每本小說的寫作過程寫日記。

　　什麼樣的寫作停滯都有人經歷過，但在遭遇障礙時，你若能找到繼續堅持下去的寫作方法，它將會成為你的獨門心法。

他們為什麼能繼續前進？

　　身為朗班寫作中心主任的我，每週都會迎來一批新學員，其中大多是新面孔，但偶爾也會有些「回頭客」。和大家打完招呼後，我會了解每個學員的寫作計畫，沒多久大家便成了老朋友。

　　其中有個學生特別引起我的關心，某天我在收拾晚會後

的空酒杯時，恰好看見她路過，我便隨口問起：「你的書寫得怎麼樣了？」她回說：「呃，自從我去年離開這裡之後，什麼都沒寫，我只有在朗班才能寫作。」真的嗎？她的回答令我大吃一驚，看來她已經對我們精心策劃和設計的「完美」寫作靜修產生依賴了。她曾經在家試過無數次，但始終無法繼續寫作──總是有事情阻礙她。

看到她的情況，我不禁反思：是什麼令她無法在家裡寫作？是生活還是心理問題？而我又是為了什麼停滯不前？然後我又想到其他作家，特別是我每週邀請來舉辦講座和工作坊的知名作家，他們為什麼能夠繼續前進？

有些人做對了什麼？

那些回頭客作家有做錯什麼嗎？

知名作家是如何繼續寫作？

他們是否擁有什麼東西是我們欠缺的？

從那時起（我現在終於願意承認，這聽起來像是一次巨大的拖延練習），我便開始研究並書寫其他人的寫作習慣，我一頭栽入有關創作心法、毅力的心理學研究中。我會詢問寫作班學員的創作過程、他們的恐懼、曾遇到的寫作障礙，以及曾歷經的寫作停滯。

我也虛心請教每週應邀前來的獲獎作家，他們是如何完成工作（而別人卻做不到），是否有某種祕訣？這些初步調查讓我明白，光有天賦和才能還不夠；**那些不論在順境還是逆境都能繼續寫作的作家，全都創造了適合他們自己的成功習慣和行為方式。**

於是我在丈夫克里斯的陪伴下，創辦了一家公司，幫助作

家克服他們的寫作障礙。十年過去了，數千位作家參加了我們的課程和輔導專案。在我們的幫助下，經歷寫作停滯的小說家成功獲得布克獎提名，教授們克服了他們的寫作障礙並獲得升等，商業作家獲得寫書的信心，不但順利出書還改變了他們的命運，記者們更是找到了堅持不懈的動力，接連寫出獲獎的精采報導。

真正關鍵的是支持系統

我們自行做了些研究，從深入訪談到線上測驗，以及意見調查，也與市場研究人員及學者合作，探索是什麼原因使得某些人無法順利寫作，又是什麼因素幫助其他人堅持下去。我和克里斯在2018年，與來自美國兩所大學的研究人員及專家合作，研究學術作家的寫作習慣、過程和心法（但其實這些發現也能適用於任何類型的作家）。[5]

我們調查並採訪了來自世界各地近600位作者（而且他們的寫作經驗各不相同），以了解他們是如何完成寫作。我們想著能否從中發現一些規律，例如他們拖延的方式是否相同？那些多產的作家，是否採用了某種特定的寫作方法或策略？那些冷靜自持的作家是如何做到的？他們的優秀表現是因為他們做了（或不做）什麼嗎？雖然我們沒有找到一種能夠適用於所有人的寫作策略或方法──世上並沒有能使寫作產量大增的神奇靈藥，不過我們確實發現了一個關鍵因素。

我們發現，那些**生產力最高、最心滿意足、最心平氣和、**

最抗壓的作家，都幫自己建立了一套完善的支持系統，就像我在倫敦時所做的那樣。他們的寫作策略、慣例和儀式形成了一個系統，支持他們穩定寫作並堅持不懈。這些支持系統非常個人化，並且配合他們當下的生活狀況。這些作家的高效並非單靠一種方法，而是出自很多種，而且這些方法會隨著他們的生活變化而改變。

我們原本以為，年長或經驗豐富的作家，肯定更懂得因應寫作停滯和阻礙，且肯定更加胸有成竹、老神在在，但事實並非如此。我們訪談了一些擁有數十年寫作經驗的學者，他們同樣會陷入寫作停滯，生產力低落卻一籌莫展。有些人甚至多年「一無所出」，幾乎要崩潰了，因為他們的事業遭到重挫。但有些初入職場、經驗不多的菜鳥學者，卻擁有高產而且日子過得很是快樂。他們顯然找到了讓自己保持動力的方法，他們並不在意寫作時間的長短，並把導師的好心建議當成耳邊風，完全按照適合自己的方式寫作。

我們的研究於 2019 年在倫敦書展上發布後，隨即被引用在學術文章中，也出現在社群上，還被刊登在《自然》雜誌[6]和《衛報》。[7]我們發現那些宣稱找到了特定結構和系統，能幫助他們寫作的作家，具有以下特點：

- **迄今為止最具生產力**。他們最有可能寫作並發表最多篇文章和論文。
- **更有抗壓力**。這群作者中有高達 4 成的人表示，他們寫作時並未感到任何壓力。
- **更滿意也更快樂**。超過 6 成的作家表示他們對自己的寫

作過程非常滿意。
- **較少遇到寫作停滯**。事實上，他們鮮少遇到障礙。

遺憾的是我們也發現到，那些不知道什麼策略對自己有效，或是鮮少考慮這些事情的作家，日子就沒那麼好過了。他們遠比前述那些作者更容易感到不快樂、更有壓力也更焦慮。他們更容易經歷有害的情緒障礙，例如拖延、內疚和缺乏自信等這些情緒方面的困擾，有可能影響到寫作者的心理健康和生活品質。

本書將如何幫助你

我們萌生了一個簡單的想法：當你寫作時，請注意你是如何寫作的，並採取更實驗性的方法，來找出什麼對你有效，什麼對你無效，這就是能讓你與寫作建立更快樂、更健康、更高效關係的最強方法。

根據我們自己做的研究得知，那些會改變自己的行為，並幫自己建立支持系統的作家，是因為他們發現了會幫助（或是會阻礙）他們寫作的因素，並因此採取了行動。正因為他們如此用心，所以才會變得更快樂、更高產。

而那些較不用心的作家，從未真正關注過自己的寫作過程，只會像自動駕駛般敷衍了事，自然無法做出任何改變。有些人甚至認為自己不需要什麼流程，但這意味著他們不斷重複做那些無效的事情，導致生產力低下、心情沮喪，而且經常不

開心。

　　許多高效寫作指南和自助書籍的名聲都不好。一項研究發現，一所大學的圖書館裡，通常會有多達十個書架，上面堆滿了論文寫作書籍，標榜能為大學畢業生和碩博士生們，提供學術成功的制勝公式。[8]研究人員表示，這類書籍多半有這樣的問題：它們提出一種放諸四海皆準的線性解決方法，過度簡化論文的撰寫過程，並經常語帶恐嚇地說：「如果你不遵循這些建議，後果自負！」讓原本就壓力重重的博士生更加焦慮了。

　　但本書不一樣，雖然我們很希望能給你一個簡單的公式，讓你一夜之間改變你與寫作的關係，但世上並沒有這樣的公式，也沒有適合每個人的線性過程，更沒有適合所有人且保證萬無一失的解決方法。但有個方法可以讓你與寫作建立更好的關係：**如果你更用心關注自己的寫作過程，注意什麼有效、什麼無效，什麼能幫助你、什麼會阻礙你，你就能找到真正適合自己的寫作方法。**

　　本書是我們十年來探索和實驗的成果，我們想出了如何讓寫作融入我們的生活，並幫助其他人也這樣做。本書還講述了歷史長河中許多作家的故事，關於他們的成功與奮鬥，不論你曾否聽說過這些故事，相信它們都能激勵你見賢思齊，讓你挑選出適合自己的寫作方式。

　　本書還濃縮了我們透過閱讀數百篇學術文章、書籍和期刊，所學到的大腦與寫作的知識——主要是神經科學、心理學和寫作研究等領域，這樣你就不必再花時間親自去閱讀這些資料了！本書的每個章節都有回應到寫作者渴望答案的問題，例如：

- 寫作成績的優劣，是天賦還是練習所造成？
- 我該如何判斷自己是在拖延，還是真的需要休息？
- 我應該每天寫作、一點一點地寫，還是像追劇似地，在短時間內一口氣寫完？二者有高下之分嗎？
- 寫作「習慣」是什麼意思？如何養成？
- 懷抱遠大夢想好，還是從小處做起比較好？
- 當我沒心情寫作時，該如何保持動力？我應該鞭策自己，還是善待自己？
- 如果沒有放諸四海皆準的解決方法，我究竟該如何找到適合自己的？

還有很多很多。你可能更在意其中某些問題，其他問題則沒那麼重要，這都無妨。本書的主旨是幫助你弄清楚現在對你有效的方法，但你若遇到不同的挑戰，某些方法可能也要隨之改變。所以，雖然你一開始是先閱讀你感興趣的章節，並略過其他章節，但我們還是會建議你從每個章節中，找到你可以參考的資訊。

我們也設置了「沙盤演練」，是一些實用的寫作技巧和練習，幫助你將剛剛閱讀的內容，實際應用於你的寫作中。這些都是我們多年來在網路研討會、工作坊和教練計畫中，與作家們分享的方法，而且效果很好。沙盤演練就是在一個安全的環境中遊戲和實驗，我們希望你在閱讀本書時，能將這些時刻視為你摒棄舊有思考方式的機會，並在一個友善的空間裡盡情嘗試新方法。我們支持你！

我們怎麼知道這種方法有效？不只是因為我們已經幫助數

以千計的人克服了寫作障礙，而且我本人就是活生生的證明。自從我在新家出現寫作停滯後，我便向其他人學習和討教，並不斷嘗試不同的想法，終於找到成功的方法。這些年來，我的新雨鞋已經磨損，並沾滿了泥巴，而我在倫敦的生活也成了愉快但遙遠的回憶。

現在每天走路經過森林前往朗班寫作中心上班（通常有克里斯和老狗佩吉為伴），取代了過去的長途火車旅程，成為我思考和琢磨想法的地方。雖然我在約克郡沒有像在倫敦那樣的寫作小組，但我明白讓我繼續寫作的功臣並非寫作小組，而是與其他人的連結（稍後會詳細討論）。

我意識到「寫一本書」的想法對我造成很大的壓力，於是我決定從小處著手，定期為自己的部落格寫作來建立信心。之後我開始為他人撰寫文章，從而寫出了新書的提案，找到了經紀人，並與出版商簽訂了寫書合約，我的處女作還在 2020 年得了個獎。

我找到了適合自己的寫作系統，這多虧了我弄清楚那時對我有效的方法。我意識到對我來說，**要成為一名多產的高效作家，並不是把自己長時間綁在書桌前埋頭苦寫，而是要更聰明地工作**。我找到了適合我的寫作方式——現在，我們要一起找到適合你的方式。

首先就從打破一些規則開始。

Part 1
寫作方法

有個很誘人的迷思——如果我們從第一天就開始寫作,那麼隨著時間的推移,我們會逐漸變得更好、更有自信。但根據我的經驗,這並不是真的,因為寫作其實是欲望與恐懼之間的拉鋸戰,因此感覺上它更像是一種危險的曲折前進。

——凱西・倫岑布林克(Cathy Rentzenbrink)*

---

*凱西・倫岑布林克是一位備受讚譽的回憶錄作家,她的著作包括《愛的最終幕》(The Last Act of Love)和《親愛的讀者》(Dear Reader)。2021年她出版了小說處女作《每個人都還活著》(Everyone Is Still Alive)。她還寫了一本教人寫回憶錄的書,書名為《一事不漏》(Write It All Down)。倫岑布林克經常主持文學活動,採訪作者,撰寫書評,並開設創意寫作課程。

第 1 章

打破規則

因為這些規則是寫給別人看的

你絕不會稱美國作家雪柔‧史特雷德（Cheryl Strayed）是個不想工作的懶蟲。她的書是暢銷書排行榜的常勝軍，她的回憶錄《荒野》（Wild）更被拍成電影，還曾獲得奧斯卡金像獎提名。

不管用任何標準來看，她都是一位成功的作家。但她曾停筆多年，什麼也沒寫，只因她律己甚嚴，認為自己不是一個「真正的作家」。但之後某天她突然頓悟了，這個一閃而過的念頭，徹底改變了她的人生。

當我們第一次開始寫作，或是學習任何從未做過的新鮮事時，通常會模仿其他已經「成功」的人，史特雷德自是不例外，而你可能也會這樣做。她孜孜不倦的前往宏偉的大學講堂聆聽寫作講座，也不錯過書店舉辦的朗讀活動，只為了向大牌作家「偷師」。

這些課程有時確實很具啟發且頗有幫助，史特雷德說，這些作家經常會分享他們寫作過程中的「祕訣」，彷彿他們在揭

示刻在石板上的法則,一種不可動搖的通用寫作規範:「我每天都寫作,如果你沒有每天寫作,你就不是作家。」¹

她和在場的一票熱情粉絲一樣,忙不迭地把這些「規則」寫下來,並視它們為福音。渴望成為作家的史特雷德,非常認真的看待這些建議,也很想如法炮製,但她做不到,因為這種作法與她的個性格格不入,為此她開始懷疑自己的寫作能力。她雖渴望寫作,但她無法像他們那樣日日筆耕不輟,她的腦中充滿了疑惑和恐懼,直到某天她得到了啟示,她意識到,自己一直受一個迷思蒙蔽。

迷思如何操控我們

我們這些熱愛寫作的人,常對諸多寫作迷思(以及跟我們自身有關的迷思)深信不移,而且我們也跟史特雷德一樣,之所以相信這些迷思,是因為它們出自我們仰慕的德高望重人士,例如其他作家、教師、導師及上司等。

這些迷思通常經過多年形成,並受到許多不同因素的影響:社會壓力、我們的自尊、我們的成長經歷,以及我們與周遭他人的比較。隨著時間的推移,這些迷思逐漸形成並深植我們心中,影響著我們的行為模式。

以麥可・萊格(Michael Legge)為例,他是一位英國喜劇編劇,不久前因為一個問題來找我們。在第一次通電話時,他就告訴我們,他心中有個根深蒂固的迷思,他認為自己是個「無藥可救的拖延症患者」,而且缺乏專注力和決心。

這該怎麼辦？他可是個靠寫作吃飯的編劇！他問：「是我不夠努力嗎？還是我已經江郎才盡？我的內心好像有什麼東西關上了。」萊格說，每天早晨醒來，他對即將展開的一天總覺得如履薄冰；每天早上，他都會強迫自己走到書桌前「試著寫點東西」，並且一坐就是好幾個小時，硬擠出一些文字。但因為沒寫出自己喜歡的內容而感到失望，於是拿起手機看推特，然後因為分心而自責。接著他做了些家事，再為此感到懊惱，於是他帶狗出去散步，遛完狗後又坐回書桌前。

聽著他訴說那充滿內疚和煩惱的一天，讓我們頗為心疼。日子就這樣一天天過去，轉眼間數月已逝，截稿日和機會都從他眼前飛走了。他一直都為自己無法「下定決心開始寫作」而自責，但在我們的教練課程進行到一半時，一件大事發生了，他發電子郵件告訴我們，他和史特雷德一樣忽然想通了，並隨即放下了那一直束縛著他的執念（稍後會詳細說明）。

當模仿成了阻力

二十多歲的史特雷德並不是因為缺乏天分而無法寫作（她之後輝煌的寫作成績證明了這一點），她更非缺乏決心和毅力，她曾獨自走完長達 1600 公里的太平洋山脊步道，並因此聲名大噪。但年輕時的史特雷德一直不看好自己，因為她試圖迎合別人設定的標準，卻一再失敗，並且進退不得，為此感到非常痛苦。

她的心態僵化，並與萊格一樣，她開始相信某種特定的寫

作方式對她來說會奏效（或應該奏效），因為這種方式，對那些她認為值得仿效的知名作家來說，確實有效。

史特雷德回想起，當年她在那些講座和讀書會上所聽到的寫作建議時，不禁說道：「要是你認真觀察，就看到這個人——通常是個男人——坐在辦公室裡，他的妻子會為他送午餐。我心想，這可不是我過的生活，我是個服務生，是幫別人送餐的人，沒有人會打理我的生活。」[2] 史特雷德的寫作之所以受阻，是因為她試圖模仿別人的寫作方法，卻只是東施效顰，因為對方所處的人生階段、生活中的優先要務、應負的責任，皆與她大不相同，而且他們所擁有的自由和特權比她多太多了。

年輕時的史特雷德是個經濟拮据的勞工，沒有人支持她發展寫作才能，她也沒有任何高知名度的朋友，更沒有人為她提供寫作的空間，或是給她送午餐。她只有一份低薪的服務生工作、龐大的生活壓力和責任，以及要付的房租。

我們在此分享史特雷德舉步維艱的寫作故事，並不是要批評那些作家提出的善意建議，他們的成功無疑是天賦加上努力的結果，況且他們給出的「每天寫作」建議，也非一無是處，只不過此法並非對每個人都有效，這便是問題所在。幸好史特雷德想通了這只是一個寫作迷思，並決心改變自己的行為。她意識到自己需要以「能配合她的生活、責任與其他工作的方式」來寫作；在好不容易找到的空閒時間裡，像追劇般專心寫作。我們會在第三章詳述此法。

「每天寫作」神話的崛起與瓦解

為什麼我們相信的迷思，會對我們產生這麼大的影響力？其中一個原因在於，這些說法是被我們信任和敬仰的人，當成「真理」傳授給我們。

1980至1990年代，有一位特別有影響力的人物——羅伯特‧博伊斯教授（Robert Boice），一位廣受敬尊的美國心理學家，他在研究了數十位有寫作障礙的學者後，為「每天寫作」這項教條，蓋上了學術權威的大印。

博伊斯深信，「每天寫作」是一顆萬靈丹，能解決所有寫作效率不彰的問題，因此他的學術論文，有時讀起來就像勵志手冊一樣熱情，或許這就是他的觀點廣受歡迎的原因。他還開始批判其他寫作方法，尤其痛恨「追劇式寫作」（binge writing），甚至把它跟憂鬱症之類的心理健康問題扯在一起。

儘管多年來，博伊斯的信條未受到質疑，並成為數十本書的理論基礎，但是近來他的作品，卻招致心理學家和寫作相關學者的嚴厲批評，其中一位紐西蘭學者海倫‧索德（Helen Sword）指出，博伊斯的研究不夠嚴謹。[3] 她認為遵循博伊斯「每天寫作」信條的人，往往是根據自己的經驗提出建議，並相信此一建議可適用每個人。

每天寫作對他們來說有效，所以他們便認為此法對其他人也會有效。聽起來是不是很耳熟？索德對超過1300名作家的研究發現，學者的寫作習慣其實更古怪、也更加個人化。她也並未找到任何證據，能證明每天寫作的人比其他人更高產或更成功。這個結果或許並不令人意外，畢竟博伊斯的研究對象，

主要是他任教的紐約大學中,為數不多的資深教師。＊

　　學者擁有地位、特權,或許比忙於課業的學生、疲於奔命的講師或忙於生計的服務生,擁有更多彈性、金錢和時間!我們之所以相信迷思,陷入固定的思考方式,是因為我們渴望清楚的答案和簡單的規則;我們喜歡規則,因為這樣便知道「該怎麼做」。**雖然想到「沒有絕對正確或錯誤的寫作方式」這件事可能會讓人感到不安,但不妨把這個觀念看做是一種解放。**

完成寫作的方法不只一種

　　要說這十多年來的寫作教練生涯,帶給我們什麼感想,那就是:作家們如何開始寫作、如何安排一整天的生活,以及如何持續寫作,堪稱是千奇百怪。且讓我們來看看幾個著名的案例。

　　你可能認為所有作家都必須在安靜的環境中才能寫作,但事實並非如此。美國散文作家E.B.懷特(E.B. White)曾表示,他特別喜歡在他戲稱為「家庭嘉年華」般的喧鬧環境中寫作,他的書房非但不是禁地,反而是家中的主要活動空間;他形容那裡就像房子的主要幹道,是通往地下室、廚房和衣帽間的必經之地,而且他的家人經常在這裡接聽電話。他在1969年接受《巴黎評論》(*Paris Review*)的採訪時說道:「就算

＊ 索德的論文中提到,博伊斯在1983年對學術寫作生產力所做的研究,研究對象只有27名學者。

有個女孩把地毯清潔機推到我的書桌下方，也從不曾惹惱我。」[4]

有些作家則只喜歡追劇式寫作法，而且一次只能專心寫一個專案。寫出《魔球：逆境中致勝的智慧》（*Moneyball*）和《大賣空》（*The Big Short*）這兩本暢銷書的美國作家麥可·路易士（Michael Lewis）坦言，他那種沉浸其中的寫作方式，對他的私人生活造成了影響。

路易士只能用極度投入的追劇式寫作法創作，而這會讓他「一連數月都心不在焉」。他工作時總會拉下窗簾，與外界隔絕，他解釋道：「我的手心很會出汗，所以鍵盤往往會溼透，我老婆還說我在寫作時，會像母雞一樣的咯咯笑。」路易士不僅會自顧自地傻笑，還會不知不覺讀出所寫的對話。他說：「我會休息很長一段時間才寫下一本書。」[5] 對於這一點，我敢打賭他太太一定很開心。

每天寫作的作家會有一套日常習慣和結構。美國作家兼藝術家奧斯丁·克里昂（Austin Kleon）在外出旅行或巡迴各地宣傳新書時，仍會每天照表操課。

每天早上，他和家人一起用完早餐，便會開始在他的「類比書桌」前工作（通常是早上 8 點半左右）。他先是在筆記本裡整理思緒（總是寫 3 到 5 頁），然後在日記裡隨手記下想法。接著他便轉向他的「數位書桌」，花 1、2 小時把這些想法寫成文章，放上部落格。午餐後他會散步 5 公里。上午是創作時間，下午則是所謂的「工商時間」——包括行政管理、訪談、行銷等。除了週四下午他會用來寫電子報之外，其他日子大抵都是這樣過，他說道：「只要我能在日記裡寫點東西，發

一篇部落格文章,飯後散散步,讀一本書,這就是美好的一天。」[6]

接下來,是一位律己甚嚴的寫作者;在智利女作家伊莎貝‧阿言德(Isabel Allende)眼中,每年的1月7日「宛如身在地獄」,因為她每年只能在1月8日這天開始寫書。一旦開工後,她每天就會在天剛亮便起床寫作,直到完成初稿為止,就連週末也是如此。[7]

另一些作家就沒那麼龜毛了,據報導指出,義大利小說家艾琳娜‧費蘭特(Elena Ferrante)曾說:「我想寫的時候才寫。」[8]她說自己並沒有任何寫作習慣,也未排定寫作時間表:「我寫作時會一直寫、不會中斷,而且我不在乎地點,也不管是白天還是夜晚。」不過她知道自己其實也需要一些壓力:「若沒有寫作的急迫感,沒有任何專有儀式能幫到我。」[9]

有些作家在開始寫作之前必須精心規劃,美國犯罪小說作家傑佛瑞‧迪佛(Jeffery Deaver)曾經最長花了八個月的時間,研究和擬定小說的大綱,然後才開始寫作。有些大綱長達150頁,包含情節的每個轉折。他認為寫作更像是一項工作,而非一種創造力的追求。一開始,他會把便利貼釘在布告板上,然後逐步將這些視覺計畫輸入電腦。擁有如此詳細的寫作計畫,意味著他不會受到寫作停滯的困擾,而且可以寫得很快,一旦開始動筆,他可以在一個半月內完成小說的初稿。[10]

一個轉念，改變寫作人生

身為寫作教練，我們經常看到作家對自己的迷思深信不疑，當你相信做某件事只有一種方式時，你就會拒絕（或不考慮）其他方式，並預設那些方法行不通，正是在這種情況下，這些迷思開始對我們造成傷害，並成為心理學家所說的「適應不良的信念」。固守適應不良的信念會限制我們的生活方式和選擇，它們會讓我們放棄機會，認為自己無法做某件事，甚至做出影響人生走向的結論。

舉例來說，如果你斷定自己是那種「無法完成任何寫作計畫」的人，往往會一語成讖。因為潛藏在你內心的自我批評者，它的記憶具選擇性，會過濾那些可以證明你根本沒這麼差勁的時刻；相反的，它會牢牢記住你分心或沒有完成寫作專案，也很快就忘記那些你能夠專心並順利完成的經驗。

我們非常希望閱讀本書，對你來說，是一次探索之旅，身為寫作教練，我們的工作，就是幫助你辨識：**哪些是你對自己抱持的假設，而不是事實**。前文提過的喜劇作家麥可·萊格，他堅信自己是個「無藥可救的拖延症患者」，並向我們求助。在我們第一次的輔導電話中，他非常緊張和焦慮，甚至一度沮喪的表示：「或許我應該徹底放棄寫作。」幸好在我們的課程進行到一半，他突然想通了，以下是他寫給我們的電子郵件：

> 我發現，我其實並不像自己以為的那麼會拖延，而且我學到了，做家事是在為寫作熱身。幸好我每天都要遛狗，所以我不得不起床、帶狗狗出門並四處走

走,這跟走路去上班差不多。我還學到了,到家後直接去書桌對我行不通,所以我會開始刷推特、臉書,或是上亞馬遜看看有沒有便宜貨可撿。

為了逃避工作,我開始吸地、洗衣服及打掃廚房。結果我在不知不覺間,已經做家事、活動身體並思考1、2小時,感覺自己已經準備好,可以開始寫作了。我現在肯定已經完成一些東西,我能看到自己的進度,雖然進度不快,但確實朝著正確的方向前進,這挺好的。況且我的洗衣籃能定期被清空。

這是不是很了不起?想想萊格並未服用任何神奇藥物,來改善他的注意力,也沒有發現什麼祕密方法,可以讓他突然變得專心且很有動力。他並沒有被治好,因為他本來就沒有毛病,他只是改變了心態,因為他意識到他對自己的評價其實是迷思。我們就來分析他的信念吧!

- 從前的萊格認為,「真正的作家」能夠長時間坐在書桌前寫作,因為他很難做到這一點,所以他認為自己不是「真正的作家」。當他想明白這只是個迷思後,他便開始改採更簡短、更精悍的寫作方式,此舉反倒使他更有效率且更快樂。
- 從前的萊格認為,自己缺乏決心和意志力,所以必須逼自己保持專注並專心寫作,但其實萊格最不需要的就是在書桌前坐更長時間。他需要的是改變視角。
- 從前的萊格認為,遛狗和打掃房子間之類的活動都是在

拖延時間，因此是「不該」做的事，做這些事情令他心情不好。但是他轉念一想，這些體力活動乃是健康寫作過程的一部分，因為它們幫助他為寫作熱身，並順便思考寫作創意。以這個角度來看待這些活動，他便不會再滿懷愧疚地坐到書桌前開始寫作。

萊格的實際行為幾乎沒有改變，但是他對寫作的進行方式卻完全改觀了。他花了些時間反省自己僵化的想法和行為模式，於是毅然採取行動，竟一舉改善了他的寫作效率和心態，人也變得更快樂了。他順利完成了之前纏鬥多時的書《明『豬』暗投》（Strawberries to Pigs），並開心的在 2021 年夏天出版了這本書。

萊格改變了心態後，過得順風順水，現在我們就來看看你是否也能如法炮製。

定型心態與成長心態

有一位小卡蘿說，她在大約 11 歲時，就被自己「烙上」了自我批評的負面心態。那是 1950 年代，她在紐約布魯克林某間學校讀六年級，她的班導師威爾森夫人對於兒童教育的想法較為傳統：她十分看重智商，竟按智商高低安排孩子的座位，智商高的孩子坐在教室裡的前排，智商低的坐在後排。不僅如此，威爾森夫人還會給智商高的學生一些特殊待遇，以獎勵他們的「天賦異稟」。她細述當年的往事：「如果你不是資

優生，她就不讓你擦黑板、洗板擦，也不會讓你拿校旗，甚至不會讓你跑腿把紙條送到校長室。」[11]

我們不知道小卡羅的智商在班上的排序，但這並不是重點，她說這種批判性的學校環境，讓她每天上學時都胃痛，我猜她應該不是唯一一個這樣的人。她說：「回想起來，我覺得這種對智商的崇拜，是我成長期的關鍵點，全班同學都拼命想證明自己聰明伶俐，絕不可顯得蠢笨。每次她給我們考試，或是在課堂上點名叫人回答問題時，我們全都膽戰心驚，誰還有心情享受學習的樂趣？」

這位小卡羅就是卡羅‧杜維克（Carol Dweck），後來成了史丹佛大學的心理學教授，並因寫了《心態致勝》（Mindset）一書而舉世聞名。她後來意識到，威爾森夫人按智商高低安排學生座位的作法，是在向那些少不更事的幼小心靈灌輸一種觀念：他們的智商一輩子都不會改變。杜維克稱此為「定型心態」，也就是相信人的性格、行為和才能無法改變。那些被貼上高智商標籤的孩子，肯定會一直感受到必須做出優異表現的壓力，而那些被認為為低智商的孩子，則會因為被侮辱而感到絕望，認為自己永遠不會進步。杜維克經過多年的研究後發現，心態會對我們的生活方式產生舉足輕重的影響。

若你抱持定型心態，可能會限制你的潛能，並對你的快樂和成就造成重大的負面影響。而當你擁有杜維克所說的「成長心態」，並相信「你的基本特質是可以透過自身的努力加以培養與提升」，你的生活就能在無數方面得到改善。

更棒的是，杜維克的研究還發現到，**我們每個人在任何年齡都能轉向成長心態。**她指出：「儘管人們可能在各方面存在

差異,包括天賦、才能、興趣或性情,但每個人都可以通過努力和實踐來改變和成長。」[12] 關鍵就在於你能否像萊格那樣,認清自己陷入了定型心態,並勇敢做出改變。

你的寫作信念是否屬實?

我們的寫作教練課程在開課時,都會先請學員回答幾個問題,這些問題並不是要打擊他們的信心,而是要幫助他們認清自己的心態,以免把迷思奉為金科玉律。

身為你的教練,此刻我們並不會告訴你,你對你自己(和你的寫作)抱持的任何看法是「錯誤的」,我們也不會給你「正確的」解決方法。我們只盼你能認真檢視你對自己(和你的寫作),抱持著怎樣的信念,並問問自己這些信念是否屬實,說不定它們只是假設(而非事實)。

如果這些信念純屬假設或臆測也無妨,因為我們的輔導就是要給你一個心理空間,去反思你對自己的假設。如果你能以開放的心態回應這些溫和(而非尖銳)的提問,它們會產生強大的影響力和轉化作用,這便是我們此刻的要求。

讀到這裡,你對自己(和你的寫作)有什麼看法呢?你是否像麥可・萊格和雪柔・史特雷德一樣,認為自己應該以某種方式寫作?你是否會責怪自己沒有花更長時間寫作,或是沒能「堅持下去」?你是不是對「真正的作家」該有的樣子和行為方式,抱持著一些既定的想法?如果你之前從未想過這些問題,現在不妨好好想想。

當你在內心或對他人描述自己時,你是怎麼說的?你的腦中會出現哪些敘述?例如:

- 我是個無藥可救的拖延症患者。
- 我這人永遠一事無成。
- 我總是無法集中精神,我太會分心了。
- 我不像_____(填上你最喜歡的作家或你最敬佩的同儕名字),我的寫作能力沒那麼棒。

這些話是否聽起來很耳熟?這樣的思考方式是否曾阻止你嘗試新事物(或採取不同的行動)?我們對生活做出的反應以及採取的行動,都會受到心態的影響。**當你認為自己某些方面無法改變,你就剝奪了自己去改變與進步的可能性和主導權。**

俗話說,勝負乃兵家常事,那挫折便是作者的常事了。你或許經歷過被退稿,抑或有人對你的作品提出批評或負面的反饋,其實每個作者都會遇到類似的情況,但反應因人而異,你會如何回應呢?你會怎麼想?你會有什麼感覺?氣到想把電腦扔出窗外很正常,畢竟你我皆是凡人,誰喜歡被批評,但最後你做了(或沒做)什麼?你會感到無望、想放棄,認為自己永遠無法進步(定型心態),還是會化悲憤為力量,把挫折視為讓你學習、發展和改變的機會(成長心態)?

我們不會假裝這沒什麼。**面對那些負面或批判的自我信念,其實是很難受的事,但這樣做代表你願意開始揭露那些限制你的迷思,以及害你無法順利寫作的負面想法。**

你對自己(和你的寫作)的看法,就只是「看法」而已。

你對自己的能力有何想法,就只是「想法」而已。

你對寫作「必須」怎麼進行所做的那些假設,就只是假設而已。

你告訴自己的那些迷思,未必是真實的。

是時候開始重新訂立適合自己的規則了。把閱讀本書當作改變的契機,嘗試一種全新且不同的寫作方式。只要你抱持開放心態,相信自己有能力適應和改變,你就有可能建立起一套健康、成功且適合你生活的寫作習慣。你的寫作之旅即將展開,**第一步就是用心觀察你的寫作過程。**

第 2 章

自訂規則

對自己來場科學實驗

　　在親身經歷寫不出來的困境之前，英國知名小說家兼創意寫作教授珍・艾胥沃思（Jenn Ashworth）並不相信天底下有寫作瓶頸這回事。

　　艾胥沃思年紀輕輕就已獲獎無數，還被BBC的「文化秀」（The Culture Show）選為英國最佳新人小說家之一。她21歲就已經出了兩本小說，如今也才30歲，便已出版了六本書、不計其數的短篇小說、散文和文集，全都獲得極高的評價。艾胥沃思從小就愛寫作，但某天她的創作力突然莫名其妙卡關了，她簡直就要崩潰。

　　作家遇到寫作停滯的原因各異，深究起來，艾胥沃思是因為親人去世，而被迫停下已經進行了兩年的專案。隨著停筆的時日越久，重新動筆就變得越難，日子一天天過去，直到某天她才赫然發現，自己竟已有一個半月未寫出隻字片語。這時間聽來似乎不長，但寫作卻是艾胥沃思的命脈，她告訴我們：「我開始擔心，當我再次打開檔案時，這本書會變得很糟糕。

於是我開始感到恐慌，我害怕我無法回到先前的狀態，我花了這麼多時間在這本書，如今它卻要毀在我手上，我真的很害怕。」

艾胥沃思在青少年時期每天都會寫作，她說自己酷愛寫日記。[1] 成年後她按照自己的生活節奏，把寫作和其他責任（工作和家庭）安排得妥妥當當：寫兩天，休息兩天；再寫兩天，再休息兩天。她說：「要是我兩邊都能搞定，我就能好好寫作。」

她的創作障礙始於夏天，恐非巧合；暑假期間她不需教書，所以她先前規劃好的一週行事曆，頓時派不上用處，再加上跟其他作家的接觸變少了，艾胥沃思頓感孤立無援。無法照表操課的生活方式，也讓她覺得憂傷和害怕。

其實我們幾乎每週都會聽到類似的故事。**當你非常在乎自己的寫作，而且這是你真正渴望或需要去做的事情時，失去寫作的熱情，簡直就像失去一條手臂那樣痛苦**。幸好艾胥沃思的故事有個美滿的結局：她最終克服了寫作停滯，並順利重新開始寫作。稍後我們會告訴你她是如何做到的。

遺憾的是，許多作家沒能獲得幸福的結局，甚至沒有結局，他們無法擺脫創作瓶頸，因恐懼而遲遲無法前進，並困在拖延的負面循環中。但事情不該如此，你本身就擁有跨越創作障礙的力量，你只需知道如何才能找到它，本章將告訴你該怎麼做。

拖延與停滯

第 1 章所提及的心理學家羅伯特・博伊斯，研究「學術作家的拖延問題」多年。他在書中指出拖延與停滯的關連：「拖延至少有兩個特徵，它意味著推遲一項困難但可以延後的重要任務，因為此事的回報看似遙遙無期，或是不確定是否有回報，如寫作。並且選擇去做比較容易、壓力較小且較快便能完成的事情，如在寫作前清理書桌。」

停滯則通常很類似：「當我們遇上一項艱鉅的任務時，往往會躊躇、拖延和恐慌，停滯便發生了；當我們為了逃避那件令人畏懼的任務，會緊張地放慢動作、刻意縮小規模，甚至定住不動。停滯通常發生在我們面臨公眾監督時（寫作停滯即是如此）。」[2]

我們都有過將寫作計畫一拖再拖的經驗，就連撰寫本書的過程中，我們也曾多次因為不同原因而按下暫停鍵，其中有些原因更嚴重且更具破壞力：工作承諾、新冠疫情、原書名不討喜、有親人過世，理由不勝枚舉。我們還曾在寫書的過程中，感到迷茫、不知所措，完全無法繼續寫作和編輯，幸好我們最終走出了困境。

我們只停滯了幾週，算是不幸中的大幸，但有些人卻一拖數年，他們被雜事纏身，導致該寫的書卻絲毫未動，我們說的是大名鼎鼎的博物學家達爾文。他只向少數幾位至交，透露他那秘而不宣的「自然選擇」理論，包括在 1844 年對好友約瑟夫・胡克（Joseph Hooker）提及他對物種變化的想法，讓他感覺像是在「坦白一樁謀殺案」。[3] 他的想法早在 1838 年，前往

加拉帕戈斯群島實地考察時便已形成，卻足足花了 20 年才寫成《物種起源》一書並公開發表。

要不是同為博物學家的華萊士（Alfred Russel Wallace）將他的研究草稿寄給達爾文審閱（這正是達爾文打算發表的理論），達爾文的研究成果可能永遠都不會問世。多虧了這段小插曲，總算讓達爾文這位頑固的學者受到刺激，並終於加快腳步完成研究。

在萌生出自然選擇理論的想法，直到把它公諸於世的這些年間，達爾文一直非常忙碌，甚至是有些忙過頭了；他成了世界知名的藤壺專家，也對蚯蚓產生了濃厚的興趣，他還研究了南美的地質、珊瑚礁、鳥類和花卉，他甚至編輯了一本園藝雜誌。

我們並不確定達爾文遲遲沒動筆是否出於拖延（他自己可能也不知道），但我們知道他確實害怕發表的後果。他知道自己正在研究的理論極具爭議性，因為它將挑戰正統的宗教觀念，並永遠改變科學思想的進程。

這麼大的壓力任誰都扛不住，據說他的健康狀況非常差，長達四十多年一直有頭痛、顫抖、萎靡不振、疲憊不堪和嚴重倦怠等症狀，這些症狀不就是現代人常說的焦慮、壓力和憂鬱嗎？想來承認「謀殺」舊觀念，就像是一塊巨石壓在他心上。

寫不出「夠好」的第二本

美國作家哈波‧李（Harper Lee）生平唯一一次受訪時，

曾談到她獲得普立茲獎的處女作《梅岡城故事》(*To Kill a Mockingbird*)，她提及這本書的巨大成功，以及在全世界大獲好評的盛況，把她嚇壞了，令她不知如何是好，[4]也發愁著下一本書，要如何超越這本處女作的成功。

她在1964年，也就是該書出版四年後，向美國WQXR電台主持人羅伊‧紐奎斯特（Roy Newquist）坦承：「我從沒想到這本書會大賣，我原本希望書評能大發慈悲賜我痛快一死，只要得到一點點『公眾的鼓勵』，我就心滿意足了。誰能想到我竟得到了天大的支持，所以就某方面而言，這跟我原本期待書評會賞我個痛快一樣可怕。」

儘管她在訪談後段描述了自己工作有多努力，並聲稱自己寫作時完全沉浸其中，甚至一連數天足不出戶，只待在屋裡打字，但她此後再也沒有發表過任何新作品。她的第二本小說《守望者》(*Go Set a Watchman*) 出版時，哈波‧李已高齡89歲，且健康狀況不佳，外界對此書爭議不斷，有人認為此書其實只是《梅岡城故事》的初稿，被她的遺產管理人重新包裝，且在她不知情或未經她同意的情況下出版販售。[5]

自一夕成名到死之前，這段期間她並未閒著，她曾開始無數個新的寫作計畫，但都無疾而終。她每天工作八小時，靠著咖啡和略嫌過量的酒精支撐，一直寫到深夜。

她曾費心研究並寫下一本紀實犯罪小說《牧師》(*The Reverend*)，主人翁是一位鄉下牧師威利‧麥斯威爾（Willie Maxwell），他被指控在1970年代謀殺了五位家人。哈波‧李為這本書忙了十年卻仍棄之不用，而且從未解釋過原因。[6]我們猜想原因之一，可能是她的待辦事項清單上只有一件事：寫

一本書，條件是這本書至少要跟她賣了數百萬冊的處女作一樣好；這恐怕是史上最令人望而生畏的待辦事項了。

承認自己卡關了

每個人在創作過程中，遇到的卡關與阻礙並不相同，卡關的原因有時心知肚明，有時百思不得其解。珍・艾胥沃思曾擔心自己再也無法寫作；她感覺內心某個部分失去了動力，並害怕她生命中的這部分要結束了。

對於自詡為寫作者的你，寫作就是你的生命，要是從今以後再也寫不出來，那還得了。但其實只要採取正確的方法，寫作障礙並非無法克服，幸好艾胥沃思做對了。

根據我們的經驗，所有能夠突破寫作瓶頸的人，無論是靠自己獨立解決，還是有其他人的幫助，他們全都會做一件事，且絕對不會做另一件事。

他們會做的事情就是承認自己卡關了，你可能會覺得這不是廢話嗎，但承認自己卡關了（而不是謊稱太忙沒空寫作），確實是克服寫作停滯的第一步。

艾胥沃思察覺自己正陷入一種負面且無益的思考模式，她感覺自己被寫書這件事嚇倒了，並因此感到不知所措。她意識到自己越是逃避那本小說，內心的恐懼與負面情緒就越發強烈。這個覺悟非常重要，因為這讓她開始以不同的方式思考，並開始質疑：**自己該如何走出這個困境？**

至於他們不做的事情則是「更加努力」，我的意思是，

他們不會單憑意志力，面無表情地坐在書桌前，硬逼自己寫出更多字句。他們也不會繼續使用對他們無效的方法，相反地，他們會改變和調整。艾胥沃思沒有退縮或懲罰自己，也未試圖「與恐懼作戰」，因為她知道那對她來說沒用。她知道必須善待自己、降低壓力，讓寫作不再那麼可怕。最終艾胥沃思靠著一個「心血來潮」的溫和實驗，順利讓自己重回正軌。

溫和的百日寫作

為了走出寫作困境，艾胥沃思決定從小處著手。她創立了一個名為「百日寫作」的計畫，並將這個想法在 Instagram 上發布，使用了「#100daysofwriting」這個標籤。

她告訴我們：「在這 100 天裡，我每天都會出現在那本書前。」她並未規定自己一定要寫多長時間，也沒設定什麼目標，她只是每天報到——無論做了什麼，並希望在 100 天內，與這本書重修舊好：「我只是想克服我的寫書恐懼，我把這個想法發布在 Instagram 上，算是一種讓自己負責的方式。**我想如果我在公開場合發布了這個訊息，那我就必須去做。**」

這個標籤很快引來其他人的關注、點讚和發表評論，並且紛紛加入。大家都在進行各式各樣的計畫，例如寫日記、散文、小說，或是完成手上的作品，他們還在社交媒體上分享他們的創作旅程。

大家都明白這個計畫的核心原則，是不要變成一個嚴苛的挑戰，而是以一種輕鬆、無壓的方式，讓大家持續出現，並對

自己的寫作負責。艾胥沃思認為這種溫和的作法正是它吸引人之處：「百日寫作的重點是過程，而非結果。」

她每天都會來面對那本書，持續了 100 天，有時寫得很少，有時則寫了很多。而且時間地點不拘，在家裡、工作中、火車上、旅館裡、婚禮上、海灘上，甚至和家人一起度假時，她也會寫作。此外，她也做一些編輯、修改和規劃工作，有時她會分心和拖延，但所有工夫都不會白費：「花 20 分鐘隨便弄弄也算數，隨手在一張廢紙上做些筆記，我也算進來。過程中有起有落。」關鍵是她不會給自己施加壓力，而且讓整件事的門檻保持在很低的程度。

透過出席並記錄所做的事，她得以大幅掌握自己的寫作狀況：「我想看看自己每天做了什麼，並試著多觀察寫作的過程而非結果。我想了解自己為什麼會那麼害怕，也想知道什麼方法對我有效、什麼沒效，什麼時段效率高、哪些時段則不宜，以及我可以完成多少工作。只要用心觀察這一切，我就能想出對策。」

用心注意自己做事的方式

我們很喜歡美國心理學家艾倫・J・蘭格（Ellen J. Langer）在她的書中講述的那些故事。[7] 其中有個故事，反映出我們經常未經深思地做一些事情，相信大家看了肯定會發出會心的一笑。

有個女人，每次烤肉的時候，總是先將肉切下一小塊，再放進鍋裡。當被問到她為什麼要這樣做時，她頓了一下，然後有點不好意思地回答，因為她媽媽都是這樣做的。

　　這一問，她的好奇心被挑起來，於是打電話問媽媽，為什麼每次烤肉前，總要先把肉切下一小塊，再放進鍋裡。媽媽的回答跟她一樣：「因為我媽都是這樣做的。」最後她為了得到一個確切的答案，便打電話問外婆，為什麼每次烤肉，她總要先把肉切下一小塊，然後才放進鍋裡。外婆立刻回答說：「因為只有這樣才能把肉塞進我的鍋裡呀！」

　　蘭格將「用心（亦稱正念）」定義為「積極注意新事物的過程」。她四十多年來的實驗與研究證明，**改善人生最強大、最有效的方法之一，就是更用心地注意自己做事的方式、你對自己的假設、你對自己講述的迷思，以及你視為理所當然的那些觀念。**她又說，當你以更用心的方式生活時，「它會讓你活在當下，讓你對情境和觀點更加敏銳，這就是投入的本質，它會帶來能量，而非消耗能量。」[8]

　　蘭格的研究顯示，當你以漫不經心、自動駕駛的方式面對生活，總是以一成不變的方式做著同樣的事情，從不停下來審視、從不提出質疑，也從不反思，這會對你生活的各方面，如健康、福祉、工作、創造力、人際關係等，造成巨大的負面影響。她透過大量的研究發現，**你只需留心你所做的事情，你如何生活、工作及與他人互動，就能帶來巨大的好處。**

過程比結果更重要

前述曾提及，不要隨便拿自己尚未潤飾的草稿，去跟別人精心打磨後的完成品做比較，這可是蓓蔻（本書作者之一）的肺腑之言啊。話說她剛到約克郡的寫作中心上班時，也正在寫一本小說。她在課堂上向學員們介紹獲得布克獎的英國小說家柏娜汀‧艾瓦里斯托（Bernardine Evaristo）、獲得英國奧斯卡獎的編劇保羅‧亞伯特（Paul Abbott）、英國童書桂冠作家瑪洛麗‧布萊克曼（Malorie Blackman）以及英國桂冠詩人賽門‧艾米塔奇（Simon Armitage），他們全都是文壇赫赫有名的大作家。

她熱情地向在場的聽眾談論這些偉大作家的才華、天賦和美麗的辭藻，當他們朗讀自己的詩文和書中的片段時，蓓蔻用力鼓掌。但與此同時，她的內心十分痛苦；她非常尊敬和仰慕這些作家，並覺得自己像個冒牌作家，導致她的寫作出現停滯。此時她意識到自己也跟其他許多作家一樣，掉進了一個常見的寫作陷阱：拿自己的「粗稿」和知名作家的成品做比較。

艾胥沃思的方法之所以能成功，關鍵在於她專注於寫作的過程而非結果。她說她的「每日寫作法」降低了壓力，「讓你每天都能輕鬆做自己」。與本書第一章提及的「每日寫作」教條相比，艾胥沃思的方法既溫和又低調，卻很有力量，我們就來解讀她的「百日寫作」：

- 她專注於寫作的過程，而非精雕細琢的最終結果，因此降低了寫作的壓力，讓寫作變得沒那麼可怕了。

- 她每天出現，並嘗試不同的寫作方式、地點和內容。
- 她在 Instagram 上觀察並分享自己的寫作過程，得以更有意識地深刻了解自己的寫作方式。
- 她與相互支持的社群一起寫作，讓整個寫作過程變得更愉快。

透過種種努力，艾胥沃思避開了大腦的「恐懼中心」，那正是讓她懷疑自己並逃避寫作的「罪魁禍首」。與此同時，每天完成一些工作的小勝利，啟動了她大腦的獎勵中心，從而激發了她的寫作動力，讓她隔天、後天還想再來。

有句名言說得好：「所謂瘋狂，就是重複做同樣的事情，卻還期待會出現不同的結果。」[9] 這句話雖不是愛因斯坦說的，卻也十分有道理。嚴格的寫作規律可能對某些人有效，但對其他某些人來說，卻意味著陷入寫作的窠臼，並開始對自己的寫作能力產生負面的看法。若你像艾胥沃思一樣，了解寫作其實可以有千百種不同的方式，這會影響你的心態，最終會改變你的行為。有時候你就是需要嘗試一些不一樣的東西。

更用心注意寫作過程

從我們輔導作家累計達數千小時的經驗得知，**對於你寫作實力最有幫助的一件事，就是更用心注意你的寫作過程**。當你記下自己的寫作方式（我們會教你如何做），並誠實評估你的想法和假設，你就會看出自己的思考和行為模式。唯有發現這

些模式——無論是好是壞——你才能發現什麼做法對你有效,哪些則是無效。

如果你不是很明白「更用心注意」你的寫作過程是什麼意思,那就把它當成是你收集個人資料的過程。研究人員絕不會僅憑一堆假設就得出結論,而是要以證據為基礎。而你更用心注意自己的寫作過程,即是為了建立一個資料庫,讓你能根據事實(而非假設和迷思),以形成你對自己的看法。

這就是為什麼艾胥沃思的「百日寫作」如此有效的原因;她的目的是每天出現,並分享她的寫作過程,卻得以收集到大量資料。自她實踐第一個「百日寫作」計畫迄今,已有五年多了,問她有何心得,她首先告訴我們,不如意事十之八九:「雖不會每年都有親人去世,但每天都會有一些狗皮倒灶的事情發生。但是你大可每天現身寫作,讓生活中的所有平凡瑣事照常發生。」

她的第一個「百日寫作」計畫,重點是順其自然不強求,但其後的計劃則不大一樣。例如,她在 2019 年有個熾熱的想法亟待寫出,於是那年的「百日寫作」便成了承載她那「充沛精力」的容器;那次她嘗試寫出一本完整的小說,對她而言極不尋常。

2020 年新冠疫情爆發,情況則完全相反,她不得不中途放棄寫作,轉而開始在家中進行教學。此時「百日寫作」的重點又回到:「『知道自己已經撐不下去』是很重要的,例如全球疫情肆虐,坐下來、看看電視、安靜一下,這就是我當時真正需要做的事。」2021 年的「百日寫作」則跟社群有關,她邀請大家一起探索做這些事的意義:每天點開頁面寫點東西、在

Instagram 上分享，以及每週日在 Zoom 上一起寫作。

記下思考歷程

「注意寫作過程」可以很簡單，並不需要耗費很多心力，所以不要把它想成「又是件必須做的事」，它不過是每次寫作之後花點時間反思一下罷了。試著問自己這三個問題：

- 哪些作法有效？
- 哪些作法不行？
- 下次我會採取何種不同的作法？

把你的觀察寫進筆記本裡、輸入到 Excel 表格中，或是用手機語音錄下你的想法，隨你方便就好。重點是有個紀錄，如此你可以開始看出自己的思考和行為模式。

一剛開始，你可能會質疑這麼做有什麼意義，但請堅持下去。我們保證要不了幾天，你就會發現一些亟具變革力的見解。請務必記下這些啟發，這麼做並不是要讓你自責或內疚，相反地，是要你像科學家在實驗室一樣，不帶評判地注意事物。以下五個想法，有可能會給你帶來一些啟發：

1. 找出寫作效率較好及較差的時間。一週裡的哪些日子，或是一天當中的哪些時段？
2. 當你覺得「文思枯竭」時，原因是什麼？

3. 當你覺得「文思泉湧」時，原因是什麼？
4. 在哪些日子，你內心的批評者特別大聲？它說了些什麼？
5. 當你分心或是覺得自己在拖延時，你的注意力是被什麼給拉走？

最重要的是，「注意」與「觀察」應導致「行動」，否則就只是空想。如果確實有某些事情妨礙你寫作，想想如何避開或解決這些問題。如果是情緒和心理上的障礙，請記下這些思考過程。

所有的寫作其實都是在反覆試錯，全是為了獲得某種答案而進行的諸多小實驗。我們很喜歡英國企業家兼紀實寫作名家瑪格麗特‧赫芙南（Margaret Heffernan）說的以下這段話，因為它讓我們以一種正向的角度來看待寫作過程：「實驗的最大優點，在於能讓你不被困住，並勾勒出自己想要的未來。實驗堪稱是我們學習一切的方式，我們試著站起來，若摔倒，便重新調整。下一次會發現我們可以蹣跚前行1、2秒。只要堅持下去，就能掌握一切。」[10]

寫作方法不只一種

雖然艾胥沃思已是知名作家，也是備受尊敬的創意寫作教授，但她強調「百日寫作」並不是要炫耀她的專業，而是邀請你帶著你的寫作現身——無論你在寫什麼，也無論你的心情如

何。她告訴我們：「有時我會突然萌生一些終生受用的頓悟，巴不得跟所有人分享。但隔日我卻變得悶悶不樂，只想躺在床上嗑洋芋片，同時很懊惱不該如此頹廢。」

她認為，我們其實心知肚明什麼東西對自己有益、需要做什麼，改變想法和改變寫作過程，便是其中一部分。例如蓓蔻在寫她的第一本書時，便借鑒了艾胥沃思的方法。在與出版社簽約之後，她意識到自己只有 100 多天的時間便需交出 6 萬字的作品，這麼緊湊的時間，可不容許她慢工出細活，快馬加鞭才是因應之道。於是她拿出行事曆，撥出 100 天寫作（只有幾天的休息日和一週的假期），並隨即開始行動。[11]

艾胥沃思強調，寫作方法不只一種，所以對她（和蓓蔻）有效的方法可能對你沒用。**你若想要找到適合自己的寫作方法，需要從注意自己的寫作方式開始，並嘗試不同的方法。**

你想如何完成寫作、如何安排時間、優先處理重要工作、保持動力、避免拖延和分心，全都是你說了算。其他人的工作方式可能會有幫助，但也可能沒有。不要忽視大師、教練、知名作家等的善意建議，我們鼓勵你廣泛閱讀並吸收，但也不要將其視為福音真理。

停掉「自動駕駛」式的寫作

你可能還記得我們前述曾提及，寫作是一件很難的事情，因為創作過程充滿了大腦不喜歡的未知、錯誤的開頭和盲區。我們並非從別處得知此事，而是基於過去十年來，我們兩個設

計寫作輔導模型的經驗——那是一個試錯的過程。

我們剛開始輔導他人寫作時，教學方式像是在上課，會教大家一些打破寫作停滯的訣竅，保持寫作動力等。這些方案都很棒，但總覺得好像少了些什麼。

是什麼呢？要找出缺失元素的唯一方法就是繼續前進，不斷開發輔導課程，測試想法並獲取反饋。此事並不容易，還引發了爭論，而且經常令我們陷入財務困境。但是有一天，我們迎來了突破。

我們在撰寫本書時，有時真的很想跳過前半部，直搗黃龍快速進入中段的有用技巧和建議——很感謝你能閱讀這裡。我們希望本書的第一部能夠讓你相信，採納建議並進行實驗，和測試哪些想法及方式同樣重要，這就是我們從建構輔導模型中得到的「領悟」。我們一直在給別人建議和策略（要做的事情太多了），但我們並沒有給他們「方法」；我們一直告訴他們要做什麼，而不是怎麼做。

當你閱讀第二部並建立你個人的寫作方法時，我們鼓勵你刻意地、用心地寫作。換句話說，**不能用自動駕駛模式寫作！**你要注意並弄清楚哪些策略對你有效、哪些無效；你還要收集資料，根據結果進行調整，並對改變抱持開放的態度；想想有哪些寫作迷思可能已經滲入你的心靈。

你是否對「正確」和「錯誤」的寫作方式有任何成見？如果是這樣，請暫時把這些先入為主的成見放在一邊，準備好進行實驗和嘗試，並在寫作過程中認識自己。有些方法會成功、有些不會；測試各種想法，有效的就用、沒效的就捨棄。以下這個模組可能會有所幫助：

```
        以開放的心態
        測試不同的方法
  ↗                    ↘
調適與行動,              注意哪些方法有效,
並視情況改變你的行為       哪些無效
  ↖                    ↙
        反思你觀察到的
        一切,並記錄你
        得到的任何見解
```

前述曾提過的心理學家蘭格,做了許多關於「用心」的研究。現在我們要再次引述她的一些話,可以用來當做你的寫作參考:「你被賦予的規則,對創造這些規則的人是有效的,你與那個人的差異越大,這些規則對你的效果就越差。只要你肯用心,規則和目標自會引導你,但不會支配你。」[12]

請把閱讀本書當成一個契機:**試著質疑你對自己寫作能力的既定假設**。這是你按下重啟按鈕,並以不同方式做事的機會,請勇敢抓住它。

現在你已經學會了如何注意自己的寫作過程,也懂得要以更用心的方式寫作,更明白了抱持開放心態的巨大威力。現在就讓我們開始工作吧。

Part 2
開始寫作

我用未來賄賂自己,我把我想要的東西,在貪婪的雙眼前晃動,在那股渴望的衝動下,我提醒自己,現在寫下五百個字,就能捲起我想要的世界。總有一些事情你現在就可以做;無論步伐多小,你總要邁出那個第一步。

――阿葵克・艾梅齊(Akwaeke Emezi)*

＊阿葵克・艾梅齊是出生於奈及利亞的影像藝術家,也是屢獲殊榮的小說家,作品包括小說《淡水》(Freshwater)、《寵物》(Pet)、《你以美貌愚弄了死亡》(You Made a Fool of Death With Your Beauty),以及《紐約時報》暢銷書《維韋克・奧吉之死》(The Death of Vivek Oji)。她還出版了一本精彩的回憶錄《親愛的塞恩圖蘭》(Dear Senthuran),探討作家如何為自己開創未來。

第 3 章

規劃時間

注意你的寫作過程

這是週一的早上,格雷安・艾科特(Graham Allcott)照例正在對他的待辦事項清單,進行每週一次的檢視。在過去的一年裡,有一項工作幾乎沒什麼進度——寫書。

他跟許多人一樣,懷揣著寫作的雄心壯志,因為他知道有很多人喜歡他的想法,也想效法他的創業經驗。這本書的目標是 8 萬字,但現在的進度來看,差得可遠了。他說:「我開始意識到,這本書之所以沒進度,是因為寫書需要高度專注和巨大的思考空間。但我要經營一家公司,每天有一堆事要忙,根本騰不出來。」[1]

艾科特並非一般作家,他是「生產力忍者」(Productivity Ninja)的原創作者,也是 Think Productive 的創辦人,這家公司專門協助全球企業改變完成工作的方式,但現在的他,卻因為忙著幫其他人提高生產力,而無法好好寫書——哇,還真是諷刺。

「缺乏時間」是許多作家都會遇到的問題,我們很清楚這一點,因為我們曾在 2014 年做了一項調查,詢問了 500 多位

作家，什麼因素最妨礙他們寫作，結果顯示，時間始終是最主要的障礙。[2] 幸好，艾科特找到了一個解決辦法（要是他沒能找到，那可就太糟了），那就是在他寫作期間，找人幫他打理生意。[3] 艾科特說：「我的做法滿猛的，但有效。我在斯里蘭卡的海灘小屋裡住了一個月，吃著當地的家常菜、看著迷人的海景。這裡沒有無線網路的干擾，除了創作之外無事可做，我在這個環境裡，下筆如有神助，一個月後，草稿就完成了。」

將寫作融入生活中

若你研究作家、創意人士和那些致力於達成遠大（或長期）目標的工作者有什麼習慣時，經常會發現他們皆採取了「大動作」。大動作的形式很多，包括辭掉工作、關在簡陋小屋中寫作、放學術假或靜修。

美國作家卡爾·紐波特（Cal Newport）在他寫的《深度工作力》（Deep Work）一書中極力推崇大動作，他說這表示你打定主意要認真投入手上的任務。他說的大動作，包括置身於異國他鄉、請假一週，或是關在旅館房間裡專心寫作，這些方法全都很有效。他解釋說：「這些大動作會把你的目標推向心智上的優先地位，釋放出必要的心智資源。有時候為了深度工作，你必須先採取大動作。」[4]

看到這裡請別氣到把書扔出去，我們並不是建議大家搭飛機到某個世外桃源去閉關寫作，因為這樣大手筆的寫作方式，恐怕大多數人都負擔不起。不過我們曾詢問過 3,500 多位寫作

者，如何將寫作融入他們的生活中，發現他們的作法不外乎以下四種（我們很快會詳細介紹每一種）：[5]

1. **隨興寫作法**：適合每天行程排得很滿的人，或行程不確定的人。
2. **每日例行寫作法**：通常在相同的時間和地點寫作，此法深受生產力專家和習慣大師所喜愛。
3. **追劇式寫作法**：是指在靜修或學術假期間（或是像艾科特那樣，去斯里蘭卡的小屋裡寫作），進行罕見但極其高效的寫作。
4. **固定排程寫作法**：是一種實用的方法，在生活的其他事務之間安排寫作時間。

艾科特說他的方法很猛，但其實它很務實。寫一本書是他的長期目標，也是他事業的核心，因此他的做法必須大膽、勇敢，否則這本書根本寫不出來。[6]

當然，並不是人人都能採取像他那樣的大動作，但艾科特鼓勵作家為重要的事情騰出空間，他說：「我在斯里蘭卡寫下一本書時，我出生甫半年的孩子就在隔壁房間裡哭著，但我還是很開心，因為我可以陪著他。」

辛西婭・塞爾芙（Cynthia Selfe）說：「現在再沒人有大把的時間，能夠悠閒且不受打擾地寫作了。」[7]塞爾芙是美國俄亥俄州立大學的特聘教授，也是電腦與寫作領域的早期倡導者。她是第一位因在高等教育中使用電腦而獲得著名EDUCOM

獎章的英文老師，更是一位多產的作家，寫過五本書、近百篇論文，並編輯了十本文選集。她的寫作時間明明非常有限，她是如何有這麼高的寫作量？

她的做法與艾科特的大動作完全相反，她總是利用「日常生活裡的一時半刻」寫作，並圍繞著其他任務進行。哪怕只有10分鐘、5分鐘，甚至只有2分鐘也好，她總能在兩項任務之間，見縫插針似地寫點東西。

她很喜歡邊做其他事情（例如看電視）邊寫作，或是在開教職員工會議時，順便處理一些跟文章有關的行政工作，例如編索引，或是做一些她可以一心二用、不必動腦筋的小任務。塞爾芙說：「我們每天有好多事要處理，若不能好好利用這些零碎時間，就無法完成寫作大計。」

你可能不認為每天的零碎時間能成什麼大事，但積少確實可以成多。美國作家布麗姬・舒爾特（Brigid Schulte）是一位育有兩個孩子的職業婦女，她也曾認為自己抽不出時間寫作，但是她參與了一項關於時間運用的研究時，發現自己每週竟然有多達 27 小時可以利用。

但這些可用時間不僅零碎，還經常被發脾氣和日常家事打斷。舒爾特創造了「時間碎屑」（time confetti）一詞，用來形容那些「零碎、雜亂無用的時間片段，這裡 5 分鐘，那裡 10 分鐘。疲憊地聽著廣播，試圖起床；做點運動，在路邊等拖吊車。」[8]

這種時間不大可能是文思泉湧的高生產力時間，但你若能趁著工人幫你換車胎期間，抽出幾分鐘看一下你的專案，就算

不能全力發揮你的寫作能力,至少做了點事。研究人員發現,每 5 個成年人中便有 4 人*覺得自己有太多事情要做,時間卻不夠用。也發現,感覺時間不夠用的人,通常比較不快樂、較少笑、健康較差、生產力較低,離婚的可能性較高。[9] 要避開這些時間陷阱的方法之一,是善用我們擁有的時間;我們發現有一組作家就是這樣做的。

隨興寫作法

我們的研究發現,有些人從早到晚都非常忙碌,或是每天的生活都混亂而難以預測,因此他們唯一能寫作的方式,就是隨興的進行。[10] **當你以隨興的方式寫作時,你隨時都準備好動筆**,採用這種方法的作家,習慣於抓住一切可以寫作的機會,充分利用火車誤點、會議取消或孩子入睡的時刻。就像塞爾芙一樣,他們並不是衝動行事或依賴靈感,而是極其有準備的人。我們將在本章結尾提供一些練習,幫助你做好寫作準備。

這種方法曾針對「學術寫作」進行過研究,雖然這似乎不是一個適合隨興寫作的領域。不過《寫作老師的寫作之道》(*How Writing Faculty Write*)一書的作者克莉絲汀・塔利(Christine Tulley)卻指出,此法也可適用於學術寫作。

---

* 根據我們對作家進行的調查結果顯示,約有 11% 的人有充裕的時間來寫作。沒計畫的作家最會拖延,他們總能找到一堆事來做,唯獨不去寫作。如果你是這樣的人,你會在第 6 章學到如何防止拖延。

她的目標是為學術寫作，出版一本類似《巴黎評論》的書，她的訪談集探討了寫作研究領域中的「大明星」，如那些研究寫作、教授寫作技巧及研究寫作行為的學者，有著什麼樣的寫作習慣和策略。

她發現，這些學者在長期實踐中發展出來的寫作策略，往往迫於現實的需求而產生，例如在不同任務之間「切換」的技巧。我們請教她，那些時間緊迫的學者是怎麼做的？塔利說：「如果他們在打電話或參加會議前，只有 5 至 10 分鐘的閒置時間，他們會立即切換到寫作狀態。他們不會去查看電子郵件，或處理行政事務，而是把寫作放在首位，優先於一切。」[11]

這樣的作法，與許多關於提高生產力的建議背道而馳；許多寫作指南提倡每天寫作 1 至 2 小時，以優化注意力。塔利承認，在那 5 至 10 分鐘裡，不太可能完成任何需要專心的深度工作，但仍能做一些推動寫作專案有所進展的事情，例如檢查一段文字，或是在某些地方進行微調。

她說：「在一天中經常接觸自己的寫作專案，意味著他們不會失去動力。」事實上，抓緊零碎時間寫作，比安排較長的寫作時段更有幫助。她說：「有一位作家告訴我，此法對他很管用，因為那些時間片段非常短。正因為只有 10 分鐘，沒有人會想要奪走它，一旦你有了 30 分鐘的閒置時間，就會有人想占用它。」

簡而言之，隨興寫作是由必要性和環境所驅動，而不是為了認真專注和創作流程而設計。有些人就是無法抽出整整 1 個小時來寫作，所以他們只能依賴時間碎屑。我們發現使用這種

方法的寫作者，每天常常能寫 1 個小時甚至更久，只不過這些時間是由 5 分鐘、10 分鐘或 15 分鐘小片段拼湊起來。

這樣的做法也有缺點，例如對於需要更具戰略眼光的任務，寫作者很難放眼考慮全域。此外，當他們處理一個大型專案時，需要付出相當大的毅力才能完成。然而寫作者在反覆接觸正在進行中的工作時，意味著也因此會時常湧現出新點子；而且他們也學會了迅速重新進入狀態，避免拖延。因此，**儘管隨興寫作可能不是最高效的寫作方式，卻是一種寶貴的工具，能幫助寫作者善用隨時出現的空檔時間**。

每日例行寫作法

安東尼‧特羅洛普（Anthony Trollope）在《自傳》（*An Autobiography*）中，滿意地回顧自己的一生：「我確信，在那段時間裡，沒有任何作家對英國文學的貢獻能與我相提並論。」[12] 特羅洛普敢如此大大方方地自誇，全因他的著作確實頗豐。

除了出書 60 多本，以及執筆許多評論、社會和體育文章，他的「豐功偉績」還包括：在英國郵政總局做得風生水起（深受大眾喜愛的紅色郵筒就是由他引進英國），每週獵狐兩次（呃……他畢竟是 19 世紀的人），在加裡克俱樂部（Garrick Club）打惠斯特橋牌，在家中宴客，而且每年至少 6 週在海外度假。

他總結道：「我想很少人能活得如此充實，而我能做到這

一點，要歸功於我很善於利用晨間時光。」

特羅洛普有一套無人能及的晨間儀式，他每天早晨上班前都由一名「老馬夫」*負責叫他起床寫作，並給他送咖啡。他說：「我每天早上 5:30 準時坐到書桌前，絕不縱容自己懈怠。從這個時間開始寫作，我就可以在穿好衣服、吃早餐之前†，完成我的文學創作。」

像這種每天習慣在相同時間、相同地點工作的作家，通常被認為是寫作生產力的黃金標準。[13] 我們自己做的意見調查也發現到，每天寫作的人對於自己的作品更為滿意（雖然滿意程度可能比不上特羅洛普），這或許是因為他們以一種可預測的方式與寫作保持接觸。[14] 規律的寫作習慣能帶來舒適感，且不必跟意志角力，也不須拚命找時間寫作。

特羅洛普認為每天寫作的文學工作者，應該接受持續寫作的訓練，而不是任由他「坐在那裡咬著筆，凝視著面前的牆壁，直至找到能夠表達其想法的詞語。」[15] 每天寫作跟隨興寫作很像，你幾乎沒時間拖延；特羅洛普的作法有許多值得我們仿效的地方。

我們實在無意拿自己與他的寫作產出（以及豐厚的假期津貼）相比，我們感興趣的是他「用心」的那部分。正如我們在上一章所看到的，當你開始更用心地注意自己是如何完成（或

---

* 這是從前大戶人家的特權。
† 雖然我們確信特羅洛普是穿著剪裁考究的衣服在寫作，但每次看到這句話總能讓我們忍俊不住，因為我們會想像他在穿上衣服之前裸體寫作的樣子。但不管怎樣，我們對任何有助於寫作的著裝選擇，皆表示敬意。

沒完成）寫作，你就可以有所改變。特羅洛普用日記記錄他的寫作狀況，並且特別關注產出量，他解釋道：「當我開始寫一本新書時，我總會準備一本日記，以週為單位，記下我為完成工作所預留的時間。我會在日記中，寫下每一天寫了幾頁，這樣要是我怠惰了1、2天，那難看的記錄就會一直存在，並且盯著我的臉，要求我增加勞動量，不足之數就可以補上。」

特羅洛普是一絲不苟的A型人格，他會以目標來衡量自己的產量，而且非常精確。他設定了每週的頁數目標，由於英文單字長短不一，他計算出每頁應包含250個單字。

他整個職業生涯中平均每週寫40頁，一週寫20頁會被他嫌棄「產量低」，產量最高的紀錄是一週寫了112頁；一週寫了28,000字的超高產量，看了真的叫人羨慕嫉妒恨，那不如來看看被他嫌「低」的一週——僅有5,000字產量。

看來即便是每日例行寫作的大師，也不會日日文思泉湧，而是像月亮一樣，初一、十五有所不同——我們所訪談的其他每日例行寫作者，也都曾有相同感受及類似情況。但重點是，只要日日現身，他們便更能因應寫作過程中的高潮與低谷；如果今天寫得不好，他們只需明天、後天、大後天繼續寫，這樣就能取得持續的進步。

特羅洛普頗對自己能精準地「照表操課」感到自豪，或許有人會嗤之以鼻，但其實此人律己甚嚴，他認為擁有寫作日記非常重要：「因為它是明擺在我眼前的紀錄，一週過去了，但頁數不足，我便覺得刺眼，要是這等丟臉的情況持續一個月，我就會心痛。」因此，雖然注意自己的寫作情況並收集相關證據可能有所幫助，卻也會導致負面的自我評價和失敗感。特羅

洛普的「心痛」成為他的動力，他窮盡一生的時間反覆試錯，終於設計出一套寫作規律，讓他既能享受多采多姿的生活，同時還能持續創作。

他坦率地談及自己的失敗，以及不得不在其他領域謀生的必要性。他建議「有抱負的」年輕作家要堅持不懈，勇於嘗試並接受失敗，換句話說，就是不斷地實驗，注意哪些方法有效、哪些無效，並根據實際情況調整自己的方法。

接下來我們將探討另外兩種方法，首先是生產力取向圈層最不推崇的方法——追劇式寫作法。

追劇式寫作法

「我的名字叫雪柔‧史特雷德，我是一個追劇式寫作法的奉行者。」[16] 還記得出現在第 1 章中的雪柔‧史特雷德嗎？她在寫作生涯早期曾被一個迷思所迷惑，多年來她不斷批評自己，覺得自己不是一個真正的作家。她的懷疑來自「比較」，這是作家最狠毒的自我毀滅形式之一。

史特雷德曾聽信某些作家的建議，像是：「如果你沒有每天寫作，你就不是作家。」這番話令史特雷德備感壓力，她想仿效知名作家的寫作方式，她想成為特羅洛普，結果卻成了他的老馬夫。

幸好她認清現實：她是個為別人送餐的服務生，必須設計適合自己的寫作方式。她的寫作建議十分中肯，**你必須以適合自己的方式去寫作（生活中的其他事何嘗不也是這樣？）**。對

她來說，這意味著拋開每天寫作的壓力，改為安排可能寫作的時間。

她首先要確定自己無法寫作的時間：「當我能明確說出『這段時間我無法寫作』時，我會寫得最順手，有時是幾天，有時是幾個月。」這是一個重要的步驟，因為這讓她擺脫沒在寫作時的內疚或羞恥感。從前的她會認為自己應該天天寫作。

下一步，她稱之為「對位」法，就是確定何時寫作，並據此安排好自己的生活，以確保能夠實現這個目標。她總結道：「對我來說，這並不是每天都要做的事，而是看看這個月什麼時候可以寫，什麼時候不能寫。」[17]

史特雷德毫不掩飾自己是個追劇式寫作者，只要看看她的寫作成果，就能證明這個方式對她確實很有效。她的追劇式寫作法與本章開頭提及的大動作法相似，基本上就是從日常生活中抽身，全心全意專心寫作的方式。

也如同英國教育學家兼作家羅薇娜・莫里（Rowena Murray）在研究中所指出的「寫作靜修」。寫作靜修之所以如此有效，是因為它既賦予了寫作合法性，也讓寫作優先於其他一切事務。莫里提出了寫作靜修的基本原則：「這是專心寫作的時間，不被打擾，也沒有被打擾的威脅。對某些人而言，這種狀態在家裡或工作中都難以實現。而且靜修不存在『監視』，亦即參與者的寫作成果不會被評估。」[18]她認為寫作靜修不是迫不得已的「最後手段」，而是一種成為更高產寫作者的方法。

然而，關於追劇式寫作的負面說法依然存在，始作俑者是美國心理學教授羅伯特・博伊斯（Robert Boice），在1980年代帶領的一項關於拖延行為的研究。研究發現有些拖延者會以

追劇的方式進行寫作,他把追劇式寫作定義成:「為了趕上不切實際的截稿日期,進行輕度躁狂、亢奮的馬拉松式寫作。」[19] 把這些愛拖延的追劇式寫作者,與每天進行簡短寫作的人做比較時,研究結果非常明顯。追劇式寫作者有以下狀況:

- 寫作量顯著較少
- 列出的寫作創意較少
- 獲得編輯的接納較少
- 職業生涯發展不如預期
- 憂鬱症測試的得分較高

研究接著指出,追劇式寫作法的效率其實適得其反,且可能是憂鬱症和寫作障礙的來源:「富有成效的創意,似乎更有可能發生在工作時長和情緒皆適度的情況下,而伴隨追劇式寫作的則是疲勞和憂鬱。」這是非常嚴重的指控,雖然長時間的高強度寫作可能會讓文字躍然紙上,但寫作者也會付出心理代價,導致創意減少並引發心理健康問題——至少博伊斯是這麼說的。

但實際上,這項研究的對象是拖延症,而非追劇式寫作。況且無論做什麼事情,如果你不給自己留出足夠的時間、拖到最後一刻才開始,並在慌亂中完成,都會讓你感到壓力山大。

但追劇式寫作不一定非得是這樣,史特雷德就展示了這種方式是可以被規劃和成功運用的。如果追劇式寫作是有計畫、出於主動選擇的,它還會導致同樣的負面結果嗎?我們的研究發現,**成功的追劇式寫作者,並不是在臨近截稿日期時驚慌失**

措地寫作,而是會安排不被打擾的深度工作時段,這些日子既高效又難得。[20]

我們很希望看到有計畫的寫作者,與拖延型的追劇式寫作者之間的對比。此法當然也有缺點:追劇式寫作者往往容易對自己期望過高,傾向於完美主義,因為他們渴望理想的寫作條件,例如那些計畫在學術假期時寫作的學者,但其實情況並不一定非得如此。

構築你心中的斯里蘭卡小屋,創造一個可供你使用的靜修會版本——預約一整天的保母,好讓你去附近的圖書館寫作,或是趁鄰居上班時,借用他家的餐桌工作(建議先取得他們的同意)。

這些安排可能需要花一些心思,也需要給對方一些回報,但不一定要花錢。對史特雷德來說,這意味著在離家不遠的旅館住上兩晚;她告訴丈夫,除非「有人停止呼吸」,否則不要打擾她,幸運的是,每個人都好好呼吸著。她則在那48小時內,找到了自己的創作節奏,寫下的內容比她待在家中幾個星期寫出的還要多。

對於那些跟史特雷德有相同處境——要工作賺錢、要照顧家人、生活異常忙碌及沒有人幫忙準備三餐、打理購物和日常瑣碎事務——卻還想寫作的人,她建議先設定寫作目標並調整好心態,然後堅持下去。「訂立一個意向並貫徹執行,如果每個月你只能抽出一天寫作,那你就說『我每個月要騰出一天時間專心寫作』,那你一年就有整整12個好日子,可以寫出很多東西。」

當你肯面對自己事情多到忙不過來的現實,你就能務實地

安排你的寫作計畫。追劇式寫作的成功關鍵是用心的安排；這不僅是安排時間的超實用方式，也因為你承認自己的閒暇時間少的可憐，還可順帶消除所有的內疚感。

固定排程寫作法

早在 2008 年，便有一位麻省理工學院（MIT）的博士生，分享了他每天的詳細行程。[21] 儘管 MIT 的許多研究員都遵循中午 12 點到翌日淩晨 3 點的「MIT 週期」，他卻堅持朝九晚五的工時，並在週日早晨補班一次。他的工作量一點也不輕：他是一名課業繁重的研究生，正在寫他的畢業論文和幾篇研究論文，他還是一名助教、雜誌的專職撰稿人、多產的部落客，還修讀了額外的課程，以及為他正在寫的書收集材料。

這位研究生就是前述提及的卡爾．紐波特，他是數位極簡主義者、深度工作運動之父。他大力提倡工作與生活平衡，並主張將生活中的重要事情放在優先位置就他個人而言，寫作、研究與陪伴家人，便是他生活中的優先要務。他得以用極其寬鬆的日程表，完成如此驚人的工作量，靠的是一種叫做「固定排程生產力」的祕密武器。這個系統有兩條規則：

1. 選擇一個你認為在付出努力與放鬆之間，能達到理想平衡的工作時間表。
2. 盡可能避免違反這個時間表。

聽起來很簡單，不是嗎？但是要遵守第 2 條規則，其實非常困難，因為我們有太多事情要做。

他的解決方法是採取「大刀闊斧」的行動，減少你正在處理的專案數量，剔除日程表中效率不高的習慣，並停止拖延，這些都是很基本的時間管理。但他的下一個建議就沒那麼容易接受了：冒著惹惱或讓他人不快的風險，來換取大量的時間自由。紐波特有很多粉絲，但他並不是那種討好型的人。

他建議我們掌控自己的時間需求，不要再被源源不斷的工作流程所欺負，這些工作令我們疲憊不堪、效率低下：「訂定你想要的時間表，然後讓其他事情都能配合你的需求。」讓我們來看看這句話的實際意義。

紐波特時間表的核心是他的筆記本，**他將每天分成許多 30 分鐘的區塊，並分配時間用於午餐、休閒及在預定時間內要完成的工作。**

美國學術作家維吉妮亞・韋蓮安（Virginia Valian）根據「與現實為友」的原則，設計了類似方法及用於額外問責的「盟友」。[22] 她每週都會和朋友一起安排時間，讓她們可以在寫作的同時，「做好我們的工作、履行家庭義務、與我們心愛和喜歡的人共度時光，還有純休閒的時光。」

紐波特和韋蓮安都需要為了他們的職業而寫作，而且都能夠在做好份內工作的同時兼顧寫作。透過將寫作與其他工作分開處理，他們和其他固定排程寫作者一樣，找到了工作與生活之間的平衡，並透過遵循設定好的日程表，不必靠意志力以避免拖延。

此法非常有效，在時間管理界深受喜愛，使用它的人都信

誓旦旦地宣稱它的成功。*然而排程有可能變成一個相當複雜的系統,而且許多人因為有工作和其他需要處理的事務,無法在白天寫作。較輕鬆的版本可以找出你可以寫作的時段,並將它們安排進你的行事曆中(本章結尾會有更多相關內容)。

我們也發現行事曆的中斷,對於固定排程寫作者而言尤其具有挑戰。[23] 那些喜歡秩序和掌控的人,在事情不按計畫進行時會很難受,所以如果你採用這種方法,就必須承認生活有時會受到阻礙,事情會出錯,你的寫作會被打斷,或是出現新的責任。

正如紐波特所說:「你的目標不是不惜一切代價地遵守既定時間表,而是始終對自己接下來的時間安排,保持深思熟慮的主導權——即使在一天之中,這些決定一再被調整。」雖然他的方法被稱為「固定」排程生產力,但他的思維並不固定。**我們的目標是以開放的態度面對改變,同時牢記自己的優先事項,這就是「注意」的作用。**

注意你的寫作過程

無論你是每天、每週或每月重新編排寫作時間表,抑或你根本沒有使用時間表,都請「注意」正在發生的事情。

---

* 有些固定排程寫作法的提倡者,安排時間極其認真,連一分一秒都不願浪費。這些「零空白規劃者」會將每一天的任務都安排好,包括嗜好、運動以及與朋友和家人交談的時間。

找到寫作時間的方法不只一種，而是有許多方法，每位寫作者都會根據自己特有的忙碌生活來安排。當你發現自己能用於寫作的時間少的可憐時，可能會感到沮喪，但**與其尋找完美的寫作時間，不如注意你的狀況，並隨時回應改變。**

要摸索出適合自己的寫作習慣，可能需要一段時間，紐波特還是個新手作家時，就有了自己的系統，而特羅洛普則是在他寫作生涯的最後一段時間，才後知後覺地解釋了自己的方法。

不要拘泥於一種方法——你的寫作時間會隨著你生活的變化而變化。例如我們發現學術作家一開始都是每天寫作，但是當他們完成博士學業，教學職責加重，同時還要養家並承擔照顧責任時，他們就會改用固定排程寫作法；然後在他們職業生涯的最後一段時間，當他們有幸從行政職務中抽出時間時，就會在學術假期時，進行追劇式寫作。

至於小說家則是一開始在工作閒暇找時間寫作，就像興趣或副業一樣，等到他們取得足夠的成功，可以減少白天的工作時間，他們就會轉為每天例行寫作。

同樣地，你的寫作方式，也可能在單一專案的過程中改變。寫作的不同層面，需要不同程度的注意和流程：你可能像史特雷德那樣，需要找個地方閉關，以專心完成初稿；或是像塞爾芙那樣，邊看電視，邊做一些跟寫作相關的行政事務。

本章介紹的每一位作家，都是刻意安排、規劃和準備他們的寫作時間——無論是每天還是每個月幾次。接下來的沙盤演練將實踐第一部的理論，引導你注意、反思和實驗，幫助你想出要如何騰出時間寫作。

沙盤演練——規劃時間

1. 選擇適合你的寫作法

想想你目前的生活、工作和家庭責任,以及過去幾個月的其他優先事項。想想哪個敘述,最能說明你平常是如何將寫作融入生活:

- **每天例行寫作者**:「我需要一個每天寫作的習慣,而且我喜歡日常規律帶來的安全感。」
- **固定排程寫作者**:「我會排定一週或一個月的寫作時段。」
- **隨興寫作者**:「我無法預測何時寫作,我不需要任何形式的日常習慣。」
- **追劇式寫作者**:「我需要長時間不被打擾的寫作時段,我喜歡把自己與外界隔離開來。」

2. 尋找類似範例

如果你最近沒有寫作,請從生活中的其他領域,尋找你達成大目標、完成專案或實施新習慣的類似範例。

例如,開始一項愛好或新的運動計畫、學習一門語言或一種樂器。至於工作方面,你可能開始一份新工作,參與了長期專案,或是得到了晉升。在家庭方面,你是否學會了做飯、搬了家、籌辦了婚禮或大型活動,或是生了孩子?你是否曾運用上述方法之一來騰出時間?

3. 重新思考你的時間表

傾聽你的直覺是一個很好的起點——它可以讓寫作符合我們的個人價值觀和以往的經驗,但是我們需要具體建立一個更精確的畫面。

回顧過去 1、2 週的生活(如果你是個追劇式寫作者,請回顧更長時間),確認是什麼占用你的時間和注意力。如果你有使用日記或行事曆,可以用它來回顧你做了什麼事。接下來,想像你可以「重活一次」那段時光(但別忘了你當下應負的責任)。

- 你會如何重新安排你的時間表?你會做出哪些不同的選擇?
- 你有錯過任何寫作機會嗎?是在什麼時候?

「事後諸葛」確實是一件很棒的事情,你可利用它來重新構想你的寫作時間表。想像的過程會在大腦中建立正向的連結,讓人覺得有可能找到時間寫作。

4. 記錄你如何使用時間

將之前的思考實驗變成收集資料練習,記錄你未來一週的時間用途。邊做邊追蹤你的日常活動,以便準確了解情況。然後翻看你的紀錄,重新評估你有哪些時間可以用來寫作。

時間管理專家建議以 15 分鐘為單位,查看你的作息情況,但其實 1 小時為也行,檢視你從起床到就寢期間做

了哪些活動，應該就能掌握自己一天的時間都用在了哪裡。[24]

5. **提前規劃**

如果你已經完成上述一個或多個練習，就會對自己的偏好有所了解，也會知道自己該如何安排寫作的時間。如果你打算每天都寫作，或是排定一週的寫作時段，下一個練習可以幫助到你。拿出你的行事曆，或是下載空白的行事曆，或是繪製網格圖：上方寫上日期，下面寫上你平常醒著的時間。

- 剔除投入工作、照顧家人、社交和運動的時間。
- 還剩下什麼？還有機會寫作嗎？如果有，就像預約其他事情一樣，為你的寫作預約一些時間，並認真履行約定，無論是每天一個時段，還是每月一次。
- 找不出時間？重新安排其他工作以騰出時間，有哪些事可以不再做或是委託他人代勞？你可以早點起床、晚點上班嗎？這可能不易做到，但如果你想寫作，它就需要和你生活中的其他重要事情一樣，成為優先事項。

> 我們的官網備有簡單的時間紀錄和排程表，可以幫助你算出你有多少時間可以用來寫作。若要下載，請前往：prolifiko.com/writtenresources

6. **加入寫作小組**

對一些寫作者來說，只要在行事曆上安排了寫作時

間,他們就一定會「履約」。另一些人則需要更多的推動,這時預先承諾就會有所幫助。加入一個寫作小組吧!無論是線下還是線上。[25]當寫作變得更加重要時,你會更加尊重自己的寫作時間表,並且不願因為未按約定出現而讓他人失望。

7. 建立日常習慣

每日寫作者會透過培養習慣,用意志力克服內心的拉扯。我們稍後會深入探討習慣的形成,但以下是一些入門小建議。

- 做紀錄,練習在一天中尋找寫作的機會。
- 找到一個觸發器來建立習慣,這可以是你每天都會做的事,例如早上喝咖啡(喝完後立即寫作),也可以是設定寫作情境的地點或時間。
- 建立日常習慣。儘快開始寫作就對了,無論你是以時間還是字數為目標都沒關係;當你出現時,要知道自己在做什麼。
- 獎勵自己,讓習慣根深蒂固,這樣你下次就更有可能出現。

8. 可以快速開始的祕訣

隨興寫作的成功關鍵在於做好準備——這並不矛盾!準備一份短期任務清單,並隨身攜帶筆記本、筆電或手機應用程式。當機會來臨時,不要猶豫或拖延。

幾週後,回顧一下你寫作的時間。你可能會發現一些模式,並養成更可預測的寫作習慣。隨興寫作者會經常翻看他們正在寫的作品,這個方法讓他們可以快速開始,並在需要時放手。

9. 不受干擾的寫作環境

追劇式寫作是一種經過深思熟慮,刻意為之的寫作方式,並非為了趕上截稿日期而憂心忡忡的馬拉松式寫作。寫作的時間會很長,因此請確定你何時可以有一天(或更長的時間)心無旁鶩地寫作。

找到一個不受干擾的寫作環境,如圖書館、旅館、朋友家或更正式的寫作中心。為避免到時候寫不出東西,你要知道自己在做什麼;提前熟悉下一個寫作任務,做一些寫作提示或練習來熱身。

10. 善用時間(尤其是時間太多)

一旦確定了你何時要寫作,就需要善用時間。無論你有 10 分鐘還是 10 小時,你都可以使用相同的技巧來管理你的注意力,你的祕密武器就是計時器。

無論你是否使用每工作 25 分鐘便(至多)休息 5 分鐘的番茄鐘®技巧,重要的是不間斷地工作。[26] 如果你發現自己分心了,便問問自己:「我需要現在做此事嗎?」答案通常是否定的,因此請記下你腦中閃現的任何想法,然後繼續寫作直到鬧鐘響起。等到休息時再去思考那些令你分心的想法或任務。

11. 靈活變通、不斷嘗試

你可能較偏好用某種方法來擠出時間寫作,但日常生活的現實狀況,可能意味著你需要綜合使用不同方法來推動你的寫作。所以你要懂得變通,不斷嘗試不同的方法,不要與他人比較;最重要的是,不要跟自己比,無論是未來的你(被理想化的),或是過去的你(被美化的)。

利用兩個寫作時段之間的空檔,進行研究、收集想法和制定計畫(雖然你可能沒時間寫作,但你可以牢記你的寫作專案,並在相關活動中取得進度);為你的寫作時段做好準備,備妥適當的工具(隨興寫作者尤需如此),知道你接下來要寫什麼,這樣你可以立即開始寫作。

重要的是,你要獎勵自己抽空寫作的做法,這會讓你對寫作產生正面的聯想,並減少開始寫作的心理障礙。當你真的沒時間寫作時,也不要難過。生活總會出其不意地發生干擾,內疚不會幫助你取得進步,你應嘗試不同的方法,看看哪種方法有效,將你的沮喪轉化為決心。

第 4 章

設定目標

找到寫作之旅的方向

「我將成為暢銷書作家。」這句話是奧塔薇亞・巴特勒（Octavia E. Butler）在寫給自己一封短信中的開場白，這份成功宣言以獨特的筆跡寫在她的活頁筆記本封面上，詳細描述了巴特勒的未來——她的著作將被數百萬人閱讀。

你是否曾將自己的寫作夢想寫在紙上，概述你將獲得的獎項、榮譽、評論和引用，以獎勵你的努力？如果你曾做過，那麼你並不孤單。作家天生是世界的建構者，從他們的筆記本，可以窺見他們最隱私的願望和未曾說出口的野心。巴特勒的勵志宣言繼續說道：

> 這就是我的人生。我會寫出暢銷小說。我的小說出版後不久就會登上暢銷書排行榜。我的每本小說都會登上暢銷書排行榜的榜首，並在榜首停留數月之久，我的每一本小說都是這樣。

她的夢想早在 10 歲開始成形，當時她請求母親買一台打字機給她。有了一台雷明頓打字機後，她就「用兩根手指敲出故事」[1]，並努力提升她的寫作技巧和打字能力。

　　她的高中科學老師幫她將故事投稿到科幻雜誌，之後則仰仗多位文壇前輩的提攜，例如美國科幻作家哈蘭・艾利森（Harlan Ellison），他是最早買下她作品的伯樂之一，並將之收錄到他編輯的選集裡。

　　巴特勒早期的職業生涯並非一帆風順，她說：「我還以為自己已經踏上了作家之路，但其實我的稿子乏人問津長達五年，我只得做一些可怕的零工養活自己。」[2] 在 1970 和 1980 年代，巴特勒是靠著做臨時工支持她的寫作。巴特勒是在 1988 年寫下這份成功宣言，彼時她已經完成了五本《模式主義者》（*Patternist*）系列作品，她的短篇小說也開始獲獎，但成功依然遙不可及。當很少人相信她的才華時，巴特勒堅定地支持自己。

　　巴特勒寫給自己的勵志宣言是心想事成法的一個例子，這種以現在式寫成的肯定句，彷彿目標已經達成。巴特勒信誓旦旦地對自己說：「我會寫出暢銷小說。」這是她對想要實現之事的陳述，但表述的方式卻像它已經發生了。理論上，勵志語句能挑戰並克服自我限制，當你不斷對自己說這些話時，你就會開始相信這些信念，還會開始在生活中做出正向的改變，從而改變人生。

　　茲以一個簡單的勵志語為例：「我是個作家。」對自己說你是個作家，會影響你的自我形象；研究人員發現，**你的自我形象會影響你的行為**，此一現象被稱為「身分認同契約」，這

種身分聯想,有助於人們堅持自己的決策。[3] 假設你決定放棄吃肉,採用「素食者」的身分,有助於你支持無肉選擇的決策。素食者不會花時間擔心是否要吃肉,素食者的身分讓他們更容易堅持自己的飲食習慣。因此理論上來說,稱自己為作家,可以幫助你寫作。

想像一個正面的結果

我們經常在作家身上發現這種情況,他們必須為了工作或學習而寫作,但他們沒有;他們有目標,有需要達成的事情,他們知道該怎麼做,但就是做不到。他們來找我們,說他們無法寫作,而這就是我們的工作,幫助人們解決寫作問題。

「沒時間寫作」常常是寫作障礙中的頭號難題,其次就是如何開始寫作。我們得知他們該做的事不外乎:「我必須完成我的論文……寫一本書對我的事業很重要……我需要把我的故事(或詩、論文、部落格)集結成書。」但即使有了明確的目標,他們還是無法開始。本章和下一章將分享一些方法,幫助你邁出第一步。我們就從做夢開始吧。

如果你想像一個正面的結果,例如實現一個長期目標,你會感到很愉快,因為它會引發許多讓人快樂的腦部化學物質,同理,想像負面的結果會令你感到不開心。雖然想法可能是想像出來的,但大腦中發生的神經化學反應,卻是真實的、可以觀察到的。

這不僅是化學物質在大腦中一瞬即逝的洗滌,思考做某事

會導致新的神經通路出現。這是神經可塑性在發揮作用,「視覺化」會創造並改變神經網絡,它的規模可以小到個別神經元的連接,或是大到系統的變化和重組。大腦的可塑性是我們發展的核心,有助於我們成長、學習和從受傷中恢復。[4]

但這就是正面思考的問題所在。美國知名勵志演說家諾曼・文生・皮爾(Norman Vincent Peale)在 1952 年出版《向上思考的祕密》(*The Power of Positive Thinking*)一書,他鼓勵世人:「相信自己!相信自己的能力!你如果對自己的能力沒有謙虛且合理的信心,你就不可能成功或快樂。」[5]他在書中提到了對自己說些勵志語句的過程:在入睡前和早晨一醒來時,就背誦一些正向的勵志語句,他說這麼做能改變你生活的各個領域。雖然皮爾聲稱他的方法「科學且簡單」,但實則該書的科學性不足,不過書中提供了許多案例做為佐證。

朗達・拜恩(Rhonda Byrne)寫的《祕密》(*The Secret*)一書也跟皮爾一樣,分享了許多「普通人的真實故事」,這些人光靠著思考和顯化未來的成功,便達成了不可能的事。[6]

大力推動正面思考的人不只他們,抖音(TikTok)的網紅們,在 2020 年夏天將顯化變成了一種趨勢。[7]在新冠疫情大流行幾個月後,隨著生活進入封鎖狀態,「顯化」一詞在 google 的搜尋率達到了歷史新高。[8]顯化教練紛紛提倡吸引力法則:相信正向思考是吸引財富、健康和快樂的磁石,他們承諾僅靠「想」就能得到你要的結果。

儘管個人轉型的故事比比皆是,但軼事並不是資料。人們常在事情發生之後對其進行分析,並編造一個故事來解釋它,但這麼做可能會導致各種錯誤的結論,並讓有抱負的作家在無

法實現夢想時自責,這就是為什麼許多人認為顯化是一種危險的偽科學。

有目的的「腦中演練」

研究人員一致認為,視覺化能夠在大腦中產生可察覺的變化:當你想像未來的結果時,那種暢快的感覺會隨著時間的推移創造出新的神經通路。但是這能幫助我們表現得更好嗎?

在體育運動中,視覺化能幫助選手為活動或比賽進行排練。在新冠疫情封城期間,頂尖運動員為 2020 年奧運進行訓練時,由於沒有訓練設施,因此越來越依賴「在家裡」的視覺化作為練習方式。熱愛打毛線的英國奧運跳水冠軍湯姆・戴利（Tom Daley）解釋道:「當我無法參加比賽時,我會視覺化自己在跳水比賽中的樣子。」[9] 他直誇這種心理練習「棒呆了」,因為心靈的力量讓他在無法訓練的狀態下依然戰力滿滿。[10] 他隨後在這項賽事中贏得了銅牌和金牌各一枚。

針對高爾夫球所做的研究發現,選手們會採取虛實結合的訓練方式,除了到高爾夫球場上實地練習擊球,還會在腦海中演練擊球動作,同時也觀察其他球員的表現。一項研究發現,**觀察其他高爾夫球員練習,可以提示神經通路的形成**。[11] 而且這不僅對球員有好處,連桿弟也因為接近專業知識,而擁有超越訓練和練習時數的能力。

這不禁讓我們聯想到,一些有關閱讀重要性的經典寫作建

議：閱讀真能幫助你寫出更好的文章嗎？*這個現象可以解釋為，當我們觀察或模擬練習時，這些「鏡像神經元」†會被提示出來，鏡像神經元的反應就好像我們所觀察到的經歷，是真的發生在自己身上一樣。

如果大腦無法區分真實的經驗與觀察到的經驗，甚至是想像出來的經驗，我們是否也能以同樣的方式從中獲益？心理學家研究了多個領域，來調查「心理排練」是否能夠支持和提升表現，最常見的是運動，但也包括音樂[12]和復健。雖然大家對其好處已有共識，但這些益處卻很難衡量。「心理排練」一詞含糊不清，這意味著對其進行的研究包括各種認知排練方法，因此很難進行同類比較。[13]一項後設分析‡（meta-analysis）的結果顯示「心理排練對表現有正面且顯著的影響」。

當然也有一些限制條件，例如任務的類型、練習的時間，以及練習與表現之間的時間，但研究顯示心理排練是有效的。[14]重要的是要有目的性：空想沒有用。若要有效果，心理排練需要像身體練習一樣經過深思熟慮──包括規劃、自我評估、發現問題及隨後的糾正錯誤。稍後會有更多關於刻意練習和自我教練的內容。現在我們先來思考在某些情況下，如何透過視覺化幫助你寫得更好。

---

* 觀察作家寫作會如何？雖然還沒有人研究過作家，但我們很樂意想像作家版的 Twitch ──這是玩家觀看其他人遊戲的電玩直播網站。
† 鏡像神經元是指動物在執行某個行為以及觀察其他個人執行同一行為時，都發放衝動的神經元。
‡ 後設分析是一種量化的系統性文獻.回顧，從檢索、選擇、並利用統計方式整合各篇相關但獨立的研究結果。

心動不如行動

當年巴特勒寫下她要成為暢銷書作家的宣言時,她還只是一個努力逐夢的作家,為了生計每天做著粗鄙的活,而她從小就懷揣的說故事夢想,則被多年來的拒絕和偏見,打擊得體無完膚。

但巴特勒後來成為第一位贏得麥克阿瑟天才獎的科幻作家,還獲得美國筆會中心(PEN America)頒發終身成就獎,更曾獲得雨果獎和星雲獎在內的多個獎項。她的作品被數百萬人閱讀,包括《親緣》(*Kindred*)這樣的長銷書。

她成為非洲未來主義(Afro-Futurism)之母,是當時最有影響力的作家之一,且使得人們有更多機會進入特權階層的文學場域。[15] 麥克阿瑟獎頒發的 295,000 美元獎金,幫她實現了長年來的夢想:為自己和母親買了醫療保險、在一個「極佳」的社區買下一間「美麗」的房子,以及讓她隨時可以租車。這些願望全在她當年的自我期許中被提及,她還希望能幫助其他人:「我會送貧困的黑人青年到 Clarion 寫作工作坊或其他作家的寫作坊;我會幫助貧窮的黑人青年拓寬他們的視野;幫助他們上大學。」

巴特勒用勵志話語鼓勵自己的故事相當發人深省。一個整日為生活忙碌奔波,卻仍努力逐夢的作家,寫下她的夢想,並在十年內實現了。她寫給自己的勵志語錄不只是說說而已,而是為她的行動做準備的自我對話,她寫道:「我一定會找到方法實現這個目標。看著吧!我一定要做到!就是這樣!」

心態固然重要,但你需要行動來將夢想轉化為現實。巴特

勒對自己的未來有著清晰的願景,並對自己的寫作生涯做了精心規劃——她努力精進自己的寫作技巧,也努力拓展人脈(我們將在本書稍後探討這些領域)。簡而言之,她有目標、有計畫,並且堅持不懈。

寫得更多、寫得久

人類是會設定目標的動物,我們情不自禁地希望未來會發生一些事情。我們相信事情可以變得更好,無論是希望明天陽光普照、夢想得到生日禮物,或是為了結束不公不義而努力奮鬥。這就是設定目標的用意:**將希望轉化為計畫。**了解設定目標的運作方式,可以幫助你將寫作夢想轉化為現實。

美國心理學家愛德溫・洛克(Edwin Locke)在1960年代解釋了目標、激勵和績效之間的關聯,成為現代許多生產力建議的基礎。拜資本主義盛行之賜,關於設定目標的研究,大多數都是以提升員工的績效為對象,不過研究的結果也適用於其他環境。洛克解釋說:「設定目標會透過四種方式影響績效,包括引導注意力、動員努力、增加毅力和激勵策略發展。」[16]

擁有目標有助於我們分清優先順序,這一點雖不言而喻,但仍值得說明。**目標引導我們遠離不相干的活動,讓我們專注於能幫助我們實現夢想的任務。**對巴特勒來說,她的首要目標是寫作,而不是職業,因為職業會分散她的注意力,耗費她寶貴的時間和精神。

目標會讓我們充滿幹勁,光是想像未來的狀態,就能讓大

腦發熱。話說數年前,蓓蔻帶領的寫作小組打算出版一本短篇故事集,他們都為實現此一目標躍躍欲試。動機有助於我們更努力地達成目標,從而堅持下去,它還鼓勵我們在追求夢想的過程中,學習新的技能——寫作需要相當的技巧。目標可以推動我們超越當前的能力,而成功設定目標具有公式。

成功設定目標

洛克發現了設定困難且具體目標的好處;他在一項後設分析發現「有九成的研究顯示,比起設定輕鬆的目標(或是盡力而為的目標,或是沒有目標),設定具有挑戰性的具體目標,能帶來更好的績效。」洛克與蓋瑞・萊瑟姆博士(Dr Gary Latham)合作,共同出版了極具開創性的《目標設定與任務表現理論》(*A Theory of Goal-Setting and Task Performance*)一書,書中概述了成功設定目標的五個面向。[17]分別是:

1. 明確性:目標必須具體說明要在何時做什麼。
2. 挑戰性:目標的難度應適當。
3. 承諾:目標必須由個人設定與接受。
4. 反饋:必須有一些衡量進度的方法。
5. 任務的複雜度:複雜或長期的目標應該分解成較小、可管理的步驟。

視覺化的成功關鍵,是想像一個超越目前軌跡的未來,否

則何必多此一舉？顧名思義，夢想會讓你覺得不可能、無法實現，令你感到不知所措、裹足不前，無法開始行動。故而能讓你將心動轉化為行動的關鍵，是心理學家所稱的「最佳激勵目標」，能夠激勵你前進，但又不會壓得你喘不過氣來。洛克和萊瑟姆告訴我們，**我們需要設定的目標是挑戰性和具體性的完美結合。**

目標越具挑戰性，越可能激發行動

　　柏娜汀・艾瓦里斯托（Bernardine Evaristo）是一位英國實驗派的散文詩人，也創作文學小說。當她在 1980 年代開始寫作時，她的作品完全不受主流或商業出版社的青睞。她雖「對著虛空寫作」，[18] 卻懷有遠大的抱負。她還以正向的心態，面對英國黑人作家作品長期被忽視的情況，尤其是她偏愛的激進小說*。

　　艾瓦里斯托沉浸於自我幫助與個人發展，開始養成肯定自我的習慣，此舉將她的抱負轉化為願景：「我明白輕而易舉就能達到的目標根本不是願景，只是邁向下個階段的一小步而已。」

　　當她的第一本詩文體小說《拉拉》（*Lara*）在 1997 年出

---

* 激進小說是指 20 世紀與政治和革命相關的左翼意識形態寫作。必須承認，革命的思想始終存在於激進小說作家的心中。

版時,她寫下了一份勵志語錄,期許自己有朝一日獲得布克獎:「即使情勢對我不利,但我始終相信,終有一天我會破繭而出。」她繼續創作實驗性文學小說超過 20 年,直到她的小說《女孩,女人,其他人》(Girl, Woman, Other)在 2019 年獲得布克獎,並在暢銷書排行榜上前 10 名停留了 44 週。

艾瓦里斯托指出:「如果你不付出努力,顯化是不會成功的。」她說得很對,正向思考的危險,在於它會讓你覺得自己已經完成工作了(第 6 章會有更多相關內容)。儘管艾瓦里斯托現在已經實現了她夢寐以求的一切,但她仍會為每一本新書寫下一份勵志語錄,因為這樣做會讓她「充滿自信和決心」,激勵她去完成未來的任務。

艾瓦里斯托的情況符合洛克和萊瑟姆所說的,成功設定目標的五大面向,她也示範了一個設計得當的激勵目標,如何讓人對未來的計畫充滿期待、躍躍欲試。你也可以仿效她的作法:**設定一個具體目標,來幫助你制定計畫,再加上一個進階目標,以激發你的雄心壯志。**

我們已經探討遠大夢想的意義,現在是時候將它具體化。

讓夢想變得更聰明

你可能在職場中見過 SMART 法則,這個首字母縮寫詞*經

---

*隨著時間的推移,這些字母已經代表了不同的事物,把它當做記憶的提示已然失去意義。

常被灌輸給管理者,幫助他們設定季度目標。SMART 提供了一個簡單而有效的結構,能夠滿足成功設定目標的所有需求。更棒的是,它得到美國目標設定大師洛克(Edwin A. Locke)和拉瑟姆(Gary P. Latham)的支持。以下是使你的夢想變得更聰明的方法。

- 具體(S)

模糊的目標會導致模糊的結果。**具體化有助於定義你需要做些什麼才能達到預期的終點,先從弄清楚你想要達成的目標開始做起**,不要說:「我必須寫更多。」而是要清楚定義你所謂的「寫作」是什麼意思,是指寫初稿,還是花時間閱讀、研究和規劃你的專案?而「更多」又是什麼意思?是字數更多,更頻繁寫作,還是寫作時間更長?具體化是指你要投入寫作的日期、時間或地點,所以請想想這在你的生活中可能是什麼樣子,例如你有哪些寫作機會,你何時可以在家裡、職場或其他地方寫作?

- 可衡量(M)

無法衡量的事情無法管理,像「我在未來幾個星期會寫出更多文章」這樣的目標,就無法得知是否已經達成,但「每次寫作我要寫 500 個字」或「我每週要寫三次」,便可以幫助你監控進度,知道自己是否已達成目標。

如何衡量你的目標完全取決於你自己,但持續追蹤進度是個好方法,可以讓你看到什麼是可能的,並繪製進度圖表,這樣你就可以用這些資料來編輯和重新規劃你的目標。

- 可達成（A）

可達成的目標才有可能成功，過高的目標可能會令你感到不堪負荷和恐慌，而過低的目標則可能因為無聊而導致拖延和延遲。比方說你的目標是每次寫作的字數；你可以寫 2000 字還是 250 個字？請務實一點，並請記住，判斷什麼樣的目標是可達成的，需要透過實踐來摸索（這也是為什麼衡量進度有助於將目標扎根於現實）。

- 相關性（R）

你的寫作目標應該與你想要獲得的成就一致，我的意思是，如果你的目標是寫一篇論文，你卻把所有時間花在寫俳句上，那豈非本末倒置？**請專注於整體目標及達成目標所需的條件，以避免分心。**

把你的夢想或雄心壯志，想像成指引你的北極星，檢查你所做的事情，是否有助於達成目標。如果你的目標是「多寫」，那它是一個具體的專案目標（例如寫一本書），抑或是一個練習目標（例如每週寫三次，且皆為不同的專案）？

- 限定時間（T）

設定截稿日期能提高目標的有效性，如果沒有時間限制和一定的壓力，就不會有行動的迫切性。這樣的安排可能不太愉快，但會提高你的專注力，並引導你善用有限的精力。就像我們之前提過的，唯有親自實踐後，你才會知道做某件事需要多長時間，所以你要認真監控你的進度，並適時調整。

你適合什麼樣的時間安排？如果你有遠大的抱負，請設

定一個最終日期（即使只是粗略的估計亦無妨），然後在過程中加入數個里程碑，將目標分解。

洛克和拉瑟姆認為，目標是「行為的直接調節器」，它們能塑造自我認知，並建構可能的願景，從而激發行動的動力。[19] 視覺化不能替代艱苦的寫作，但它是一個起點。巴特勒為自己設定了一個具有挑戰性的目標，一個令人興奮且激勵人心的目標——那是一個進階目標。

將具有挑戰性的進階目標（夢想）搭配符合 SMART 原則的具體計畫，可以把不可能變為可能。此外，遠大的夢想不宜太多，只有幾個就好，這樣有助於你明確工作重點，避免被那些更小、更容易、但不那麼重要的任務分散注意力。

夢想需要行動才能實現

寫作者常被耳提面命：「追逐你的夢想，永遠不要停止作夢，直到夢想成真。」但美國節目製作人、編劇兼作家香達・瑞姆斯（Shonda Rhimes）卻直斥這種建議是「屁話」。[20] 她說，很多人都在做夢，但是「當他們忙著做夢的時候，那些真正快樂的人、真正成功的人、真正有趣、有影響力、認真投入的人在幹嘛？他們都在忙著做事。」

這就是巴特勒筆記本的可貴之處：它對創作過程提供了寶貴的見解。*將它們與她的傳記一起閱讀，我們便可得知她的夢想與作品產出的進度。巴特勒並未提及她為何要寫下這些筆記，亦未說明這些筆記在她的人生中扮演了什麼角色；然而，在閱讀這本筆記時，我們可以清楚看到她對於自己的寫作和出版成就，所想像的美好未來。她在筆記本裡詳細描述了她的寫作將為她自己、她的家庭帶來的成就，以及她將如何為她的社區帶來進步。

毫無疑問，巴特勒後來確實實現了她多年前所設想的一切。我們可以從她的日記中獲得鼓舞，並理解到「明確自己的目標」是她走向成功過程中至關重要的一步。

她與柏娜汀‧艾瓦里斯托提供了完成寫作的靈感和實踐方法，我們會在下一章詳細討論這個問題。在你開始採取行動之前，你需要把你的信念和抱負寫出來，清楚指名你的目標，並設定前進的方向。接下來的沙盤練習，是為了激發你的神經元，帶著對未來的憧憬，為寫作做好準備；這些練習將幫助你實現遠大的夢想、擴展你的抱負，並透過 SMART 法則來實現具體的目標。

＊巴特勒夢想的實現，是她畢生心血的結晶，這一切都記錄在她學生時代的日記和文件中。這個寶貴的資料庫與她的作品初稿、照片和紀念品，全都存放在加州聖馬利諾的亨廷頓圖書館（Huntington Library）裡，學者們可以在此處查閱她的檔案，一探她的心路歷程。

沙盤演練──設定目標

1. **勵志語錄功效大**

   勵志語錄是以「現在式」寫成的正向聲明,能挑戰畫地自限的信念。經常重複這些話,你會開始相信它們,從而幫助你在生活中做出正向的改變。我們雖無法顯化成功,但我們可以為自己(或每個寫作專案)設定目標。你想期許自己成為一個作家嗎?最快的第一步就是寫下勵志語錄,並朝著你的寫作目標努力邁進。

2. **將目標視覺化**

   將你的寫作目標視覺化,讓你有目標可循;你需要知道目的地,才能規劃前進的路線。

   首先記下你的寫作目標,用文字表達你想要達成的目標。在這個階段,不必擔心要寫得很具體,稍後你會琢磨出來。當你遇上令人興奮的挑戰時,請尋找「期待」的感覺。

   你可以使用視覺工具來設計你的願景,幫本書(原文書)設計插畫的卡拉・霍蘭德(Cara Holland)是圖像思考紀錄家,她說:「構想願景,也就是想像和描繪未來的行為,可以讓你的志向更加明確。」[21] 在茱莉亞・卡麥隆(Julia Cameron)所寫的《創作,是心靈療癒的旅程》(*The Artist's Way*)一書中,最受歡迎的練習就是製作拼貼畫。[22] 拿起一支鉛筆和一張紙,勾勒出你的寫作夢想和目標,它會讓訊息更深刻地嵌入,幫助你記得更清楚、更長

久。

3. **將成功畫面視覺化**

視覺化一個正向的結果,例如達成一個長期目標的感覺,你會覺得很開心,因為這會提示大量正向的腦部化學物質。神經科學顯示,當你視覺化某件事時,你會刺激與實際做此事時相同的大腦部位,導致新的神經通路出現,這種神經可塑性過程對我們的發展非常重要。

寫一張清單,列出當你達成目標時會發生的所有好事。你會有什麼想法?你會做什麼?你會說什麼?你會有什麼感覺?結果會如何?與我們合作共事的一位神經科學家建議:寫一份清單列出 50 件事。[23] 這聽起來很難,但它會讓你的大腦運轉起來,並擁有好心情。

4. **優化目標**

將你的目標寫成一個簡單句,且要超越你目前的能力。接下來,運用 SMART 法則,使你的目標具體、可衡量、可達成、相關且有時間限制。

5. **檢查目標是否含有「激勵因素」**

當你設定寫作目標後,檢查一下你有什麼感受。問問自己,你的目標是否:

A 令你感到害怕且難以負荷?
B 感覺像在公園裡散步一樣輕鬆?
C 令人興奮、有挑戰性,且可以實現?

如果你選擇了 A,你很可能永遠不會開始,因為過高

的目標會導致拖延，那就將目標定得小一點。如果你選擇了 B，你很可能會在完成之前就打退堂鼓，所以可以再逼自己一把。如果你選擇了 C，你找到了激勵因素：這個目標有點挑戰性，但並不會令你感到懼怕。

6. 重新檢視目標

所有練習的最後一個重要部分，是夢想和目標的提醒。奧塔薇亞・巴特勒將她的目標寫在筆記本的封面上。柏娜汀・艾瓦里斯托會為每個新專案寫下勵志語錄，並把她過去的夢想存放在一個大箱子裡。

你也可以簡單地把你的夢想寫在便利貼上，然後貼在電腦上，或是把它輸入手機裡。如果你想提醒自己，可以設置行事曆通知。例如蓓蔻每個月都會在生日那天檢視她的目標。你甚至可以寫一封信給未來的自己[23]，並在幾年後得到提醒。

請記住，你的目標既不是固定的，也不是一成不變的，你應配合你的寫作專案和生活現狀調整它。有些目標適合你，有些則不適合。你的寫作方式也會隨著時間改變，這取決於你生活中其他事情的發展。實現目標的過程要靈活，不要把自己的方法與他人的方法相比，也不要與過去的自己比較。

我們的寫作目標規劃工具能幫助你命名你的夢想，使它成為符合 SMART 精神的目標，並確定你要採取的第一步。若要下載，請前往：prolifiko.com/writtenresources。

第 5 章

踏出第一步

從小處做起，進步隨之而來

這是 11 月的第一天，清晨的霜雪寒氣襲人。前一天晚上收到的甜食禮籃，已經失去了吸引力，原本用來嚇人的恐怖萬聖節服裝，現在該送去乾洗店或是丟進回收箱？對某些人來說，活動日程已經轉到篝火之夜（Bonfire Night）或排燈節（Diwali）。

對於另一些人來說，夜幕降臨，空氣中彌漫著煙火的硫磺味，預示著為期一個月的盛大活動即將到來。全世界的作家都會打開電腦，捲起袖子，迎接每天寫 1,667 字、連續寫 30 天的任務——這是全國小說寫作月（NaNoWriMo）。

蓓蔻在 2021 年跟著其他作家站上起跑線，目標是在 11 月結束前完成一本 5 萬字的小說。第一天她躍躍欲試、充滿了動力，還制定了一個堅不可摧的計畫來實現目標。第一週她全力衝刺，加上事先安排好的寫作靜修營，她在 4 天內瘋狂寫下了令人震驚的字數。但是一回到家，現實生活猛烈地向她襲來，她心想：「休息幾天應該沒關係吧。」但說好的幾天很快變成

了一星期，等她反應過來時，她的寫作進度已經落後了幾千字，根本不可能趕上。

於是她放棄目標了。

你可能很熟悉這種經驗：一個曾經超級美味的目標很快就變味了，這種情況尤其常發生在 1 月：我們的「新年新願望」失敗了。在上一章，我們提倡要有遠大的夢想，以建立寫作的動力。不過我們所說的動力，不只是你在想像未來時，所感受到那種激勵因素；這種激勵因素其實有可能會誆騙我們，讓我們誤以為自己已經達成目標，從而降低行動的動力。

儘管有一個遠大的目標確實會讓我們興奮，但諷刺的是，它更有可能導致我們不採取行動，而非付出應有的努力。下一章會有更多關於這方面的科學知識。現在你只要知道一個大目標，會激起我們身體的戰鬥或逃跑機制就夠了，而且目標越重要，我們對結果的期望就越高，我們的心情就益發戒慎恐懼，直到它徹底壓垮我們。曾經令人興奮的目標感覺無法實現，導致拖延，而且往往以失敗告終。[1]

從小處著眼

數以千計的人報名參加 NaNoWriMo，有 20% 達成了他們的目標，這顯示設定宏大的目標，對某些人來說確實有效。但如果你屬於那無功而返的 80% 也不必氣餒，本章將探討另一種取得進度的方法；無論你是剛開始一個寫作專案，還是已在進行收尾工作，也不論你是新進菜鳥還是資深老手，都能使用此

一解決方法。這是我們給每位作家的建議，不論你的寫作過程進行到哪個階段，它都有效。但在告訴你如何運用這個方法之前，我們先來認識一位了不起的女性，她一肩挑起了一個巨大的目標——書寫有關種族主義的作品。

蕾拉・薩德（Layla F. Saad）很愛用 Instagram，她在自己的帳戶中建立了一個擁有近 2 萬名追隨者的社群，她經常在這個社群裡，分享有關女性靈修和領導力的文章。2017 年 8 月發生在美國維吉尼亞州夏洛特鎮（Charlottesville）白人至上主義者集會發生的暴力衝突新聞，令她感到震驚，尤其是當她注意到她的社群中竟沒有任何人在討論這件事，她決定將自己的震驚寫成一篇部落格文章。[2]

約莫一年後的某個晚上，她躺在床上輾轉反側，想知道她的社群學到了什麼，她說：「事情就是這樣起頭的。」她開始在手機上寫筆記。[3] 起初她只打算在 Instagram 上「拋出」一個問題，但她很快就意識到，事情不會就此打住。薩德宣布她要在 Instagram 進行一個為期 28 天的挑戰，並邀請她的粉絲響應。翌日早上她惴惴不安地起床，懷疑這是否是個好主意。

數千年前，中國的哲學家老子曾寫道：「天下難事，必作於易，天下大事，必作於細。」[4] 意指**圖謀難事要趁容易的時候下手，實現遠大目標要從細微處做起**。薩德應對白人至上主義無疑是件難事，她的做法是提出一系列看似無關緊要的小問題，而這些小問題，在個人層面上引發了一場重大的對話。翌日，當她打開 Instagram，她看見貼文下方湧入一堆評論，人們都很樂意參與，她說：「太好了，來開始行動吧。」[5]

無論你的目標是什麼——鼓起勇氣在社交媒體上發文、寫

部落格或寫書，你都得邁出那第一步。就像薩德會質疑自己在 Instagram 上發文的決定，我們天生會趨吉避凶，避免做那些令人害怕的事情。

克服「戰鬥或逃跑」反應的解方，便是專注於那些不會啟動這些原始生存反應的小行動。聚焦於較小的目標可以繞過大腦中的恐懼中心，心理學家羅伯特．莫爾（Dr. Robert Maurer）博士解釋道：

> 容易達成的小目標可以讓你悄悄繞過杏仁核，讓它睡著而無法響起警鈴。隨著你的小步驟持續進行，以及大腦皮層開始運作，大腦會開始為你想要的改變創造軟體，真正建立新的神經通路與養成新的習慣。[6]

從小處著眼不僅可以避免提示大腦的恐懼中心，還能建立新的神經網絡，長期支持寫作習慣的養成。這遠比依賴動機來開始寫作，或是靠著意志力撐下去更有效。儘管夢想大的目標對於憧憬成功是非常重要的，但是一路上的小目標才是幫助你達成目標的關鍵。

從心理學的角度來看，「動機」就是想要改變某種行為，例如多寫點字或減少拖延。動機常被描述為驅動力或需求，是我們「內在」渴望改變的東西，當我們想像成功時，我們就會產生這些感覺：興奮、有衝勁，一心只想採取行動、達成目標。

但動機無法預測我們能否成功建立習慣，我們甚至可以說它是一個陷阱，而且很多人都可能會掉進去；例如許多人意氣風發地許下新年新希望、或是報名參加雄心勃勃的寫作挑戰，

或是寄出博士學位申請書,但是沒過幾天就變得意興闌珊。

動機並不可靠

雖然動機是改變的重要驅動力,但它並不可靠。史丹佛大學的社會科學研究員福格(B.J. Fogg),將動機比喻成「派對咖」(party-animal),是陪你歡度夜生活的良伴,但在重要的事情上卻不值得信賴。我們的動機除了反覆無常之外,往往還互相衝突,任何曾經努力實現多年目標(例如在寫一本書的同時,還要設法維持工作與生活平衡)的人,都會深有體會。

福格創建了一個簡單卻強大的模型,用來解釋動機與我們的行動能力之間的關係。福格行為模型(Fogg Behavior Model)[7]能幫助我們理解,在我們剛剛許下新年的寫作目標(或嘗試完成 NaNoWriMo 每天的寫作目標,以及任何雄心勃勃的目標)後的頭幾天,究竟發生了什麼情況。**當動機、能力和提示這三者同時出現時,行為就會發生。**這個模型通常寫作 B=MAP:

- **B** 是行為——你想要做的事情,亦即寫作。
- **M** 是動機——我們善變的朋友,這股神秘的內在驅動力促使我們行動。
- **A** 是能力——我們做出該行為的能力,這可能需要技能和天賦。
- **P** 是提示——促使我們採取行動的提示因素。

福格行為模型以圖表的形式呈現，縱軸表示執行某一行為的動機，由低到高排列，橫軸表示完成該行為的能力，從難到易排列。如下圖所示：

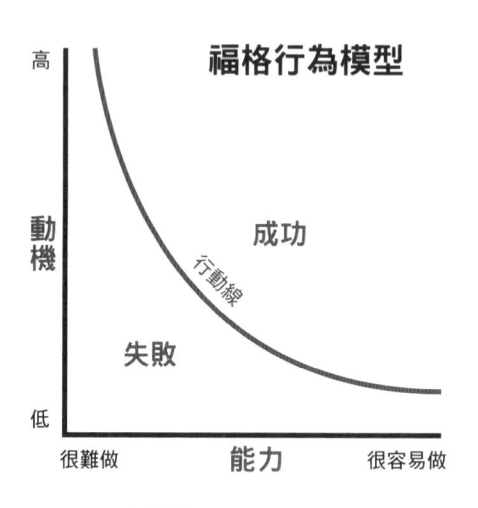

福格行為模型

縱軸：動機（低到高）
橫軸：能力（很難做到很容易做）
曲線：行動線
曲線上方：成功
曲線下方：失敗

資料來源：©2007 BJ Fogg

圖中的曲線稱為「行動線」，它解釋了動機和能力之間的關係。當你需要採取的行動非常困難，例如寫書、劇本或論文時，你需要很大的動機。如果是容易做的行動，例如寫一個句子，你就可以用較低的動機來完成。這條線決定了某件事變成行為的可能性，行動線的上方代表成功，行動線的下方則是失敗。

以提早1小時起床寫作為例，這對大多數人來說很困難，光是做一次就已需要鋼鐵般的強大動機，更別說要重複多次，直到成為固定的日常習慣。相比之下，在白天抽出五分鐘來寫作就比較容易做到，而且所需的動機也低得多。同樣地，在理

想情況下，NaNoWriMo 要求每天寫 1,667 個單字是可以達成的，但僅是耽誤 1、2 次，就需要更多動力才能趕上進度並堅持下去！

根據福格的說法，由於動機非常不穩定，我們不能指望它按時出現，更不用說一直保持高昂的動機。這意味著**當我們想做某件事時，最好的辦法就是讓任務變得盡可能容易做到**。一旦我們開始做一件簡單的事，只要重複做就可建立技能；日積月累下來，這個行為會變得越來越容易做，你就可以逐步加強它，最終養成習慣（稍後將會詳細說明）。

這個等式的最後一部分是「提示」，它是促使我們去做新行為的觸發器。提示通常來自我們已經習以為常的事情，例如起床、吃飯，或是開始（或結束）工作，這些都是很好的行動提示。以蓓蔻的另一個目標為例*：閱讀更多非小說類書籍。

和許多人一樣，她在睡前閱讀是為了促使自己就寢，但每次一翻開那些內容深奧、資訊量頗大的書，腦子就停不下來，結果反而更睡不著。後來她試著改成在早餐時，讀非小說類的書，把小說留到睡前看。沒想到這麼一來，她的閱讀量幾乎翻了一倍，而且還順便改掉了邊吃早餐邊滑手機，狂看負面新聞的壞習慣。透過這樣的「提示」，她養成了一個不靠意志力、卻能達成「多看書」目標的小習慣，而且因為有個明確又簡單的觸發器，她根本不需要動力。久而久之，一到了那個時間，

---

* 你可能已經發現到，蓓蔻喜歡目標、挑戰以及培養新的習慣和行為，克里斯則沒那麼熱衷，我們會在第 9 章中探討我們為何如此不同。

她自然就會開始閱讀,這件事也慢慢變成生活的一部分。

勇敢踏出第一步

福格的研究涵蓋了 6 萬人以上,他發現不管多有野心,只要從微小的行動開始,任何人都能養成新習慣。他分享了自己試圖養成使用牙線習慣的失敗經歷——即使他知道自己需要、也很想這麼做,但始終無法堅持下來。後來他運用「微習慣(Tiny Habits®)」法,從「只用牙線清潔一顆牙」這個小步驟開始行動,而這個簡單、容易做到的第一步,就是他成功建立使用牙線習慣的關鍵。

對於蕾拉・薩德來說,她的第一步就是在 Instagram 上發布一個問題。且讓我們看看她的結果如何,在她分享了自己意圖的第二天早上,人們就開始接受挑戰。在接下來的 28 天裡,她的社群透過「 #MeAndWhiteSupremacy」標籤,在評論中公開回答不同的問題,並在私底下寫日記。

她本以為人們會離開,但每天都有更多人湧入,而且人數不斷增長。她解釋道:「6 個月之後,我將挑戰轉換成工作手冊,並加以擴充,以免費下載工作手冊的形式發布到全世界,結果它爆紅了。三天內就有超過 1 萬人下載,6 個月內就有近 10 萬人下載。」[8]

自費出版還不到 1 個月,就有大型國際出版社來找她,詢問她是否想把這本書出版,她自是欣然應允。薩德於 2020 年出版《我與白人至上主義》(*Me and White Supremacy*)一

書,此書在《紐約時報》暢銷書排行榜上名列第 8,在《星期日泰晤士報》暢銷書排行榜更是高居第 3,並在同年仲夏登上了《紐約時報》暢銷書排行榜的第 5 位。

對薩德來說,這次的經驗改變了她的人生,她形容最初 28 天的挑戰「既令人心碎但也心潮澎湃。」[9] 一開始只是在社交媒體上發文,結果卻登上了大西洋兩岸的暢銷書排行榜,薩德形容這趟旅程猶如「量子飛躍」[10],而這驚天一躍始於小小的一步。

就像老子說的:「千里之行,始於足下。」[11] 一旦你清楚自己想養成什麼行為,比如規律寫作,接下來就需要找出最小、最容易開始的方式。有兩種方法可以做到這一點。[12]

1. **小步前進。**這是能讓你開始寫作的小動作,例如打開筆電或是為文檔命名,現在還不一定要寫任何東西。它將會發展成一個寫作習慣,**只要第一步很小,你就很容易開始。**
2. **縮小規模。**這種方法會引導你把想要養成行為(例如每天寫作、完成七萬字的小說)的規模縮小,不要好大喜功,一開始就想著每天一定要寫出一千字,倒不如從寫 10 個字開始。**只要你每天出現、日日重複,習慣就會慢慢建立。**隨著一段時間過去,你每天寫作的字數自然會逐漸增加。

無法在大目標上取得進展,與個性不好、缺乏意志力或不夠自律無關。薩德的書是縮小規模的好例子:她透過一系列小

問題，成功讓人們參與種族議題這個大問題，並展開有意義的對話。她在 Instagram 上發表的文章逐漸發展成一本自行出版的工作手冊，然後成為一本暢銷書，實現了她想要改變對話的原始目標。現在我們就來看看另一種作法——小步前進。

小步前進，能成就大事

正當福格在史丹佛大學試著養成使用牙線的習慣，位於舊金山灣的另一邊，一家新創企業的員工也在他的寫作上邁出了第一步。2007 年的羅賓・史隆（Robin Sloan）還只是推特的第一批員工之一，他的工作是說服電視台之類的傳統媒體，採用推特提供的服務，因為推特可以提供即時更新的突發新聞，並將當時正方興未艾的全民新聞報導發揚光大。

史隆的工作雖有趣，但兵荒馬亂又累人，而且他有點悵然若失，因為他想要自己創作內容，而不只是報導別人的事。史隆說：「幸好我跟朋友組了一個寫作小組，那絕對是改變我人生的一場幸運邂逅。」他們三人每週都會見面，並約定必須帶來一些東西供大家閱讀和討論。因為他們閒暇時間不多，只能寫一些很短的「片段」，有時是一個故事的開頭，有時是一則極短篇小說＊。

＊極短篇小說亦稱微小說，全篇字數含標題及標點符號限定在 6 百字以內。

某天史隆正在刷推特（這畢竟是他的工作），讀到了一則來自「@idlethink」的推文，此人說他把一個 24 小時書籍投遞箱（book drop），誤看成 24 小時營業的書店（bookshop）。[13] 此事給了史隆靈感，他在接下來的寫作片段中持續探索這個提示，它激發了一個故事的構思。經過幾個月的寫作，以及來自寫作小組的反饋與支持，他完成了一篇 6 千字的短篇小說。達成這個重大里程碑後，他的寫作動力高漲，迫不及待地想邁出下一步。

當時亞馬遜剛剛發布了第一款 Kindle 電子書閱讀器，史隆一見便愛不釋手：「我看到那台設備，心想，哇，這東西太美太迷人了！我可以往這個陌生的新容器裡倒些什麼呢？」他決定自行出版他寫的故事《24 小時神祕書店》（*Mr. Penumbra's 24-Hour Bookstore*）。[14] 這個故事在 Kindle 商店售出了大約 1 千本，這對一位初試啼聲的作家（兼出版者）來說，算是難以置信的成功。他寫了一些作品，把它公諸於世，竟然有陌生人願意付費閱讀！這讓他深深著迷欲罷不能，他渴望繼續寫作並發表更多作品。

2009 年一項新的科技發展吸引了史隆的注意，這是集資平台 Kickstarter，人們可以透過它募集資金來支持自己的創意專案。8 月底，史隆在平台上設立了一個頁面，名為「羅賓寫了一本書（你也能得到一本）」，並開始爭取支持者──他的目標是獲得 300 人的支持。Kickstarter 有固定的募款期限，所以時間非常緊迫。他跟朋友、家人和他的小讀者群分享了這個訊息，消息慢慢傳開來。到 10 月份他有了 422 名支持者，並登上了 Kickstarter 首頁，這可是每個專案的夢想呢。

當募款活動在 2009 年 10 月 31 日午夜結束時,史隆共獲得 570 名支持者認捐了 13,942 美元。募款計畫成功落幕,為了替活動增添趣味,他決定在募款的同時寫完這本中篇小說。於是在募款結束的一週內,他便收到了該書的校樣本,兩個星期後,每位支持者都收到了一本書,就像當初說好的那樣。雖然這樣的發展已經很棒了,但故事還沒完喔。Kickstarter 的募款活動引起一位文學經紀人的注意,他希望史隆把它發展成一本長篇小說。史隆解釋道:

> 我們坐下來一起策劃,相信在神祕書店陰暗的書架上,有一個更大的故事在等著我們。於是我自 2010 年開始創作我的第一本長篇小說,我一點一點地寫著,一直奮戰到 2010 年的最後一刻,也就是除夕的午夜時分,我才終於完成初稿。它讀起來很艱澀且難以理解,但那畢竟是一個有頭有尾的完整故事,我們就是從那裡開始的。[16]

《24 小時神祕書店》的初稿被送到經紀人手上,接著進了出版社、書店,然後到了大批讀者手中,讓它登上了《紐約時報》暢銷書排行榜。該書還被《舊金山紀事報》評選為 2012 年百大好書之一,也成了《紐約時報》編輯推薦好書,並躋身美國公共電視台精裝小說暢銷書榜單,而這一切榮耀全都源自一條推文所引發的靈感。

鷹架式出版的力量

史隆自稱他是透過「小步前進」謀得大業——先寫一些簡短的文章片段，在過程中累積經驗和技巧，並逐漸找到更多機會跟讀者分享自己的作品。薩德則是以「縮小規模」，透過與社群合作進行每日挑戰，來逐步改善一個重大的問題。

他們都沒有設定傳統意義上的目標，例如登上《紐約時報》暢銷書排行榜，可他們都做到了，都是小步前進謀得大業的好榜樣，但最重要的是，**他們找到了如何踏出第一步的方法，並以對自己有意義且可以掌控的方式持續前進。**

某些專業領域的寫作者則是刻意採取漸進的寫作方式，這便是學術圈中所謂的「鷹架式出版」（scaffold publishing）。它的過程就像搭鷹架，研究人員可能會先在會議上發表他們的想法，然後在期刊上發表文章，或是先寫一本簡短的書來出版。他們不會一開始就寫一篇艱澀的專著，相反地，他們會採取較小、逐步進行的行動。科技讓這一切變得更容易。許多學者開始接受數位形式的分享方式，例如寫部落格、製作 YouTube 影片，或使用 TikTok 來傳播他們的想法並建立追隨者（請參考 #academics）。

「UKSG」是英國一家支持學術通訊的慈善機構，它指出：「這種搭鷹架的出版方式，不僅讓研究人員得以滿足學術機構的期望，又能善用更具創意的途徑來分享其研究成果，並拓展未來研究發展的潛力。」[17] 此舉能幫助學者因應來自校方「不出書便出局」的壓力，並全力發揮創意，對許多人而言，創意是寫作過程中極具成就感的部分。

建立行動節奏

接下來我們要學習另一種做法;有些人在規劃寫作步驟時會經過深思熟慮,例如那些從事寫作的企業家。而且拜其專長之賜,他們會將自己的專業知識,應用到寫作這樣的創意實踐中,也很擅長把目標拆分成一個個較小的里程碑,就像他們在預測收入或制定產品路線圖那樣。

至於那些透過寫部落格、為產業媒體撰寫文章,或著書來分享專業知識的人,寫作其實是他們事業計畫的核心部分。這也是「實用啟發出版」(Practical Inspiration Publishing)的總監艾莉森・瓊斯(Alison Jones)所推薦的方法,她認為**寫作並非學習和思考過程的結果或最終階段,而是在每個階段都能支持思考的寶貴工具。**

然而就像俗話說的「當局者迷」,當瓊斯開始寫自己的書時,她卻卡關了,她出現了最原始的戰鬥或逃避反應。她解釋道:「當我在寫《這本書,玩真的!》(*This Book Means Business*)時,我突然出現嚴重的冒名頂替症候群*,寫一本關於如何寫書的書,是一項令人極度尷尬的練習。」瓊斯需要找到一種能充分發揮她個性的寫作方式,以幫助她躡手躡腳地克服對書寫的恐懼。經過一番思考後,她終於找到了她能踏出的第一步:

---

* 冒名頂替症候群是指成功人士無法將成就歸功於自己,認為是受到別人的幫助,或是運氣好,害怕有朝一日被人拆穿自己是個騙子,因而更加努力,患者往往會出現憂鬱、焦慮或恐慌。

我推出了「非凡商業書籍俱樂部」Podcast，我的目的很明確，就是要讓自己對寫這本書公開負責，同時提供一個平台，讓我可以與專家對談，並獲得他們的心得與啟發。這對我而言是個很棒的策略，因為我是個外向的人：我的能量來自與他人連結和互動，而非獨自坐在鍵盤前。

寫作的第一步往往不是真的寫作。對瓊斯而言，她的Podcast定期為她的書提供內容來源，以及每週出席並完成工作的責任機制。她的寫作不只是在紙上寫字，而她並非唯一一個找到這種方法的人。

大文豪狄更斯（Charles Dickens）一生寫了15本小說，以及大量的短篇小說、中篇小說、文章和散文。他也是透過與他人對話，例如與其他作家花很長時間散步和交談，跟讀者長篇通信，以及連載作品來啟發他的寫作。這些事全都是為了寫作而做的，目的是透過小而愉快的任務，為寫作提供靈感和反饋。

但是對我們許多人而言，上述這些活動極可能會變成拖延──無止盡地談論寫作，而不是真的去寫。讓這種方法奏效的關鍵，在於你所做的一切最終都能引導出更偉大的東西。對瓊斯而言，和專家交流，幫助她弄清楚該寫什麼；她為Podcast寫部落格，然後將這些貼文當做她寫書的基礎。

狄更斯則是利用連載出書，這是一種分期寫作的形式，先在雜誌上發表，再將作品彙編成長篇小說重新出版。他的第一本小說《匹克威克文集》（*The Pickwick Papers*），出自當

時一份流行期刊的每月專欄，共分 19 集出版，還附有漫畫插圖。他之前從未寫過小說，因此每月提交專欄，給他提供了一條進入寫作的途徑。這對狄更斯來說是一個非常成功的策略，以至於他創辦了一本名為《家常話》（*Household Words*）的雜誌，當做分享自己作品的平台。

他這位先驅啟發了許多同時代的作家跟進，包括喬治・艾略特（George Eliot）、威廉・梅克比斯・薩克雷（William Makepeace Thackeray）和伊莉莎白・加斯凱爾（Elizabeth Gaskell），全都透過連載故事吸引了大批讀者。[18]

將連載集結成書的出版方式，意味著狄更斯可以獲得讀者的反饋，並根據讀者的反應改寫劇情、改變角色，以及改進作品的結構和懸念。雖然現今雜誌已不再流行，但連載仍以其他形式存在，並被作家運用得非常成功。

小說家 E.L.詹姆斯開始寫情色同人小說（fanfiction）部落格，是為了向史蒂芬妮・梅爾的《暮光之城》系列小說致敬。她白天在電視台工作，只能在晚上追劇式寫作並發布更新，以滿足粉絲們的需求。這個故事原本叫做《宇宙之主》，但詹姆斯花了十八個月的時間將它改寫成《格雷的五十道陰影》三部曲。她在 2011 年將出版事宜交給澳洲一家小型出版社，之後引發了一場競標狂潮，最終銷售量達到 1 億 5 千萬冊，被翻譯成 50 種語言，風靡全球。

設定漸進式的次目標

搭鷹架式出版和連載,都是將大目標分解為較小的目標,研究人員稱之為「近期次目標」,恰與「遠端目標」相反,遠端目標是我們遙不可及的夢想。將宏大的目標分階段達成的作法,不僅可以避免提示大腦的恐懼中心,讓我們得以順利完成任務,還能大大提高動機。心理學家在 1970 年代研究發現,設定漸進式的次目標,能對心理造成正向的影響,其原因有以下三點:

1. 與難以企及的大目標相比,近在咫尺的小目標,可以立即激勵人們的表現,而遠在天邊的目標,則容易讓人懈怠。
2. 次目標能幫助人們更清楚自己需要做什麼,從而讓他們可以選擇做什麼活動、需要付出多少努力,以及需要堅持多久。
3. 透過達成次目標,人們會取得進步,並且更有可能掌握相關技能。

加拿大研究人員亞伯特・班杜拉(Albert Bandura)和戴爾・H・申克(Dale H. Schunk)指出,次目標能提高動機,並使人們更有可能繼續進行手頭上的專案:「當人們追求並達到期望的表現水準時,他們會產生滿足感,而達成次目標得到的滿足感,可以激發內在興趣。」[20] 這是一個雙贏的局面;**設定小步驟不僅能讓你更有可能去執行任務並持續前進,還會讓你**

產生滿足感。其實是動力激發動機，而非動機讓你產生動力，這個事實帶出了接下來的好消息。

本章中提及的許多例子，皆是出自原本就想寫作的人，無論他們是為了樂趣、事業或商業而寫作，還是把寫作當成是一種改變人心的行動主義，他們都已經有了寫作的動力。但如果你並不是真的想寫作，那該怎麼辦呢？別擔心，研究人員已經為你想好解方。班杜拉和申克並未著眼於那種「實現夢想」型的目標，而是尋找對某項活動毫無興趣的人。他們發現，即使是對學習「極度沒興趣」的人，只要設定漸進式的目標，仍然能夠在一連串的學習過程中進行自主學習。

每當你卡關了、對當前的專案感到沮喪、甚至無法再繼續下去時，先別管動機了，轉而從小處著手吧。

本章中提及的所有作家，都找到了繞過大腦恐懼中樞的方法，藉由一個小步驟推動了他們的目標有所進展。艾莉森‧瓊斯透過 Podcast 發揮了她的外向能量；蕾拉‧薩德在 Instagram 上與她的社群合作；狄更斯寫了連載小說；羅賓‧史隆與兩位好友組成寫作小組，互相分享故事片段；學者們透過搭鷹架的方式，把寫作計畫分成逐步前進的階段來啟動寫作。他們每一位都找到了適合自己的方法，雖然你可能很想借鑒他們的某個步驟，但其實找到你個人的獨門方法效果會更好。我們鼓勵寫作者使用一個簡單的兩步流程，來思考各種適當的選項：

1. 產生多個選項，因為擁有好點子的最佳途徑就是擁有

許多點子。
2. 挑選最快速、最簡單或最有趣的點子。

雖然一些生產力大師都說，最困難的事情（例如吃青蛙＊）要最先做，但我們發現，**開始做事的最佳方法，是做你喜歡的事**，而且研究也證明了這一點。[21] 所以當你已經認真思考過，如何將你的大目標縮小規模，並列出了可以開始行動的各種小方法後，接下來就是思考哪一個步驟是最小、能最快完成或最容易執行的。

想一想你現在（或待會）就可以做哪件事，如果這些步驟全都無法在幾分鐘內完成，那就表示你還需要進一步縮小規模。請記住，你需要找到夠小的步驟，例如打開你的筆電、命名一個新文檔，或是寫 1、2 個句子。當你有了幾個選項，就選最吸引你的那個。

羅賓・史隆就是這樣做的；比起每天刻意練習寫作，他更偏好從寫作中獲得一些樂趣，例如給原稿再添點東西、寫電子報及部落格，或自費出版一本中篇小說，選擇真的很多。他解釋說：「寫作可以是有趣的、務實的、匆忙的、瘋狂的、商業化的、粗俗的，也可以是成功的。任何方法都可以試試，但不是每種方法都有效！城市的大門敞開著，進城的路有上千條！」[22]

我們一起來找到你進城的路吧。

＊「如果你的工作是吃一隻青蛙，那你最好是一早就去吃它。如果你的工作是吃兩隻青蛙，最好先吃了那隻大的。」很多人都認為這段話出自幽默大師馬克・吐溫，但其實並沒有證據證明他曾說過這句話。不過，時間管理大師布萊恩・崔西（Brian Tracy）倒是在 2007 年出版了《先吃了那隻青蛙！告別拖延，布萊恩・崔西高效時間管理 21 法則》（*Eat That Frog!: 21 Great Ways to Stop Procrastinating and Get More Done in Less Time*）一書。

沙盤演練——開始

1. **思考你要做什麼**

   別再拖延你的目標了，**如果你感覺卡關，最好的起步方式就是從小處著手。**這個方法適用於寫作生涯的各個階段，不論你是正要開始一個專案，還在夢想的周圍打轉，試圖找出該從哪裡開始。你也可以把它當成每天優先要做的練習，用一個快速達成的小成果，來幫你的寫作肌肉熱身，並建立信心。

   花點時間思考你要做什麼，它可能是一個「成果型目標」，例如完成一篇文章或一個章節，也可能是一個「實踐型目標」，例如定期寫作。你心中有特定的目標或專案嗎？你是否有想要努力的行為，例如每天寫作一定的時間（或字數、頁數）？

   先說出你的目標並將它寫下來，然後找出接近目標的最佳方法。

2. **確定第一步**

   以你正在進行的行為或目標為基礎，將它縮小規模，或是找到一個可以立刻開始的小步驟。

   縮小規模特別適用於成果型目標，如寫篇文章、論文或寫本小說之類的特定專案。把整個作品縮小成一些容易達成的小目標；不要想著一口氣寫 500 頁，而是先寫一頁、半頁，甚至只是一個段落都好。

   起步的這一步驟，會引導你邁向你想要建立的習慣

行為，它們是一些讓你熟悉寫作行為的小事，例如打開筆電，或命名一個文檔，一開始甚至不需要進行任何寫作。只要降低門檻，你就可以開始一項日常習慣，且能持續下去。

在這個階段的步幅應該很小，關鍵是要讓你起步，等你適應了，就可以加大步伐。現階段你需要以超小的步幅來繞過你腦部的恐懼中心，如果你開始感到憂慮或恐慌，就表示你需要將步幅放小。

3. 腦力激盪

如果你手上有多個點子可選，你就更有可能產出一個成功的點子。[23]

拿出一張紙，在頁面中央寫下你的目標，然後自由發揮，列出所有可能幫助你達成目標的事情，可能是你要立即採取的步驟，也可能是你為了騰出時間寫作而需要停止做的事情。請盡情享受這項練習，並走出你的舒適區。

最後，選擇一項簡單、快速或有趣的事情來做。

4. 積少成多

你可能對小步前進的方法有所懷疑，畢竟如果每天只寫 10 個字，那寫完一本 7 萬字的書不就要花上「一輩子」。＊但只要你持續出現並實踐你的小步驟，你就會逐

＊ 在這種情況下，「一輩子」指的是 7 千天，約為 19.18 年。

漸熟悉它,也不再那麼害怕,而且也會做得更好。這時候你就可以將這個小步驟擴大。

只要你每次寫作都準時出現,並且持續重複,這樣你的寫作習慣就會自然養成,而不會讓大腦的杏仁核(掌管恐懼的區域)感到驚慌。

5. 找到提示

「提示」可以讓步驟融入你的日常生活中;找出現有的例行活動(例如刷牙或吃早餐)或事件(例如手機通知),讓它成為你做新行為的提示,多試試各種方式並找出最適合你的。

6. 獎勵進步

雖然我們在這一章一直說,動機對於作家而言,是個善變且不可靠的朋友,但這並不表示寫作是件毫無樂趣的苦差事。其實你若能開心快樂地寫,將有助於你繼續前進,尤其是在你遇到困難時。

不要忽視你邁出的每一步或達成的每個里程碑,並且要透過慶祝、獎勵或犒賞自己,來啟動大腦的獎勵迴路,好將那正面的情緒深植於腦中,這樣你才知道自己一直在進步,並在你的專案逐步向前邁進時,產生應有的成就感。

第 6 章

停止分心

主動掌控你的注意力

　　英國著名作家尼爾・蓋曼（Neil Gaiman）曾在 2009 年，回覆一位透過部落格聯絡上他的粉絲——這個名叫蓋瑞斯的書迷，有些話不吐不快，因為他有點失望；大獲好評的電視劇《權力遊戲》（*Game of Thrones*）原著作者喬治・R・R・馬丁（George R.R. Martin），還未推出該劇的原著小說《冰與火之歌》（*A Song of Ice and Fire*）的第六集，這位粉絲抱怨道：「馬丁對下一本小說的出版日期諱莫如深，這讓我越來越沮喪，感覺他似乎竭盡所能地逃避工作⋯⋯認為馬丁不寫下一章是為了讓我失望，這想法是否不切實際？」

　　蓋曼在主旨為〈權利問題〉的回覆中寫道：「蓋瑞斯，這句話可能不太中聽，我也一直試著用一個更好的方式來表達，但至少從我的角度來看，事情很簡單：喬治・R・R・馬丁並不是你的奴隸。在你把喬治視為你的奴隸，應該乖乖敲打出你現在就想讀的內容時，我必須指出這一點——人非機器，作家和藝術家也不是。」[1]

盛名之累

《冰與火之歌》系列小說第六集《凜冬之風》（*The Winds of Winter*），確實原定於 2014 年交稿（現在已經是 2023 年，蓋瑞斯一定已經到了忍無可忍的地步），但作者似乎仍在寫初稿。

在一次訪談中，馬丁的一位朋友兼合作夥伴表示，《權力遊戲》的大紅是一把雙面刃。[2] 說得沒錯，這部作品已經風靡全球，但成功也讓這位作家越來越難專心寫作。在撰寫本文時，馬丁正忙著處理各式各樣的寫作計畫，包括《權力遊戲》的前傳、續集和衍生作品，但似乎不包括萬眾期待的第六本書。

他現在的生活充滿了令人興奮的新選擇，而這些都有代價，他在一次會議上承認：「由於書籍和節目如此受歡迎，我經常要接受訪問，經常要出門旅遊，就像突然有人邀請我去南非或杜拜旅行，誰會放棄免費的杜拜之旅呢？」

外出旅行確實令人興奮，但也導致了拖稿，馬丁解釋道：「我旅行時不寫作，我不在飯店房間裡寫作，也不在飛機上寫作，我真的必須待在自己家裡，不受干擾地寫作。我的前半生沒人打擾我，但現在每天有一堆人在打擾我。」

馬丁目前採取的終極解方，是搬到一個與世隔絕、地點不詳的山頂小屋寫作，而且在幾個奴才（他的原話）的打理下，馬丁的每項需求都能得到滿足，每個潛在的分心、干擾或輕微刺激，都會在打擾他之前被他們巧妙地、悄悄地移除。馬丁在部落格上抱怨，那裡的生活非常無聊：「說實話，這裡的生活

真的很不舒心。」[4]但至少他能夠專心寫作呀。

給大家一個健康的提醒：即使是世界上最成功、最有經驗、最富有、最有才華和最受歡迎的作家也是人，他們也會分心和被打斷，就像其他人一樣；他們還會感到恐懼和疑慮，就像其他人一樣；有些人可能會說，他們會找藉口逃避寫作，就像我們一樣。在本章中，我們將探討當你分心時，大腦中發生了什麼事，以及如何透過微妙的方法轉移，讓你比想像中擁有更多的時間與專注力。我們還將探討一些實用的方法，幫助你在寫作生活充滿障礙時，仍能保持專注與動力。

分心是人類的天性

為了幫助寫作者持續進步，我們推出了寫作衝刺課程，這些為期一週的專案，目的是幫助他們起步，並且友善地推他們一把，朝正確的方向前進；寫作者會在活動中說出，日復一日讓他們分心的事情。我們舉辦衝刺活動已經數年了，因此深知寫作者每天會面臨什麼樣的困難。我們分析了 500 名寫作者的答案，你認為他們會遇到哪些寫作障礙？

不出意料地，超過半數的人（54%）表示工作受到干擾，20% 的寫作者表示手機令他們分心，16% 的寫作者說社交媒體是罪魁禍首（尤其是 Facebook），10% 的寫作者表示查看頭條新聞的衝動，是最讓他們分心的事情。

家庭生活也不省心，9% 的人因為家事而無法寫作，16% 的人表示，家人是造成他們寫作分心的主要原因（丈夫比妻子

更令人分心,女兒比兒子更令人分心——為什麼會這樣,或許可以另出專書討論)。另一種寫作分心因素,在本質上較為感性,我們會在下一章討論。對 29% 的寫作者來說,恐懼、壓力、焦慮、完美主義和失去信心等干擾,甚至嚴重到令他們停止寫作。*

許多作家都會怪自己分心,但其實他們不該如此苛責自己。獲得諾貝爾獎的心理學家丹尼爾・康納曼(Daniel Kahneman)指出,分心是人類的天性,我們雖可以選擇要注意的事情,但我們也會因為大腦的天生構造,不由自主地被某些事物吸引。他寫道:「長久的演化歷史磨練出精巧的注意力分配,對最嚴重的威脅(或最有前途的機會)迅速定位並作出反應,可以提高生存的機會。」

思考要花力氣

康納曼將其畢生研究加以彙整,提出了一個極具影響力的理論:我們的大腦處理世事有兩種模式:快速和緩慢。

在「快速」處理模式中,也就是他所說的「系統 1」,我們以自動駕駛的方式處理世事。這個系統快速、無意識且始終處於開啟狀態。例如,我們不需要「思考」2 + 2 的答案是什

---

* 參加衝刺課程的寫作者,列出的分心事物不只一種(畢竟生活中充滿了干擾),這也解釋了為什麼百分比總和會超過 100。

麼，當我們被巨大的聲響嚇到時，我們會本能地將頭轉過來。

另一方面，「系統 2」處理速度較慢，需要更多的認知力。當我們以緩慢模式處理事務時，很難同時處理多項任務，甚至不可能辦到。這就是為什麼當我們被問到一個困難的問題時，我們可能會停下手邊的工作，這也是為什麼我們會想在安靜的環境中寫作，或是為什麼圖書館和考場會很安靜的原因。

康納曼在他的鉅作《快思慢想》（*Thinking, Fast and Slow*）一書中，舉了一個系統 1 和系統 2 運作的例子，我們在這裡稍作修改。想像一下，在一個陽光明媚的日子，你坐在一輛汽車裡，在開闊的高速公路上疾馳。你正高興地和司機聊天，司機一隻眼睛盯著路面，但下一秒卻開錯了路。你們突然開上一條狹窄的崖頂小路，路上不時出現急降坡，偏偏還開始下起傾盆大雨。此刻司機必須做出複雜的操作，在盲彎處超越一輛卡車，你會做什麼？

你會立刻閉嘴，緊緊抓住車窗上方的手把來保命，為什麼？因為我們本能地知道司機需要專心駕駛，跟他交談可能會分散他的注意力。我們知道司機現在無法輕鬆處理多個刺激，所以我們限制他的認知輸入，因為我們希望他能專心。

像這樣複雜的任務需要貫注更多心力，所以會「動用」更多我們有限的專注力，寫作便是其中一種任務。事實上，康納曼將寫作稱為一種「最優體驗」*，這是一種對系統 2 的處理能力有很高要求的活動。[6] 寫作時開著背景音樂可能無妨，但

---

* 心理學家米哈里．契克森米哈伊稱心流狀態為最優體驗，因為人能從中感到極高的滿足。

邊寫作邊解複雜的數學題恐怕就很難。寫作之所以耗神，是因為它需要紀律、自制力及高度專注。

康納曼解釋說，我們在演化過程中，學會了保護自己免受風險或壓力，*還演化出一種傾向，會避免一切讓我們過度耗費心力或體力的事情。他把大腦的系統 2 稱為「懶惰的控制者」，因為它總是在尋找一種簡單、不費力的方式來做事情。拖延之所以會發生，是因為我們的大腦正在試圖保護我們，避免過度勞累。

即使像康納曼這麼優秀的諾貝爾獎得主也會拖延：「如果有人觀察我在寫作的一小時內，查看電子郵件或打開冰箱的次數，很可能會認為我是想逃避，並得出結論：持續專注寫作需要的自制力，超出我能輕易調動的程度。」[7]

如今令我們分心的「威脅」，已不再是劍齒虎而是智慧型手機，且手機盛行多了。正如作家尼可拉斯・卡爾（Nicholas Carr）所說，能夠在必要時保持專注，避免「活在淺層中」，是一項至關重要的能力。[8] 我們在人生中所做的重大選擇，如要專注於哪段關係（A 還是 B）、要走哪條職涯道路（X 還是 Y），顯然會對我們的人生造成深遠且重要的影響。

不過我們平常做的一些小選擇，比如是否在孩子醒來前寫作 30 分鐘，其實也同樣重要；就某些方面而言，這些小選擇甚至更為重要。我們必須留意這些小選擇，因為它們會累積起來，並形成巨大的影響。科學作家溫芙蕾・蓋拉格（Winifred

---

* 第 5 章曾提過，設定可實現的小目標，並採取務實的小步驟，是向前邁進的有效方法，因為它可以避開大腦的恐懼中心，但是當你承擔過多工作時，恐懼中心就會被營動。

Gallagher）曾精闢地指出：「決定你這一小時、這一天、這一週、或這一年，甚至是這一生，要把注意力放在哪裡，是生而為人的一大難題，而你如何處理此事，攸關你的生活品質。」[9] 雖然分心乃人之常情，不必過於苛責自己，但這並不表示我們不該努力保持專注。

在不斷受到干擾的情況下寫作很困難，但其實在沒有後果、沒有利害關係、沒有截稿日期，沒有人會失望（除了你自己），也沒有數百萬粉絲的熱切期待可供辜負的情況下寫作（這說不定正是馬丁遲遲未能交稿的根源），同樣也很難。

多年來與各式各樣的作家合作，讓我們了解到，你可以支配的時間多寡及生活中的分心事物多寡，本身並不會扼殺你的專注力或令你無法專注。簡而言之，無論你有很多或很少時間，面對許多干擾或是很少，你都可以寫作，所以歸根究底，寫或不寫取決於你自己和你所採取的方法。

行為經濟學家保羅・多蘭（Paul Dolan）指出，當你分心時，你會經歷一種心理摩擦，他稱之為「切換成本」。＊在不同專案之間遊移，不專心做某個專案，可能會造成嚴重的傷害，因為這意味著我們永遠無法體驗到心流狀態，那種全身心沉浸於某項任務中的高度滿足感。†我們業已知道，系統 2 在

＊ 切換成本一詞的來源並不明確，但多蘭引用了 2000 年的一項研究「任務切換的組成過程」，這可能是該術語的原始來源。

† 「心流」概念是由心理學家米哈里・契克森米哈伊（Mihály Csíkszentmihályi）於 1975 年提出，並在他 1990 年出版的同名著作中做了全面的解釋。他在書中將心流定義為：人處於意識上和諧有序時的心理狀態，而且他們所做的一切都是為了追尋自己的理想。他指出心流是我們在生活中實現幸福感和滿足感的基礎，缺乏心流體驗可能會對我們的心理健康和福祉造成傷害。

一天中的處理能力有限,所以最好明智地使用它。

每次被一條推文分心時,我們的系統 2 儲備都會被消耗。研究顯示,閱讀一篇內嵌多個連結的線上文章,遠比閱讀沒有連結的相同文章更令人心神疲憊。這是因為每個連結都是一個微決定,要打開看還是不打開?我們的儲備就這樣一點一點地被消耗了。[10]

多蘭指出,**當我們被迫離開想要專注的事物時,會對我們的生產力和整體幸福感造成很大的破壞**,他說:「每次你轉移注意力時,你的大腦就必須重新定位,從而進一步消耗你的心智資源。當你回應簡訊、推特或電子郵件時,你就是在動用你的注意力能量來切換任務,如果你經常這樣做,你的注意力儲備就會迅速減少,讓你更難專注於任何想做的事。」[11]

分心之所以會造成傷害,是因為它們具有侵擾性且不受我們控制,若我們越能控制分心,它們的傷害性就越小。仔細想想,讓我們無法專心寫作的分心,與我們刻意安排的休息,兩者唯一的差別在於我們的心態。

前者是「發生在我們身上」,後者則是我們刻意為之。我們決定休息是出於自主的自由選擇,因此付出的心力較少,但被迫休息則會讓我們的大腦承受更多的摩擦和壓力。這表示你越能控制令你分心的事情,你的心力就越少被消耗,你的大腦也會更快樂、更滿足。我們之前有說過,你的大腦總是想找到一條輕鬆的出路,接下來的兩個方法,將幫助你把大腦天生的惰性,轉化為你的優勢。

除障思考

德國心理學家嘉蓓爾・歐廷萱（Gabriele Oettingen）在某次受訪時，解釋自己為什麼會對設定目標和動機科學感興趣——她是該領域的頂尖權威。她指出：「我一直對『希望』很感興趣，也想知道為什麼人們在最艱困的情況下，依然不會放棄？

一開始，我以為這是正向思考的力量，但後來我們從數據得知，事情沒那麼簡單。正向思考在探索未來的可能性時確實很好，也對改善心情有幫助。但是談到實現你渴望的未來時，正向思考反而有可能成為真正的阻礙，我們真正需要的是行動，才能讓人們改變自己的人生。對未來抱持正向的幻想，並不是人們之所以能夠展現韌性的答案，那些關於未來的美好白日夢，必須搭配對現實的清醒認知才有用。」[12]

她的研究發現，積極、充滿希望的想法可以給你指引方向，但它必須搭配一些更務實的東西：**你需要知道是什麼在阻礙你**。當你試圖單靠意志力來保持專注，也就是採取「對抗分心事物」的作法，你不僅會消耗你的認知能量，也在依賴希望和夢想，期待事情在未來會有所改變。你只是在希望這次情況會比上次好些，卻不明白自己當初為什麼難以專注。

歐廷萱對不同年齡、背景的人進行了長達20多年的觀察，以了解對未來抱持正面的幻想，是否會提高行動的動機。她對想要達成各種目標的人進行了實驗，包含從減肥、找新工作到戒菸。她在實驗前後測量了受試者的收縮壓，這是一種心血管測量方法，可以顯示一個人的活力或動力。她發現無論我

們想要達成什麼目標,做白日夢都能讓我們平靜下來,並降低血壓。她寫道:「正面的幻想能幫助我們放鬆到生理測試能顯示出來,這實在很了不起。」[13]

在現今這個馬不停蹄的世界裡,偶爾做點白日夢當然沒什麼不好,事實上,你或許還記得我們先前探討過它的好處。但歐廷萱發現,正向的幻想會讓你非常放鬆,當你處於這種狀態時,不太可能做任何事情。

她寫道:「如果你想實現你的目標,你最不想要的就是放鬆,你想要有足夠的活力從沙發上爬起來,去減掉體重、找到工作或準備考試。你希望自己有足夠的動力,能在面對無可避免的障礙或挑戰時,仍然保持投入」[14]所以儘管去做白日夢吧,但不要就此停下,因為就像布克獎小說獎得主柏娜汀・艾瓦里斯托說的那樣:「不努力,光靠顯化沒有用。」擁有夢想也許會讓你感到溫暖又美好,但那並不會促使你採取行動;而行動,當然才是讓夢想成真的唯一途徑。

當我們思考在生活中任何領域想要達成的目標時,歐廷萱建議我們使用一種稱為「心理對比」*的過程。有了夢想之後,再想像一些可能會阻止你實現的個人障礙。這種心理對比法,我們稱之為「除障思考」,是我們用來開始每個教練課程的方法。我們會請作家說出他們在與我們合作的過程中,可能會遇到的各種分心和干擾,這個方法說不定也能幫到你。

此法的強大之處在於,它能幫助你思考可能會阻礙你寫作

＊心理對比是將你想要達成目標的正面結果,拿去跟現實生活中遇到困境的負向阻礙做比較,並逐步縮小兩者間的差距以達成目標。

的事情,讓你在遇到這些事情時能夠更好地因應。除障思考能幫助你預測干擾(而非等著分心事物來打擾你),這表示你不再「試著」保持專注而耗費認知上的努力。

當你抱持除障思考時,你會把「希望」——拜託狗寶下午別又咬著她煩人的吱吱叫玩具進房間吵我,轉化為務實的「行動」——下午3點帶狗寶去散步吧,這樣她就會累了,我再把那只煩人的玩具,放到架子上就行了。(不好意思啦,佩吉,原諒我賣狗求榮。)

對未來有個正向的願景,例如完成一份手稿或一本書,是一件令人振奮的事。然而在實現夢想的同時,你還必須了解可能會阻礙你實現的因素,並知道在遇到挫折時該如何處理,因為在所難免。

這個方法並非為了讓你嘗到零干擾的寫作幸福感,而是要減少大腦中需要動用「系統2」高度專注力的工作量。當你更加注意一天(甚至是一生)中,可能發生的干擾時,你就能在發生時,順利避開它們。

預先想好應付分心事物的對策,這樣一來,你就能減少寫作被迫中斷的情況。即使發生中斷,也能降低認知負荷。你所做的這一切是為了避開切換成本,然而,分心事物能否完全被移除?

選擇環境設計

兼具詩人、回憶錄作家與美國民運人士三重身分的瑪雅‧

安吉羅（Maya Angelou）在文壇大放異彩時，她並沒有把生活複雜化、大肆做一些令人興奮的事情，然後為了逃避五光十色的生活，搬到山頂閉門寫作。相反地，她維持原本的生活規律，並將她的寫作生活設計得更加簡單。

她曾在某次受訪時提及，她的一天很早就開始了，大約是早上6點。與丈夫喝完咖啡後，她便前往工作地點：一個刻意排除所有干擾的旅館房間。她在另一次訪談中說道：「我在旅館的一間房裡工作，房間很小，只有一張床，還有一個洗臉盆——如果我能找到的話。」

她不需要助理來幫她保持專注，她自己就可以做到這一點：不准自己帶很多東西來這裡；如果時至今日她仍在世，她肯定會把手機留在家裡，並切斷筆記型電腦的無線網路。她說：「我房間裡只有一本字典、一本聖經、一付撲克牌和一瓶雪利酒。確實很寂寥，卻也很美妙」。[15]

安吉羅的做法，是利用環境設計的原則，來讓自己保持專注（她本人是沒有這樣說）。正如之前提及，我們的注意力有限，這就是為什麼當我們談及專注時，會用和談論金錢相似的語言：我們「付出」（pay）注意力給某件事，我們「投資」（invest）時間在某件事上。

美國知名行為科學家兼經濟學家理查‧塞勒（Richard Thaler）*與知名記者凱斯‧桑思坦（Cass Sunstein）共同推廣

＊塞勒曾於1977至1978年間，在史丹佛大學，與丹尼爾‧康納曼和阿莫斯‧特沃斯基（Amos Tversky）共事一年，系統1和系統2理論正是康納曼與特沃斯基共同提出的，他們的研究為塞勒提供了一個理論框架，用來解釋他當時研究的許多經濟異常現象。

一個觀念，就是**我們可以透過安排生活中的事物，有意識地影響自己的行為，也就是我們所做的選擇與決定。**

他們提出了簡單但強而有力的觀點「選擇環境設計」，認為我們可以透過減少需要做出的選擇，來改變自己的行為。例如你可以透過減少或消除，那些通常會分散你注意力的干擾，讓寫作變得更輕鬆。這個理論已被世界各國政府採用，「推動」我們去做一些明知該做卻沒做的事，例如運動鍛煉身體、存夠養老金及接種冬季流感疫苗。

安吉羅在接受《巴黎評論》（*The Paris Review*）採訪時表示，那簡樸的旅館房間能讓她專心創作：「我一走進那個房間，就好像我所有的信念都被暫時擱置了，沒有什麼能把我與任何事情連結起來。」[16]她還說自家的環境讓她很難集中精神：「我試著把家裡布置得很漂亮，但我沒法在漂亮的環境中工作——它令我很困惑。」[17]安吉羅知道，她需要安排好自己的寫作環境，讓有限的專注力全用於工作。她甚至要求旅館的工作人員把房間牆上的畫取下來，好讓她能專心寫作，不被分散注意力。

主動掌控你的注意力

截至目前為止我們探討的方法，重點在於如何管理並學會回應你每天面對的干擾，而不是用鋼鐵般的意志力去對抗分心。這兩種方法都能減少大腦需要處理的壓力來源，因此讓專注變得更容易。

我們還有另一個作法：利用人類天生渴望的東西，也就是美國知名心理學家羅伯特・席爾迪尼（Robert Cialdini）所說的「認知閉合」*，這種渴望能幫助我們保持動力，並讓你隔天更容易再次投入寫作。試試看吧，你那懶惰的大腦將會感謝你。

話說當年席爾迪尼初執教鞭，某天在講課接近尾聲時，才發現時間不夠了，他不得不倉促結束該堂課，完全沒時間解答他在上課一開始時，所提出的重要問題。當時席爾迪尼並未多想，只是簡短的道歉，並說下次再告訴他們答案，就想結束這堂課。但是學生們卻不想離開，因為他給他們留下了一個懸而未決的「開放循環」，令他們迫不及待想知道問題的答案是什麼。

席爾迪尼回憶道：「他們不讓我停下來，硬要我揭開謎底，我記得我當時心想，席爾迪尼，你無意間發現了一個強大的心理工具！」[18]

他雖知這是個突破時刻，但當時他還不清楚剛剛發生了什麼，因此他開始研究不同的心理學理論，並發現這與一種被認可的「狀態」有關，這種狀態被稱為蔡加尼克效應（Zeigarnik effect）。

他在他的《鋪梗力》（*Pre-suasion*）一書中講述了蔡加尼克效應最初如何被發現，現在我們為你簡單重述這個故事。1920年代的某一天，柏林的一群學生和研究助理在啤酒屋開

---

* 認知閉合是指人們渴望結束不確定狀態、得到明確答案或完整訊息的心理傾向。

聊,話題突然轉到在那裡工作的一位資深服務生身上,這位服務生以驚人的記憶力聞名——無論多大一桌客人,他總能完美記住所有人的點餐,並且每次都能準確地分配食物和飲料。

其中一名女學生,決定考驗這位服務生的記憶力,所以在他送完一大桌的餐點後,她請同學們用餐巾蓋住各自的餐盤,然後請服務生過來,接著要求服務生說出每個人點了哪道菜。服務生仔細打量著幾分鐘前剛剛服務過的學生們,然後又看了看被蓋上餐巾的桌面,結果他竟完全答不出來。

此事聽起來像是學生們的小惡作劇,但它其實是由現代社會心理學之父庫爾特‧勒溫(Kurt Lewin),以及立陶宛心理學家布盧瑪‧蔡加尼克(Bluma Zeigarnik)所領導的研究,蔡加尼克後來更成為世界知名的記憶專家。

蔡加尼克效應是指**人們對未完成或中斷的任務,會比已完成的任務記得的更清楚,因為我們的注意力會被未完成的任務所吸引**。席爾迪尼認為這與我們天生對「認知閉合」的渴望有關。當服務生正在執行任務時,他的記憶力無可匹敵,他的全副精神都放在這項任務上,但是當任務完成、循環被關閉後,他在心理上就已經轉向別的事情,席爾迪尼指出:「對於我們感到有責任要完成的任務,如果尚未完成,我們會更容易記住其中的各種細節,因為我們的注意力仍被它吸引著。如果我們正投入在這樣的任務中,卻被打斷或拉走,就會感到一種令人不安、反覆出現的渴望,想要回去繼續完成它。」[19]

席爾迪尼說他自己也會運用蔡加尼克效應,故意在還沒準備好的時候就停止寫作。提早停下來,停在一句話的中間,而且是在你特別想繼續寫的時候停下,是一種寫作者可以採用的

策略,有助於保持專注,讓他們下次回來繼續寫作時感到有動力,並且清楚接下來要寫什麼;大作家海明威也對這種方法深信不疑。[20] 就像我們之前所提及,和行為經濟學家保羅・多蘭的方法一樣,它的關鍵是:**在你的注意力被打斷、被帶離之前,先主動掌控你的注意力。**

正確應對分心

當我們採訪知名作家兼記者奧利佛・柏克曼時,他曾說:「說到習慣與改變習慣,真正重要的事情,是當你跌下馬時要重新爬上去,而不是永遠不跌下來。」[21] 偉哉斯言!但是像柏克曼這樣的謙謙君子,肯定會說我們太過獎了。

我繼續借用這個馬術的比喻,就像一位優秀的騎士,知道該如何正確落馬以避免受傷(感到好奇嗎?正確的做法是放開馬),你也應該接受這樣一個事實:你在某個時刻一定會分心或被打斷。關鍵在於,當這些干擾發生時,你要知道如何應對,而不是一口咬定它們不會發生,或是當它們真的出現時,硬撐著「更努力」去對抗干擾,這兩種反應都只會導致挫敗與拖延。

當你知道自己的分心來源是什麼、來自哪裡,你就能更胸有成竹地去應對它們,而它們對你和你的生活產生的影響也會變小。

本章探討了那些每天讓我們無法專心寫作的干擾,這些干擾是我們每個人(包括《權力遊戲》原著作者在內)都努力想

要避開的。但我們當中有許多人還會遭遇另一種類型的干擾,更偏向內在,且更難以掌控;是來自我們內心的批評聲,是我們內心的疑慮、恐懼、焦慮與不安。

正是這些內在的負面聲音,令我們更容易分心,而且這類問題無法用某種生產力技巧輕鬆解決。要平息內在的批評聲,你需要的是一種不同的方式,一種能在艱難時期支撐你繼續前行的韌性。而這便是下一章的主題。

沙盤演練——停止分心

1. **防範分心於未然**

   分心事無處不在：電子郵件、社群媒體、工作、他人，還有生活本身！應對這些干擾，常讓人覺得像是一場持續不斷的拉鋸戰。要降低這些干擾的殺傷力，關鍵在於理解它們是什麼及來自哪裡。

   首先，請好好想想你是如何分心的？

   拿支筆或打開你的筆電，回想你上一次寫作的時候。列出那些讓你分心、把你從寫作中拉走的事情。盡可能具體；先聚焦於一個最近且明確的時間和地點，然後再擴展到你平時常見的干擾：

   - 是否有特定的事情，會令你分心並打斷你？
   - 是否有定期、重複發生的事情令你分心？
   - 現在想一想，你的下一個寫作時段，是否有什麼事情可能會打擾你？
   - 這些干擾是一直困擾你的事情，還是新的事情？

   盡可能廣泛地思考，會令你分心的事情可能有很多、也可能只有幾件，無妨。這個練習並不是為了打擊你的信心，而是要畫出你分心傾向的真實地圖。

2. **設計不受干擾的環境**

   我們之前曾提過，作家安吉羅在一個「狹小且簡陋

的旅館房間」裡寫作，以避免分心。你不需要像她那麼極端，但你可以使用「選擇環境設計」原則，這是榮獲諾貝爾經濟學獎的美國行為科學家理查‧塞勒（Richard Thaler）提出的一種技巧，能幫助你保持專注。就像糖尿病患者應將甜食藏起來，以減少零食的誘惑，你也可以對你的寫作環境做一些改變，以避免分心。

此法同樣是從「注意」開始；如果你已經開始記錄「分心日誌」，不妨想想如何改善你的寫作環境，以消除其中一些分心因素。例如：

- 如果你很容易因電子郵件而分心，你可以在寫作時，將手機放到另一個房間，或關閉手機的通知功能嗎？
- 如果你因為新的想法而分心，你能否以某種方式，快速地捕捉新想法，然後回到手邊的工作？
- 如果你因為桌子或屋內不整潔而分心，你可以在開始寫作前，整理好你的工作空間？
- 如果你一直對上次寫的內容耿耿於懷，這次你可以嘗試從白紙開始寫嗎？

盡可能多想出一些切實可行的想法，思考範圍務必要廣泛，不要限制你的思路。

> 我們的分心作戰計畫將幫助你找出干擾你寫作的因素，並制定行動計畫。若要下載，請前往：prolifiko.com/writtenresources

3. **重新掌控注意力**

我們越能控制日常生活中的分心事物，就越能有效地管理它們，首先就從有意識地使用休息時間開始做起。

現在你已經知道自己的一些分心傾向，請思考一下：你可以如何將這些傾向納入你的寫作日程中。與其等到這些干擾拉走你的注意力，進而產生行為經濟學家保羅·多蘭所說的切換成本，不如超前布署，採取更有意圖、更主動的方式來應對干擾，例如：

- 如果你注意到自己寫作一段時間後，就會開始分心，這可能是一個你該暫時離開的訊號。
- 反思你何時開始分心，並安排一段短暫的休息時間，轉換做其他事情，例如走到室外、喝杯咖啡，離開你的辦公桌，從當前的工作中抽身，讓自己重新調整狀態。

4. **把分心當做獎勵**

掌控分心的另一種方法是：善用你的分心行為。當你拖延寫作時，很可能會去做一些壓力較小的事情。既然現在你已經知道自己常見的分心模式，不妨將它們轉化為對自己有利的工具，例如將這些行為視為完成一次寫作後的小小獎勵：

- 如果你發現 Instagram 是令你分心的東西，那就獎勵自己在寫作之後刷 Instagram 10 分鐘。

- 如果你發現自己明明應該在寫作，卻分心跑去研究網路上的一個小工具，那就獎勵自己在完成寫作之後，去好好研究它。

這裡提出的原則，並不是要你整天都不能享受這些小確幸，而是要把它們融入你的寫作過程中，讓它們成為你寫作的動力。

5. 善用開放循環的力量

還記得羅伯特・席爾迪尼發現只要在課程結尾留下一個懸念，就能讓學生保持專注與投入嗎？這是因為大腦渴望認知上的完結，不喜歡未完成的循環，而你恰好可以善用這一點，刻意在還沒寫完、想繼續寫的時候停下來。

這是一個超簡單但非常有效的方法。關鍵就是不要結束這個循環。當你寫得正順、靈感如泉湧時，故意在還沒寫完之前就停下來——我是說真的，你甚至可以在一句話的中間打住。這麼做會讓你的大腦持續運轉，也能讓你在下次回到寫作時，更有動力且馬上進入狀態。

Part 3

持續寫作

你會告訴一位有抱負的寫作者哪五件事？

1. 多寫。
2. 找到自己喜歡寫的東西。
3. 多寫點你喜歡的東西。
4. 找到作品風格與你相似的人
5. 即使每個人都討厭你寫的東西，也要繼續寫下去。

—— 大衛・匡提克（David Quantick）*

---

* 大衛・匡提克是暢銷書作家兼音樂記者，曾數度與編劇兼導演阿曼多・伊安努奇（Armando Iannucci）合作，參與多部知名影集的編劇工作，包括太空喜劇影集《五號大道》（*Avenue 5*）、政治諷刺喜劇《幕後危機》（*The Thick of It*），以及三度獲得艾美獎的政治諷刺喜劇《副人之仁》（*Veep*）。他曾出版《The Mule》、《How to Write Everything》和《How to Be a Writer》等書。

第 7 章

培養韌性

巨大挑戰,小步前進

假設有一天,你的神仙教母從仙境飛來,揮舞著閃閃發光的魔杖,賜給你寫作所需的空間、時間和金錢,你是會欣喜若狂對她感恩戴德,還是會像阿比蓋兒·哈里森·摩爾(Abigail Harrison Moore)教授那樣,自覺不夠格而直接拒絕?

多年來哈里森·摩爾一直想寫一本專著,她做了研究,也草擬了一個粗略的寫作大綱,但她一直抽不出時間。某天她收到了一個通知,校方打算給她一年的全薪學術假*,讓她去寫那本書。你可能以為她會非常高興,但她的反應卻是:「我做不到。」幾個星期後她收到另一個消息,校方告訴她因為新冠疫情肆虐,她的學術假必須延後一年,她在心裡大喊:「謝天謝地!」

我們與寫作的關係,當真是一言難盡,很多時候,寫作是

---

* 學術假 sabbatical,大學老師用於研究或旅行的學術假,且通常有薪水報酬。

我們最想做的事，但也是我們最不想做的事，甚至我們從來沒有開始過。

遇到難做且需要耗費較多心神的事情，我們本來就會拖延、分心或逃避，而這也是哈里森・摩爾的直覺反應。我們之前曾提過，**寫作的創意過程固然辛苦，卻能獲得等量的回報，這意味著當寫作不順時，我們需要很強的毅力才能堅持下去。**本章將講述兩位截然不同作家的故事，他們因為不同的個人原因而停止寫作，我們將會探討他們是如何重新開始寫作，並從中學習如何持續前進的方法。

不出書就出局

要在學術界打下一片江山著實不易，唯堅持二字不破。哈里森・摩爾在學術界夙夜匪懈長達 28 年，是一名資深教授，更是英國里茲大學藝術學院副院長，是藝術史和博物館學領域的專家。儘管在學術界擁有如此輝煌的成就，哈里森・摩爾卻告訴我們，她仍然覺得自己像個名不符實的冒牌貨，她說：「我經常想，我怎麼會在這裡？這是不可能的，我只是一個來自約克郡的女生，念的是公立學校，我能有今天真的很幸運，我知道這很荒謬，但有時候我真的覺得自己是個騙子。」

哈里森・摩爾進入學術界是為了教書，所以她壓根沒想過做研究和寫作，她說：「我自認為是一名教育者和溝通者，但後來有人告訴我，我必須成為一名『學者』，所以我必須寫書和出書。」

同事們的提醒,給她帶來寫作的壓力——若不出書,她的職業生涯將岌岌可危,因為這就是學術體系的運作方式;高產的學術作家會獲得獎勵,沒發表論文則會受到懲罰,因此研究人員早早就明白「不出書就出局」(publish or perish)的殘酷現實。

　　她表明:「寫作變成了一種義務,是一件我必須做的事情,而我從未樂在其中。」早期來自主管和資深同事的負面評論,對她沒有幫助,她坦承:「剛開始的時候,有人告訴我,我不是真正的研究人員,我的工作只是照顧學生,還有處理試算表。我雖已對那些話大致釋懷了,但心底還是挺介意的。」

　　寫作、出書以及「成為一位學者」的壓力,甚至曾讓她在幾年前考慮要徹底離開學術界。*其後晉升為藝術學院院長,肯定了她的能力,也意味著她要堅持下去,但新的職責讓她的時間變得更少,也讓她離研究和寫作更遠。

人人皆可培養韌性

　　「韌性」常被描述成一種人格特質,亦被視為靈丹妙藥:

---

* 稍後我們將聽到哈里森・摩爾如何制定策略因應她承受的壓力,她成功了,但許多人卻不知如何因應這些壓力。需要注意的是,並非所有學者都具備韌性,在英國攻讀博士學位的人有30%中途退學,美國的退學率更高達50%;有全職工作或半工半讀的人更有可能退學。[1]對許多人而言,邊工作邊讀書並非他們的選擇,而是迫於經濟上的需要,沒錢的人注定會失敗。英國一所大學在研究博士教育的障礙時發現:「經濟因素限制了學生的教育選擇,是接受博士教育的最大障礙之一。」至於非經濟方面的因素,研究發現女性、黑人學生和殘障學生,持續面臨諸多挑戰,既會影響他們完成博士學位,還會影響他們在取得博士後的職業發展。[2]

能讓我們在短期內生存,並長期發展茁壯。韌性一詞源自拉丁文的「resilire」,是一種反彈的能力;在工程學裡,最具彈性的材料往往不是最堅硬的,而是那些能夠對衝擊做出回應、進而恢復原狀的材料。

韌性並不是要硬撐下去,也不是要阻止困難的事情發生,但韌性會幫助我們從困難中復原,在逆境中適應(而不是放棄)。需要我們發揮韌性的時刻,除了寫作過程中常見的困難,例如創作障礙、負面反饋和退稿,還包括生活中的諸多磨難,例如疾病、錢關、家庭問題、痛苦和創傷,有些人甚至禍不單行,接二連三遇上種種考驗,那麼我們該如何培養更多的韌性呢?

安・馬斯騰(Ann S. Masten)是國際知名的韌性專家,長期致力於研究個人如何在最惡劣的環境中生存和適應。她在檢視針對克服逆境兒童所做的縱向研究*結果時,發現了一個令人驚訝,但與直覺相反的突破:**具有韌性的人,其實並不是擁有非凡的天賦或技能,相反地,韌性是很普遍的現象。**

馬斯騰的論點很簡單:「韌性源自於一種『平凡的魔法』,而且我們可以理解它的來源與培養方式。」她提供了一種充滿希望的觀點與實用的架構,使得韌性成為人人皆可培養的能力。[3] 現在就來看看哈里森・摩爾教授的寫作停滯是怎麼回事。

---

*縱向研究亦稱縱貫性研究,通過追蹤同一組參與者在一段較長時間內的變化,以了解個人或群體在時間上的發展、變化和影響因素。

當寫作成了義務

哈里森・摩爾教授的寫作停滯，並非出於職業倦怠或缺乏知識。在採訪過程中，我們可以感受到她對學生、專業領域充滿了熱情，所以問題出在別處，她說：「我知道我想說什麼，當我站在一群人面前，我可以侃侃而談、滔滔不絕；但是把我放在鍵盤前，我就會開始失去信心。」身為一位非常優秀的教授，哈里森・摩爾的寫作停滯不是寫不出東西，是寫作的過程令她不開心。

她想重新找回那份平衡與樂趣的感覺，不再拖延或害怕寫作的過程。她已經證明自己有能力寫書和發表作品；她的第一本專著於 2011 年出版，幾乎是「自然地」從她博士論文中的一個註腳發展而來；那段註腳激起了她的好奇心，然後一發不可收拾地「長成」了一本書，她能夠探索想法、隨興深入主題、發揮創意。

那本書是她在十年前，最後一次真正享受獨自寫作的作品。然而，隨著學術生涯推進，她也累積了許多「包袱」，關於情緒問題、成見和偏見；多年來，她只聽見那些負面的聲音，不論來自自己或他人。對她來說，寫作逐漸變成了一種與工作、職涯及義務綁在一起的事了。

得知情況後，我們鼓勵她寫一本寫作日記，在那裡，她可以思考自己在寫作過程中喜歡與不喜歡的部分。透過在輔導對話中探討這些反思，她獲得了新的洞見；她意識到自己早已內化一些迷思──關於學者應該如何寫作，以及身為學者的她，應該要能夠達成什麼目標。

哈里森‧摩爾說：「告訴自己要坐下來寫兩個小時、寫出一千個字，讓我感到壓力很大，因為我對最終成果會有責任感。所以現在我的作法是選一個詞來玩玩，也許隨便寫點東西，或是從資料庫中，挑一句話來探索它的意義。」她不再設定以產出為導向的寫作目標，比如「寫出結論」或「寫兩千字」，而是給自己更多空間，讓寫作過程變得更輕鬆、好玩。

哈里森‧摩爾的新作法降低了風險，並且透過一些小小的改變，讓自己與寫作過程連結起來。她不再單靠意志力強迫自己寫作，也捨棄過去行不通的方法。她慢慢地放開壓力閥門，不再抱持期望，以免重蹈覆轍——讓寫作變成一種負擔，是為了「前程」不得不去做的苦差事，而不是她喜歡而且做得很好的拿手活。

現在她每天只寫少量的東西，不再像過去那樣，以為學者就該逼自己長時間寫作，她說：「在我的職業生涯中，我一直認為只有長時間的寫作才是我的唯一出路，否則就沒有開始的必要，但我後來意識到這種想法有錯。」自從她開始記下自己的反思，並每天檢查自己的寫作情況後，過去一直批評她的內心噪音「你不是學者，沒資格待在學術圈」，終於噤聲了，寫書也變得輕鬆許多。

當一度被延後的學術假終於要開始時，哈里森‧摩爾欣然接受了，她在那一年裡交出驚人的成績單：寫了一篇期刊論文，完成兩份研究補助金的成果報告書，出版一本文選集，說好要寫的專書也在順利進行中。每當她寫下一個字（為了一篇論文或一本書），獲得一筆補助金，以及收到一個演講邀請，她的冒名頂替症候群就會痊癒一分，來自她自己和其他人的負

面聲音，全都消失無蹤，因為她已是一位貨真價實的作家。

巨大挑戰，小步前進

在撰寫這本書的過程中，我們訪問了許多面對各種挑戰的作家，例如書稿被經紀人或出版社拒絕時喪失寫作的信心、作品賣不好、沒被閱讀、評論或引用，或是遭到批評與謾罵。我們還訪問了因合著者或家人過世，面臨困難的作家，以及因為罹患了慢性病或精神健康出問題，飽受折磨的作家。我們從所有對話中歸納出一個道理：**當你面臨巨大挑戰時，你需要小步前進。**

小步前進的建議，乍聽之下讓人覺得不合邏輯、明顯錯誤，甚至是老生常談。當我們面臨重大挑戰時，多半認為需要大的解決方法，並付出巨大的努力。但哈里森‧摩爾決定要讓她的寫作過程變得更有趣的作法，讓我們看到了，讓寫作變得易於實現，從而成為改變的強大推動力。

為了探討這一點，我們將介紹一位在最極端情況下仍堅持寫作的人。我們分享這個故事，是因為韌性是一個過程，而且它是可以培養的；韌性能幫助我們在挑戰中生存下來並繼續寫作，我們希望它也能激勵你繼續前進。

經過9年的研究，希琳‧吉吉伯伊（Shireen Jeejeebhoy）的非小說著作終於大獲成功。之前她經歷了一連串的寫作障礙，從技術研究到失去經紀人，以及為專案取得資金遭遇了諸多波折，這些都沒有讓她為接下來的戰鬥做好準備。她發生車

禍,導致無法閱讀或書寫,她還是發揮了天大的毅力來處理傷勢,並繼續寫作。

　　事故發生後,吉吉伯伊的醫療團隊立即展開行動,他們的首要任務是醫好肩膀和手臂的傷,儘管她同時出現頸部揮鞭症候群*,但車禍發生四個月內,腦部損傷仍未獲得妥善診治。

　　一位心理學家建議為她做腦電圖（EEG）測試,連接在她頭皮上的電極,顯示她的腦波偏低。又過了五個月,吉吉伯伊才接受專科掃描,並正式診斷為腦部受傷。但這只是個開始,當吉吉伯伊正在接受密集的神經復健治療,並重新學習寫作時,由於反應性纖維肌痛引發全身疼痛,她發現自己不得不上法庭,與保險公司打官司,而且不只一場,而是長達八年半的兩場官司。

如何培養韌性

　　雖然吉吉伯伊戲稱是「老派的骨氣」幫助她度過難關,但韌性並不是指個人的硬撐,正如韌性研究專家安·馬斯騰所說,韌性研究領域是動態的,其模型和定義一直在變化。

　　人們不再把韌性視為個人的適應,而是將它視為一個過程,其中包括了家庭、社區、組織和生態系統的參與。把韌性

---

* 頸部揮鞭症候群是因車禍、緊急煞車或是車後被追撞,頸部猶如揮動鞭子般急速伸展及彎曲而引發的傷害。

視為人類與生俱來的適應能力,簡而言之就是「平凡的魔力」,是一個汲取不同元素的動態過程,而這對我們很有幫助。對於如何提高韌性的指導原則[4],美國心理學協會（American Psychological Association,簡稱 APA）,提出包含四個核心部分:

1. **正向的目標**——主動積極、朝著目標邁進、尋找發現自我與幫助他人的機會。
2. **健康的思維**——接受挑戰是不可避免的,從過去的經驗中學習,對未來保持充滿希望的態度,以便對事物抱持正確的看法並擁抱變化。
3. **與人的連結**——包括優先處理人際關係,以及加入團體等策略。
4. **全面的健康**——擁有健康的身體、秉持正念,避開濫用藥物等負面行為。

我們無法阻止困難的事情發生,但韌性能幫助我們變得更堅強、更有適應力,並且更有能力因應生活中的艱難時刻。這不僅是處理一次性的衝擊,且是持續因應個人與周遭社群之間的關係。我們就來看看吉吉伯伊如何從「健康的思維」中的「對未來保持充滿希望的態度」,開始模擬 APA 所指出的組成要素。

寫作需要有個目標

　　我們在上一章提到的學者嘉蓓爾・歐廷萱發現，夢想需要搭配一定程度的現實，她稱這個技巧為「心理對比」。[5]這個方法的起點，是**盡可能完整地想像你的願望**，歐廷萱首先讓人們想像他們「最珍愛的願望」，然後讓他們「盡可能生動地」想像最好的結果，她解釋道：「讓你的思想和想像力自由馳騁，放飛你的心靈。」[6]這就是在想像你的成功，歐廷萱建議我們閉上眼睛，以幫助我們盡可能充分地想像和感受。＊

　　吉吉伯伊說：「對於寫作而言，你真的需要有個目標，但這個目標也需要對你有意義，如果它沒有意義，就無法讓你持續下去。」她手上正在進行的書，就提供了這樣的意義。

　　意外發生時，吉吉伯伊正在撰寫一位女士的傳記，這位女士是醫學史上第一位在家中僅靠輸入全靜脈營養†製劑而多活了數十年的人。故事的主人翁茱迪・泰勒（Judy Taylor）在1970年因腸血栓導致消化系統完全癱瘓，若非遇到希琳的父親庫希德・吉吉伯伊醫師（Dr. Khursheed Jeejeebhoy），她恐怕就餓死在醫院了。當時吉吉伯伊醫師剛剛移民到多倫多，他有個創新的想法能夠拯救她。

　　寫這本書符合美國心理學會對「目標」的定義：這是一個有意義的目標，且提供了發現自我與幫助他人的機會。

＊ 第四章中所有的視覺化練習，應該已經讓你有了夢想和目標。
† 全靜脈營養是將身體所需的醣類、蛋白質、脂肪、維生素、礦物質，並視病人情況另行添加脂肪酸、維他命、電解質及微量元素等營養，經由中央靜脈導管輸入體內，以維持身體的營養與代謝。

她還從早期的寫作挑戰中學到了「健康的思維」，也得到了「與人的連結」的機會。吉吉伯伊自 1991 年開始研究泰勒的故事，她做了詳細的醫學研究，以及與醫學專家、同病患者、朋友和家人進行超過 60 次的訪談。但她遇到了極大的障礙：渴望已久的紐約經紀人合作破局，又被車禍奪走了閱讀和書寫的能力。吉吉伯伊從每年閱讀 150 本書的狂熱書蟲，淪為無法解讀文字和意義的人；她以前每章能寫 16,000 字，但即使經過密集的復健，她現在也只能寫 800 個字。

　　更糟的是，她的醫療團隊並不了解她對寫作的需求或渴望，不僅花了一年半的時間重新學習如何寫作，又花了五年多的時間，才建立起支持她重返寫作計畫的系統。她的主要重點是恢復健康，但她想要寫作和完成書籍的願望給了她一個特定的目標。有一個幫助她繼續寫作的社群，再加上她對所寫人物的承諾，讓她有了美國心理學會所強調的「與人連結」，這也是韌性的關鍵要素。

　　在發生車禍之前，吉吉伯伊估計她的初稿只要 6 個月，至多 9 個月就能完成，但最終卻花了 7 年時間，其中大部分時間用於尋找治療方法，並摸索能夠幫助她寫作的系統。她直到 2007 年才完成並出版了《茱迪泰勒的求生故事》（*Lifeliner: The Judy Taylor Story*），若加上之前的研究，這本書總共耗時 16 年。

　　自那之後，吉吉伯伊撰寫並出版了五本非小說和九本小說（其中幾本以筆名發表），並定期為《今日心理學》雜誌撰寫專欄，同時還經營著一家寫作暨出版公司。她的烘焙手藝也相當了得，能做出美味的餅乾。但在談論這些甜滋滋的事物之

前,我們已經掉進了一個談到韌性時,常會發生的陷阱中。

我們聽說過,且長遠來看,韌性可以帶來成長,即使是在遭受重大創傷之後,並可以幫助你改善生活。這是數個世紀以來,我們一直被灌輸的「戰勝逆境」經典敘事模式,但問題就出在這裡。

跟韌性有關的故事往往建立在個人責任之上,認為個人有責任管理並克服生活中無可避免的困難;然而將責任全放在個人身上,會讓我們陷入失敗。吉吉伯伊需要一個社群的支持,才能幫助她建立繼續前行所需的系統、時間和金錢──恐怕這一切還沒有結束呢。

不要硬撐

處理像腦部受傷這樣的創傷,是一個持續的復原過程*,吉吉伯伊談到 20 多年來每天與創傷搏鬥所帶來的疲憊:「我們真的需要一個全新的詞,來形容腦部創傷所帶來的疲憊,這種感覺就像你無法繼續前進;它跟疼痛不一樣,你可以在一定程度上忍受疼痛,但是當疲憊襲來時,你是無法撐下去的。」

多年來,她逐漸為自己建立了一套生活方式,這套方式符合美國心理學會所推薦的「健康」標準。例如犒賞自己喝拿鐵

---

* 腦部損傷後的前六個月,是神經功能恢復最顯著的關鍵期,且這一過程可能持續長達兩年。此後,創傷性腦損傷的倖存者仍能透過持續學習與克服挑戰,逐步恢復功能。

和吃巧克力餅乾,†以及支持其他人。

當遇上不如意的日子或情緒低落時,她便會上推特為人們「打氣」,此一行為能促使身體釋放催產素,讓她心情好起來。同樣地,此舉完美結合了美國心理學會推薦的「與人連結」和「注重個人自我照顧」的建議。吉吉伯伊解釋道:「你會有一套策略來調整和適應你的新人生,並把自己當成一個很善於適應、很善於調整的人。」

我們可能不會面臨與吉吉伯伊相同的挑戰,但我們仍可聽取她的建議,學會傾聽我們的身體及其發出的信號。**我們在寫作時遇到的阻礙和分心,有時只是一種提醒,並不一定要「解決」或「管理」。**

高生產力並不表示你要不顧一切地向前衝,有時最有效率的做法,其實是停筆不寫。而且這種情況發生的頻率,可能比你想像的更加頻繁;**有時你就是應該乖乖停下來,而不是死命硬撐**;有時,你並不需要聰明的生產力祕訣讓你重新振作,你只需要接受「可能真的累了」的事實,繼續工作可能會導致過勞。

你的身體可能正在向你傳達訊息,所以請用心傾聽、善待它,暫時放下工作,離開你的辦公桌稍做休息,你會煥然一新地回來。接下來的練習將提供一些如何調整自己的建議,幫助

---

† 巧克力經常被標榜為自我保健的食材,若使用得宜,對我們是有幫助的。吉吉伯伊的父親是一名營養學家,他給大兒的專業建議是:當你有腦細胞受損或退化方面的損傷時,你必須吃東西。你的大腦需要葡萄糖才能運作,尤其是當大腦正在努力工作時。不過關鍵是要在認知工作之後、大腦疲倦時進食。所以吉吉伯伊會在完成寫作後,會吃半塊自製的巧克力餅乾。

你更好地傾聽自己的身心狀況，並提供一些實用的步驟，讓你在寫作生活中建立平凡的魔力。

沙盤演練——培養韌性

1. **調整你內心的雜念,並開始寫「憂慮日記」**

    阿比蓋兒・哈里森・摩爾因為害怕自己不是一個「合格的學者」,而差點放棄寫作,此事提醒我們,需要注意有哪些內在信念,會阻礙我們成為作家:懷疑自己寫得不夠好、害怕別人會讀你寫的東西、擔心自己永遠寫不完或不會「成功」、永遠找不到經紀人、出不了書、書賣不出去。*

    養成注意自己內心批評者的習慣,在下一次寫作時,認真聆聽你心中對於自己的寫作所產生的憂慮和顧慮,不帶批判地觀察這些想法,然後把它們寫下來。

    回顧

    在結束寫作時,像科學家觀察實驗結果一樣閱讀你的筆記。把你內心的寫作批評者講的悄悄話分成兩類,可能會有所幫助:

    - 實際的憂慮,是你可以採取行動來解決的類型。
    - 假設的憂慮(杞人憂天),是屬於「如果⋯⋯怎麼辦」的類型,通常在當下,你無法採取有效的補救措施,例如:「如果我永遠無法進步該怎麼辦?」

---

* 所有作家都會有這些感受——話雖如此,這些練習是針對寫作,而非針對寫作者的。我們的意思是,這些練習主要是用來處理關於寫作的想法,而非處理你自己的負面想法。就像所有反思練習指在學習過程中對行動進行反思)一樣,如果做本書中的練習令你感到不舒服,請立刻停止。如果練習勾起了不愉快的經驗,或導致痛苦的想法,你應該尋求幫助,並與專業人士討論。

採取行動

　　處理實際的憂慮。瀏覽你的憂慮清單，從中挑出一個問題，花點時間探索它，但不要鑽牛角尖。腦力激盪找出解決方法，你可以畫一張心智圖，幫忙釐清問題，或是寫一張清單。

　　一般來說，擁有多個行動方案，會帶來更好的選擇。選定一個就去做！如果無法立即執行，請將它排入日程表，表示你承諾要做此事。如果需要將它分解成較小的任務，現在就動手，這樣當你準備好要執行時，就有簡單的路線可循。

擱置你的杞人憂天

　　杞人憂天乃是人的天性，但整天憂心忡忡也有害，因為除非你有讀心術或擁有時間機器，否則想太多，只會令你感到無能為力。我們曾與無數作家交談過，發現他們常因為完美主義，和害怕自己某天會江郎才盡，導致他們在當下什麼也不做，並嚴重影響了他們的寫作和身心健康。

　　如果現在沒有任何方法可以解決這些憂慮，就擱置它們；但擱置並非假裝它們不存在，或是將你的想法視為愚蠢而不予理會，擱置只是暫時將它們放到一邊，以免影響你的進度。通常只要承認自己有這些恐懼，就能幫助你接受它們。

　　當你進一步進行專案時，這些被擱置的擔憂，就可以形成方便的編輯清單。舉例來說，當你一門心思

全放在寫作時，通常不是分享作品的好時機，但是當你完成初稿，或是經過編輯的更精緻版本，你可能會想要與值得信賴的讀者、編輯或教練分享。所以現下你最好把「沒有人會想看這個」的擔憂擱置一旁，專心做好你現在可以處理的事情。

找出模式

觀察你內心的寫作批評者，或許就能找出這幾個星期以來，出現了哪些分心的想法。我們發現，內心的寫作批評者通常缺乏想像力，翻來覆去說的就是那幾句，如果你記下它們說的話，說不定就能發現其中的模式。

藉由腦力激盪的解決方法，你就會有一些現成的答案，來對抗這些疑慮，並有實際的步驟作為後盾；這些步驟已經在執行中，或是為未來做了規劃。

接受

對於作家來說，最後這一步往往最艱難：接受懷疑、恐懼和不確定是創作過程的一部分，而且這些感覺會一直伴隨著你。你必須想辦法接受這種不適感，並繼續寫作。

「接受」沒有捷徑可走：它是一個過程，需要有意識地努力改變你對情緒和不利情況的反應方式。回顧先前提過的哈里森・摩爾的故事，她發現隨著時間的推移，她建立起自己能夠寫作的證據，足以抵消那

些認為她不能寫作的聲音（來自她自己和其他人）。「接受」雖未能讓她完全停止恐懼，但卻能幫助她繼續前進。

2. 打造你的韌性

以下是美國心理學會建議了四個方法，幫助我們打造韌性，同時附上關於寫作的反思提示：

正向的目標：思考你的寫作目的，並透過設定目標和追蹤進度，來連結你的寫作動機。

健康的思維：運用「除障思考」來承認你經常面臨的挑戰，透過反省過去的經驗學習，並提前規劃。

與人的連結：思考如何與其他作家合作，成為社群的一員，並支持他人。

全面的健康：擁有高效生產力的前提是能夠完成工作，所以要有充足的睡眠、合理的飲食、適當的運動和休息，並勤快收集想法，才能持續寫出好作品。

3. 小步前進也可走很遠

寫作者卡關的原因不盡相同，但結果卻都是一樣：寫作速度變慢、找不到前進的方向、寫作過程變得艱辛、行動停滯無所事事。如何重新開始寫作是你個人的問題，但有一個方法可以讓你重新開始寫作，那就是小步前進。

當你為自己設定一個過於雄心勃勃的寫作目標時，就有可能提示你大腦中的恐懼中心。與其設定並嘗試過大

的目標卻失敗，不如做一些小事情來推動你的寫作向前邁進。從長遠來看，快速達成幾個小目標遠比永遠無法實現的大目標更有成效且更正向。

考慮你的整體目標或專案，然後縮小規模，你可以先減少寫作的時間或字數。現在先聚焦於過程，而非結果。

當你達到寫作階段的尾聲時，放大並保持專注。下次你打算做什麼？提前做好規劃，按部就班慢慢來、莫貪多，你付出的一切努力都會累積起來。重溫第 5 章的內容，以了解「小步前進」的科學。

4. 做些不同的事

我們很容易陷入一成不變的寫作模式，哈里森・摩爾的作法頗值得參考：她帶著玩心去實驗各種寫作方式，成功破除了「如何成為學者」的迷思，**解決寫作停滯的方法就是做些不同的事。**

- 如果你認為自己只能長時間寫作，請嘗試在短時間內隨興寫作。只要有機會，就抓緊時間寫作。
- 如果你發下豪語一定要寫出上千字，卻毫無進度，那就少寫一點，把目標改成：寫一個段落、100 字或一個句子。
- 如果你覺得打字是唯一正確的寫作方式，請混合不同的媒介：手寫、錄下你的想法、製作幻燈片簡報、用詩歌的形式寫作。運用不同的格式和方法，自由發揮盡情創作。

- 如果你覺得寫不下去或太累了，可以進行 10 分鐘測試：將計時器設定為 10 分鐘，然後開始寫作。10 分鐘到了，檢查一下自己的感受，如果你覺得很累，就停下來別再寫了；你試過了，但沒有用，所以你不必內疚。如果這個方法有效，就再寫 10 分鐘。不要假設，直接去測試。
- 如果你認為現在最該做的事，就是坐在書桌前埋頭苦寫，那就反其道而行：站起來，休息一下，到外面走走。若不親自測試一下這個假設，你永遠不會知道，換個環境有可能會讓事情有所改變。

5. 善待自己

當你卡關時，常常會產生挫敗感，你為了進一步懲罰自己，甚至不允許自己花 1 分鐘的時間讓頭腦變清醒。

當你有這種感覺時，對你的生產力以及身心健康最有益的事情就是停下來，換個角度看問題。繼續耗下去只會打擊你的動力、造成傷害，甚至適得其反。寫作難免會遇上你想抓狂的時刻，重點是注意到你有這種感覺時，並知道如何回應。

如果你有自責的傾向，寫一張「給自己的便條」，提醒自己如何才能走出困境，這可能會對你有所幫助。你可以把它釘在書桌前，或是寫下一張清單，列出可以讓你重新振作的事情。

第 8 章

養成習慣

讓你日復一日的堅持下去

美國作家丹尼爾・品克（Daniel Pink）形容「後悔」是一種「獨特的痛苦和人類情緒」，遠比失望更為深刻，因為後悔，會讓我們因為自己曾經做過（或沒做）某些事而產生自責。[1]他針對近 5 千名美國人所做的調查發現，絕大多數的受訪者，對於自己「沒做的事」所感到的後悔，比例是「已做的事」的三倍以上。

不過他接著表示，經歷遺憾的事實，最終可以讓我們變得更好。遺憾會塑造我們的未來，有時甚至一想到會有遺憾，就足以刺激我們採取行動，並徹底改變我們的人生。英國小說家威爾・孟穆爾（Wyl Menmuir）就是這樣，當他想像未來他告訴他的孩子，他原本可以寫一本小說，而他們回答：「是的，爸爸……你本來可以的。」

當時孟穆爾是一所大型學校的英文科主任，教孩子讀書寫字本是他夢寐以求的工作，但他說：「我不開心，我想寫作。這是我這輩子最想做的事。」他跟我們許多人一樣，缺乏改變

的信心;但又跟許多人不一樣:一場悲劇徹底改變了他的人生。「當我失去死產的兒子時,我意識到生命何其有限,如果我沒去做這些我想做的事怎麼辦?要是我再蹉跎下去,怕是要錯過機會了。」

在悲痛之餘,他意識到自己必須從這次經歷中汲取一些正面的東西,他不再找藉口,毅然辭去穩定的教職,投入前途未卜的自由業。最初的幾個星期充滿了恐懼,但是學會與恐懼共存後,他嘗試了許多冒險活動,包括衝浪、潛水、洞穴探險,以及從冷岸群島(Svalbard)啟航穿越北極水域,這些活動給了他寫作的最初動力。

但孟穆爾明白,寫作不能只靠最初的熱情,而是要能持續下去。他上過幾門寫作課程,並申請到兼讀制的創意寫作碩士班,但他始終很難建立起固定的寫作模式,那便是我們相識的原因。

寫作習慣可以追蹤

當時是 2013 年 12 月,我們準備推出名為「Write Track」的數位寫作習慣追蹤器試用版,正在尋找試用者報名參加,於翌年一月份開始此研究專案。孟穆爾從寫作圈的小道消息得知此事,便發了電子郵件給我們,表示願意成為試用者。蓓蔻在作家靜修中心工作期間,觀察到許多寫作者所面臨的困境,Write Track 正是作為回應這些問題的平台。

阿爾文基金會(Arvon)自 1968 年起就開始舉辦寫作靜修

活動，經過半個世紀的磨練，提供的服務已臻完美；朗班寫作中心是理想的寫作環境，寫作者不僅有足夠的時間和空間來寫作，還可獲得來自各領域最優秀作家的靈感和支持。授課的老師會培育和鼓勵寫作班的學員，並提供一對一的反饋。

這裡的每日三餐都有專人準備，作家的所有需求都能得到滿足，這裡沒有無線網路，手機的訊號也很微弱，這一切都讓朗班成為遠離日常生活壓力和干擾的避風港。然而有些寫作者一旦回家時，寫作時間就會減少了（甚至是停止）；環境可以培養日常習慣，習慣在環境中形成，**改變環境，行為就會消失。**

當時蓓蔻正在用她的 iPhone 追蹤各種健康、飲食和運動行為，這讓她開始思考：如果有類似的工具可以用於寫作，將健康追蹤器使用的元素，運用在寫作等創作習慣上會如何？這便是我們與寫作者一起測試的假設。

在人機互動學者的支持下，經過一年多的研究，我們得到了明確的證據：寫作習慣很難培養，但卻很受歡迎；85% 的受訪者希望更有規律地寫作，且其中高達 90% 的人希望每天都寫作。[2] 當初孟穆爾會來報名參加試用版，便是希望找到能養成寫作習慣的妙方，而他不是唯一一個這麼想的人。

習慣的力量

數千年來，人類一直在爭論如何才能養成良好的習慣。

斯多葛派哲學家愛比克泰德（Epictetus）說：「每種習慣和能力，都是由相對應的行為來維持和增強；走路的習慣由走路

來維持,跑步的習慣由跑步來維持。如果你想成為一個好的讀者,那就去讀書;如果你想成為一個作家,那就去寫作。」[3] 他的觀察是正確的——習慣,是透過重複你想要的行為所形成。

然而,對於任何嘗試過走路、跑步、閱讀或寫作卻失敗的人來說,我們都知道習慣的養成不只靠理性和重複。我們並非理性的動物,**無論我們多想養成新習慣,單靠意志力是不夠的**,這就是心理學從古代哲學中汲取教訓的地方。

美國心理學之父威廉‧詹姆斯(William James)觀察到,所有生物都是「習慣的集合體」。[4] 他的開創性著作《心理學原則》(*The Principles of Psychology*)預示了現代神經科學對可塑性的強調。他研究了我們有多少日常任務,是在習慣的驅動下自動完成的,而我們對這些習慣卻毫無意識,他寫道:「很少有人能隨口說出自己先穿的是哪一隻襪子、哪一隻鞋子,或先套進哪一條褲管。」當旁人問起時,他們無法解釋自己在做什麼,但他們的手卻從未出過差錯。這種自動化的行為,不僅出現在穿衣服這種簡單的任務中,也出現在手工藝達人身上。雖然他沒有特別提到作家,但作家其實跟音樂家、木匠和紡織工很相似,所以他說:「習慣就是社會那巨大的飛輪。」[5]

1903 年,也就是《心理學原理》出版十年後,《美國心理學雜誌》指出:「習慣是透過先前反覆的心理經驗而獲得的行為。」[6] 這些早期的心理學家也跟數百年前的哲學家一樣,注意到習慣動作的重複性,這也正是我們直覺上對「習慣」的理解。簡而言之,**習慣是一種透過重複而變得自動化的行為**。

習慣也是我們許多人想多做(或少做)的行為。在研究習

慣如何形成的這個領域裡，溫蒂・伍德（Wendy Wood）教授是頂尖專家之一，她的研究探討了「獎勵」在養成習慣中的作用。她發現人們每天所做的事情中，有43%是在相同的環境進行重複，通常是在他們思考其他事情的時候。她說：「人們會自動做出反應，而不是在真正做決定，這就是習慣的本質。習慣是一種心理捷徑，讓我們重複過去曾經奏效、帶來回報的行為。」[7]

習慣顧名思義是自動為之，是不經意的行動，更像是條件反射，而非選擇。已經有許多研究測量「自動化」需要多久才能啟動，習慣需要多久才能養成，但是對於達成某個里程碑，需要重複多少次，不論是正式的研究還是坊間的傳聞皆是眾說紛紜，從21天到66天不等，答案取決於你想做什麼、有何驅動力及你所處的環境。

現在回過頭去講講孟繆爾和他的寫作抱負，他有很強的驅動力，並且做了破釜沈舟的改變，例如辭去工作，以及攻讀為期三年的文學碩士課程。他參加了一些寫作課程，探索短篇故事，從中萌生了寫小說的想法，但他還沒有固定的寫作習慣，無法實現這一切，幸好他意識到了這一點，並採取了行動，自願參與我們的研究專案。

追蹤寫作進度與感受

孟繆爾參加我們的寫作追蹤器測試，是一個原型系統，目

的是研究科技能否促進並支持寫作習慣的養成。*它被稱為「寫作版的 Fitbit」，要求寫作者設定一個寫作目標，並追蹤它們的進度。它還有其他幾項功能，包括提醒和催促寫作。孟繆爾說：「它在許多方面幫了我大忙，包括每天追蹤我今天寫了什麼；這事聽來簡單，卻正中我的下懷，因為我需要的就是這麼簡單的東西。例如只需要在底下寫一句簡短的評語：這就是我現在的感受。」

在研究結束時，像孟繆爾一般的常用者幾乎全部（92％）都覺得自己有進步，他們一致認為 Write Track 有助於他們反思自己的寫作，超過四分之三（77％）的人表示，這有助於他們提高生產力。測試結束時，孟穆爾和其他一些測試者仍繼續使用這個追蹤器，而接下來的發展頗有意思。

孟穆爾持續寫作，並記錄他在實現目標過程中的進度，以及他的感受。在接下來的兩年裡，他輸入了許多資料，從構思小說的最初幾個階段，到完成第一萬個字，再到完成整份初稿，更不忘記錄處女作獲得獨立出版社「Salt Publishing」青睞之事。

孟穆爾的小說《眾生》（*The Many*）在 2016 年夏天出版，上架數日後便傳出好消息，它登上了布克獎——全球最負盛名文學獎之一的初選名單。透過如實記錄寫作的時間、日期、字數等可量化資料，以及個人的反思，從構思到出版，孟

---

* 我們曾在一次學術會議上指出，Write Track 的原型旨在幫助作家做出積極的行為改變，並養成可追蹤的寫作習慣。我們認為設定目標與改變習慣可能是通往寫作成功的更有效途徑，我們已在大批作家身上測試了此一觀點。

穆爾得以完整掌握該書的寫作進度。雖然他追蹤的目的是為了幫助自己，卻也對如何養成寫作習慣，提供了獨到的見解——我們可以從中學習。

身為一個沒有任何出版紀錄的新人作家，入圍布克獎後，孟穆爾的生活與寫作歷程引發了廣泛關注。布克獎的評審表示，《眾生》是「第一本受到網路團體影響，入圍布克獎初選名單的書。」[8] 在媒體的高度關注下，我們將他所有的追蹤資料交給了《衛報》的專業團隊，他們分析了這些資料，並繪製成圖表發布。其中，最引人矚目的發現，在於孟穆爾的實際寫作日程，與他原本的計畫有所不同。

追蹤績效

心理學中有個概念名為「規劃謬誤」，是指我們明明知道類似的任務，在過去花費了很長的時間，卻還是會低估完成某件事所需的時間。這個概念是由丹尼爾‧康納曼（Daniel Kahneman）和阿莫斯‧特沃斯基斯基（Amos Tversky）在1979年率先提出，其理論基礎是人類天生有偏好樂觀的傾向。以孟穆爾的情況為例，他定下了每週五天、每天寫500個字的目標，這個目標是受到英國小說家格雷安‧葛林（Graham Greene）的啟發，葛林本人也努力實踐這個每日寫500字的目標，甚至在他的小說《愛情的盡頭》（*The End of the Affair*）中，硬是讓身為作家的男主角也堅持這個目標。[10] 如果孟穆爾按照「葛林式」目標來寫作，並堅持這個計畫，他只需124天

就能完成初稿,但實際上他花了 671 天。

雖然「追蹤」看起來像是創作過程的反面,但它卻是避開規劃謬誤陷阱的祕密武器。透過追蹤你的寫作進度,你會建立專案實際所需時間的資料,而不是你希望(或你認為)需要多少時間,這讓你有實際的基礎來做出更好的決策。

研究商業決策的雅爾·毅許卡－卡肯恩(Yael Grushka-Cockayne)教授這樣解釋:「追蹤歷史計畫與實際情況,是克服規劃謬誤的第一步。你應該追蹤你的績效,因為如果你一開始就這樣做,肯定會有進步,更遑論採取任何更複雜的方式。」[11]

孟穆爾發現,追蹤寫作過程是幫助他完成手稿的因素之一,他說:「我認為這是因為當你寫一本長篇小說時,你很難看到自己取得的進度。」[12] 寫一本書、一篇論文、一齣劇本或是一系列文章或短篇故事,都需要投入可觀的時間、承諾和毅力。這些寫作專案都不是簡單的目標,而且研究顯示,達成目標與長期改變你的行為之間,有著天壤之別。

有效養成習慣的基礎

大多數人許下的新年新希望都會失敗,許多人甚至在一月還沒過幾天就放棄了,有些人則會繼續苦撐,但頂多熬上幾個月;一項研究發現,超過四分之三的人能夠堅持一週,兩年後,只有不到四分之一的人仍繼續堅持。[13]

「堅持承諾」需要長期的行為改變,也就是習慣所促成的

活動。在研究「行為改變」時，我們需要忘記自我控制和意志力的概念——這些概念在短期內可能會有所幫助，但不足以帶來長期的改變。英國心理學家溫蒂・伍德（Wendy Wood）教授告訴我們，不要再這麼努力了，她寫道：「挑戰並不是重點，在強烈阻力下養成習慣並不值得自豪，你應消除摩擦，設定正確的驅動力，讓良好的習慣自然融入你的生活。」[14]

伍德解釋說，**有效的習慣養成有三個基礎：重複、情境和獎勵**。我們之前曾提過，「重複」是習慣的外在表現，是一種不假思索就會有的行為。接下來我們需要深入大腦內部，仔細研究關於習慣的神經科學。

所有的習慣都是從你決定做某件事開始，它可能是一個目標，例如寫一本書、學開車或試做一道新菜。如果你第一次做這些事情時，就接上功能性磁振造影（fMRI）掃描器，大腦中與規劃、自我控制以及抽象思考有關的部分就會亮起：這包括前額皮質和中腦，稱為「聯想迴路」。當你重複一項任務一段時間後，它會重新連接你的大腦，啟動另一個被稱為「感覺動作網路」的神經網路。

表面上看來，你所做的工作都一樣，但在大腦內部卻是完全不同的區域在運作，讓你能更自動地做出反應，並減少需要有意識做出決定的次數。你不再需要那麼努力，因為習慣變成了日常，你的動作和動作順序都「被提示」了。正如伍德所寫的：「習慣是情境提示與反應之間的一種心理關聯，是我們為了獲得獎勵，而在特定情境中，重複某個動作時逐漸形成。」[15]

這個神經傳導過程通常被稱為「習慣迴路」，[16]在最後的獎勵階段，會幫助你的大腦去判斷，這個特定迴路是否值得記

住。從情境提示到獎勵的迴路重複次數越多，它就越根深蒂固，最後它就會自動化，建立起永久習慣。

正如獲得諾貝爾獎和普立茲獎的美國小說家約翰‧史坦貝克（John Steinbeck）在他的日記中所描述的，如果有的選，他根本不會選擇寫作：「以寫作而言，習慣的力量似乎比意志力或靈感強得多。」[17]這股力量源於打造能夠引發寫作的正確情境，而不是啟動另一種日常習慣。以下是如何啟發寫作，並開始獲得回報的方法。

咖啡與寫作情境

那麼，如何讓寫作的習慣，融入我們的生活呢？第一步是找到你的觸發器，而咖啡就是孟穆爾的觸發器，他說：「沒有咖啡，我就無法寫作。」而他顯然不是唯一一個這樣的人；前述提過的英國小說家安東尼‧特羅洛普（Anthony Trollope）也會在開始寫作前，吩咐馬夫送上咖啡。

同樣地，美國小說家派翠西亞‧海史密斯（Patricia Highsmith）還會以香菸和甜甜圈來搭配咖啡；法國意識流作家普魯斯特（Proust）較偏愛咖啡歐蕾，美國作家葛楚‧史坦（Gertrude Stein）則聲稱，咖啡讓她有更多時間思考。＊

＊ 如果你喜歡閱讀作家和創作人的日常習慣，不妨看看梅森‧柯瑞（Mason Currey）所寫的兩本書系列《創作者的日常生活》（Daily Rituals），我們就是在這兩本書中找到這些例子的，它們是了解作家怪癖的寶庫。

孟穆爾說：「咖啡會在開始寫作時出現，然後結束時再來一杯。」對於他和其他許多作家來說，咖啡會喚起他們的寫作習慣，那是讓人開始敲打鍵盤的觸發器，不過，能讓你繼續寫下去的觸發器，可能完全不同。

當孟穆爾發現咖啡與寫作綁在一起後，他便打造了「如果有咖啡，就打開 Scrivener」的心理捷徑。[†]但此舉並非屢試不爽，遇上無心寫作的日子，他雖坐下來喝了杯咖啡，卻只是查看電子郵件或推特。他原本是想要寫作，但咖啡卻提示了另一種習慣；習慣迴路並未引導他去寫作，反而令他分心。

情境是影響我們行為的一股力量，它包括周遭世界的一切：我們所處的環境、地點、時間、周遭的人，和我們剛剛做過的行為。[18]我們與這些提示的距離遠近也會造成差異，因為我們會接觸近在咫尺的事物，並忽略遠在天邊的那些。這就是為什麼超市會故意把誘人的甜食和巧克力，擺在收銀台前的顯眼位置，以及智慧型手機會分散我們的注意力，讓人感到疲憊不堪。[19]

如果你像孟穆爾一樣偶爾失足，也不必擔心，因為偶爾的失足並不會破壞新養成的習慣。英國心理學家伍德的一項研究發現，開始新習慣的參與者，即使偶爾漏掉 1、2 天，也不會破壞他們已經開始的進程。[20]

[†] Scrivener 是專為長篇寫作專案所設計的電腦程式，深受小說家、編劇、學者和非小說作家的喜愛（甚至到了著迷的地步）。

啟動大腦的獎勵迴路

養成習慣的最後一個基礎是獎勵。當你啟動大腦的獎勵迴路，將愉快的事情與行為連結起來，會讓你更有可能重複這個習慣。但關鍵在於時機，**為了讓習慣迴路有效運作，獎勵必須在日常習慣進行中或之後的幾毫秒內送出。**

在那一瞬間，多巴胺會在大腦的獎勵中心釋放、處理，並形成新的神經通路，將習慣嵌入其中。伍德解釋道，多巴胺為習慣學習設定了起迄時間，當獲得獎勵時，多巴胺會立即激增，「但未來的意外獎勵，例如兩個月後發下的薪資獎金，或是賽季結束獲得的運動獎盃，都不會以相同的方式改變神經連結。獎勵必須在我們做了某事後立刻體驗到，才能在記憶中建立習慣聯想（情境──反應）。」[21] 因此，像出書、得獎和大獲好評之類的長期獎勵，雖會敦促我們繼續努力，但不會讓我們養成習慣。

我們前述曾提過的小習慣（Tiny Habits®）大師 B.J. 福格說：「你的大腦有一個內建的系統來編碼新習慣，你可以用『慶祝』來破解這個系統。當你找到適合自己的慶祝方式，並在新行為發生後立刻慶祝，你的大腦就會重整模式，讓該行為在未來更加自動化。」[22]

要找到適合自己的慶祝方式可能很難，畢竟這是非常個人化，而且還取決於你的文化。舉例來說，對於像我們這樣較為內向、愛自我批判、行事謹慎的英國人來說，慶祝活動往往不如我們較為活潑的美國朋友來得容易。慶祝的關鍵在於要讓人感覺真實（你不能假裝慶祝，因為大腦會知道你在撒謊），還

要立刻慶祝,而且慶祝的強度要夠,才能提示多巴胺的釋放。

想要利用大腦的獎勵迴路來養成習慣,你需要選擇一種慶祝方式,在完成日常習慣時開始慶祝,並且要持之以恆。但是你不需要一直慶祝,因為隨著時間的推移,習慣迴路會自動形成;養成習慣後,你就可以停止慶祝了。或是像我們天性活潑的美國朋友一樣,繼續歡呼、蹦跳、手舞足蹈,只為了表達喜悅之情。接下來我們要談談犒賞。

讓寫作變得愉快的方法

習慣的力量令人信服,它免去了決定為何、何時、何地,以及如何寫作的努力,也減輕了依靠意志力所帶來的認知負擔,因為它會提示非意識的慣性,讓寫作變得自動化。然而,習慣常常被吹捧為解決我們困境的神奇解方:它能改變我們的生活、幫助我們達成最遠大的目標、實現長久以來的夢想;習慣充滿了希望,因為是可以學習的;我們的行為可以改變,我們可以戒掉壞習慣(例如看推特、拖延寫作進度),並養成好習慣(例如每天寫 500 個字)。

因此許多作家會不自覺地掉進「要是我有寫作習慣就好了」的陷阱,然後在失敗時自責;我們經常在與我們合作的作家身上,看到這種情況。他們做了基礎工作,讓自己踏上改變的道路,他們決定寫作,有想法、有企圖、有目標、有計畫,而且很清楚要先走哪一步。然而寫作從來都不是件輕而易舉的事,也不會自動進行。

這不禁令我們思考，寫作是否真的可以成為習慣？這很困難，需要時間和努力；你必須有條理、有動力且有決心。寫作的回報很遙遠，可能是幾個月甚至幾年之後才能看到。寫作不會像賭博或線上遊戲一樣，讓你獲得即時滿足的多巴胺快感。儘管許多作家覺得寫作很痛苦，但仍有某種力量驅使他們繼續寫作。

我們從探索寫作習慣的經驗得知，**成功改變行為的關鍵之一，就是讓它變得更有樂趣，而「改變行為」則是達成寫作之類的長期目標，必須付出的努力**。雖然這在「習慣」圈子裡被視為異端邪說，但「誘因」確實可以發揮作用。

誘因的定義是「能夠誘發你採取行動，或付出更大努力的東西，例如為提高生產力所提供的獎勵」。[23] 換句話說，誘因就是一種犒賞，但我們喜歡把它視為近似賄賂，會讓你有所期待，是對你努力的獎勵，是跟寫作連結在一起的樂趣，這就是咖啡在孟穆爾結束寫作時的功能；咖啡雖然是一種令人愉悅的享受，卻不是一種能誘發習慣、創造神經通路、促進腦部運作的獎勵。

這是因為寫作的日常習慣，與喝咖啡之間的落差太大，無法提示多巴胺，也無法在兩者之間建立神經連結。所以，咖啡之於寫作，是一種犒賞，是一種誘因，而不是獎勵。雖然孟穆爾的咖啡，可能無法達到立即刺激神經的獎勵標準，卻可以幫助他繼續寫作。

專研快樂與習慣的美國作家葛瑞琴・魯賓（Gretchen Rubin）指出：「犒賞聽起來像是一種放縱自我的輕浮策略，但事實並非如此，因為養成好習慣可能會讓人精疲力竭，所以

犒賞可以扮演重要的角色。當我們犒賞自己時，我們會感到滿足、被關懷和充滿活力，這會提升我們的自我管理能力，進而幫助我們維持健康的習慣。」[24] **如果沒有犒賞，我們會開始感到倦怠和枯竭，並對寫作產生反感**。而寫作明明是我們最想做的事！

除了在寫作之後犒賞自己，我們也鼓勵作家在每次寫作時，找出一些「好東西」。這是一種認知重組，能幫助你將正在進行的工作與正面的感受（非預設的負面感受）連結起來。紐西蘭暢銷小說家梅格‧梅森（Meg Mason）採用了類似的方法，擺脫糟糕的寫作態度；有些時候，她發現唯一的好東西是優美的字體。[25]

正向心理學的創始人馬丁‧塞利格曼（Martin E. P. Seligman）教授發現，能夠注意到生活中的美好事物，並表達感謝之情，可以對身心健康產生長期的影響。在一項研究中，他要求參與者每天找出三件好事，並寫下來。它的正面影響竟持續了六個月。此舉不僅能幫助你將正向的感覺與寫作連結起來，而且效果還能擴展到生活中的其他領域。

最後，慶祝里程碑也是讓寫作變得愉快的方法。《衛報》的數據專家發現，孟穆爾總是在寫了 1 萬字時慶祝，他花了三個月達到第一個里程碑，又花了九個月達到 2 萬字，他當時寫道：「現在已經超過 1 萬字了，感覺自己終於在實現寫小說的夢想路上，踏出了第一步。」孟穆爾持續慶祝每一個里程碑，他解釋道：「我從第一次的經驗中學到，每寫完 1 萬字就犒賞自己一次，我會去衝浪、長跑，或是在酒吧裡喝杯啤酒、看書一小時，只是為了告訴自己：『你已經有點成就了。』」特地慶

祝這些里程碑,是確保我會繼續寫下去、我能寫完的另一種方式──這才是關鍵所在。」

把每個進展當成里程碑來記錄,確實有助於讓誘因更持久,也更容易走得長遠,但不要忘記,習慣是定期重複小動作的結果。這就是為什麼孟穆爾會繼續追蹤自己的進度。他解釋說,在 Write Track 實驗結束、數位追蹤器關閉多年之後,他仍在追蹤自己的寫作狀況,例如字數和天數,也記錄自己連續寫作多少天未曾間斷,他說:「此事看似有點幼稚,但是當我看到日記裡一連串的大叉叉,或是螢幕上的星號時,它們就會鼓勵我繼續寫下去。」

美國知名喜劇演員傑瑞・史菲德(Jerry Seinfeld)有一個人盡皆知的習慣,每寫一天就在日曆上打個叉:「幾天後你就會有條鏈子,只要持之以恆,這條鏈子就會一天比一天長,你看到那條鏈子會很歡喜,特別是在你堅持了幾週之後,你唯一的任務就是不讓這條鏈子斷掉。」[26] 當你有一個很長的連寫紀錄時,你就很不願意讓它斷掉。看到進步會有內在的快感,每個叉叉會有一個多巴胺飆高的獎勵,鏈條越來越長時更是如此。當你努力建立連續寫作紀錄時,它就會成為你作家身分的一部分,要是你休息一天,就會感覺怪怪的,並鼓勵你第二天繼續保持這個紀錄。

如果你逐章讀完本書,你應該確定了自己想要寫什麼,找到了將寫作融入生活的方法,並掌握了開始寫作的第一步。進行規劃可以讓你開始寫作,但如果每次寫作都需要承受過大的認知負荷,你最終只會感到精疲力竭、心力交瘁。習慣可以讓你省去這些努力,只要了解它是如何形成,你便可以啟動寫

作、建立一套例行公式,並將習慣與獎勵結合,讓你日復一日地堅持下去。接下來的沙盤演練,將會教你如何做到這一點。

沙盤演練——養成習慣

1. 確立寫作日常習慣

美國作家約翰・厄普代克（John Updike）曾說：「穩當的日常習慣，能讓你避免放棄。」從習慣的角度來看，日常習慣就是你想要養成的行為。花點時間思考你的寫作日常習慣會是什麼樣子：你想在何時、何地寫作？每天出現時要做什麼？充分想像透過如視覺化、繪圖、腦力激盪、探索等方式，並記下對你而言成功的日常習慣是什麼樣子。

2. 識別情境

情境是在習慣迴路中設定日常習慣的提示，它是行動的觸發器，促使你做出想做的行為。美國習慣學專家查爾斯・杜希格（Charles Duhigg）發現，提示不外乎以下五個類別：[27]

- 地點——寫作的地方

  腦力激盪出你可以寫作的環境，但要避免提示另一個行為，例如，你在餐桌上寫作，可能會忍不住去洗碗，在工作桌寫作，可能會不自覺整理收件匣。你能否設計環境或創造一種儀式來觸發寫作行為？例如把「拿出筆電」當成寫作的提示。

- 時間——何時寫作

一天當中是否有適合寫作的時間？你是早起鳥兒，還是夜貓子？請配合你天生的作息節律[28]來安排適當的寫作時段，以充分發揮你的精力和注意力。或是想想一天當中，你在哪些時段較不容易分心？

- **情緒會影響你的行為**
  根據你的情緒狀態，找到一個適當的寫作提示，利用情緒來推動寫作，如果你正為了工作煩心，最好寫在筆記本裡，而不是氣沖沖地發一封電子郵件給你老闆。如果你心情不錯，那就想寫什麼就寫什麼，自由地寫作與生成創意。

- **結伴寫作**
  你能找到其他作家結伴一起寫作嗎？或是找到支持者來分享你的計畫？或是讀者、導師和創意啦啦隊？邀請其他人來引發你的寫作，既能向他們學習，也讓寫作變得更有趣。下一章會有更多相關的想法。

- **綁牢寫作與既有的行為**
  想想你的一天，在寫作之前你可以做些什麼。例如，早上起床後、吃完午餐後，或是在回家的火車上都可以寫作。再教你一招：你可以用視覺誘因來幫忙啟動寫作——在床頭放一個記事本，讓你早上起床就寫點東西，或是在日曆上標示寫作時間的通

知。

3. **透過實驗找到獎勵**

　　獎勵會提示多巴胺,並將愉悅與行為連結起來,從而鞏固日常習慣。B.J. 福格指出:「人在心情好的時候,改變的效果最好。」他的研究發現,那些熱愛慶祝的人能最快養成習慣。[29]

　　這世上沒有一種能適用所有人的獎勵,正所謂一個人的美味,是另一個人的毒藥,所以好好想想什麼可以激勵你。首先,想像一個你可能會自發慶祝的場景,例如支持的球隊獲勝時,你會怎麼做?得到一份很棒的工作時,又會怎麼做?完成一項長時間的寫作專案,並打出「全文完」三個字時,你會怎麼做?想像你的反應,並且拿它當做你的獎勵。

　　不斷嘗試你的日常習慣和獎勵,美國小說家安・萊斯(Anne Rice)曾說:「我當然有自己的日常習慣,但是當我回顧自己的職業生涯時,最重要的一點,是有能力改變這些習慣。」[30]

　　改變吧!試著培養新的、更好的、更充實的寫作習慣。同樣地,一直獲得相同的回報,對大腦來說是無聊的。我們渴望新鮮感,這也是賭博讓人上癮的原因,想想有什麼方法,可以讓你挑戰自己並獲得不同的回報。

4. **給自己一點甜頭嚐嚐**

　　如果你正努力為你的寫作習慣,設計完美的多巴胺刺激,請放輕鬆。退後一步審視你的寫作程式,找出讓它更愉

快的方法。別只想著立即的獎勵，不妨考慮誘因或犒賞。

你可先思考什麼會讓你在寫作時，產生正面的感覺，如果你需要用一個誘因來「賄賂」良好的行為，那會是什麼樣子？還有個妙招，就是把你常用的拖延活動當做獎勵（而不是把它當成拖延戰術）。簡而言之，寫完再看推特，而不是看了推特再寫作！

5. 獎勵努力，而非結果

你在寫作上付出的努力，不一定都能用字數來衡量，有時候你在短時間內，一氣呵成地大寫特寫，反倒可以交出令人驚豔的作品。但遇到文思枯竭的時候，就算花了幾個小時，卻只勉強寫出一個可用的句子。

你要獎勵你投入的努力，而不是結果，這一點在慶祝里程碑時，格外重要。如果獎勵太小，你可能會失去對專案的動力，但如果獎勵太大，一切就會變成追求獎勵本身，而不是專注於達成目標所需付出的努力。

6. 擬定一個計畫

要養成寫作習慣可能需要一段時間，而且有了習慣後，就有可能被打亂或流失，與其依賴意志力，不如制定一個簡單的計畫，例如：「我將在每個工作日早上8點，在火車站對面的咖啡廳寫作一小時。」

這個例子既清楚又具體，它利用通勤這一既有的日常活動，附加新的寫作行為，它還提供了地點、時間和規律，讓人一目了然，而且還有額外的獎勵：熱咖啡和蛋糕。

另一種規劃方法是使用「如果（當）……那麼……」的格式。你可以仿效孟穆爾那樣造個句子：「自從我用了『如果……那麼……』的結構後，我成了一個更棒的作家，像『如果有咖啡，那麼我就打開 Scrivener』就是一個非常有效的寫作觸發器。」

7. **將好事與寫作掛勾**

養成「注意寫作中發生的好事」這一習慣，它會幫助你尋找和欣賞發生的好事，讓你對自己的寫作產生更正向的情感，並為長期努力提供動力。

8. **連續寫作不中斷**

像美國喜劇演員傑瑞・史菲德（Jerry Seinfeld）一樣，追蹤你的進度：開始連續寫作，看看能持續多少天。另一個方法是報名參加挑戰賽，例如「百日寫作」（參見第 2 章）。只要在 Instagram 或推特上搜尋 #100daysofwriting 標籤，就能找到寫作者社群。誠如美國作家奧斯汀・克隆（Austin Kleon）所說：「每天練習，並在格子裡打個叉；100 天之後，你就不會那麼差了。」[31]

9. **相信自己的能力**

作家與自信心之間的關係很微妙，無論你是剛開始寫作，還是已有出書管道，抑或是已經著作等身，你內心的批評者總是蠢蠢欲動，一有機會就蠶食你的信心。獲得他人的支持，可以給你極為需要的鼓舞，我們會在下一章探

討這一點。

加入作家社群,找到一群與你志同道合的人吧!如果你覺得害羞,可以小步前進。研究人員發現,即使只有一個人為伴,就足以讓你相信改變是可能的。所以,趕緊找個寫作夥伴!

10. 不要氣餒

美國心理學家溫蒂‧伍德(Wendy Wood)教授發現,如果你故態復萌了,也別放棄希望或感到絕望──習慣不會丟失。你只需承認自己有些鬆懈,並利用這次機會,讓你的情境變得更強大、更清楚。重新檢視上面的提示,再試一次。記住美國作家丹尼爾‧品克(Daniel H. Pink)的建議:利用那些因偷懶而未寫作所產生的瞬間遺憾感,作為自我鞭策的契機。

> 我們的習慣指南可以幫助找出你需要的提示和獎勵,讓你的寫作更有規律性。若要下載它,請前往:prolifiko.com/writtenresources

第 9 章

與人合作

寫作中的社群動力

關於「寫作生產力與寫作過程」這個主題的研究,學術作者要比其他任何族群,更常成為研究對象。究其原因有二,一是因為研究人員通常只在自家校園裡找白老鼠,其二則是因為這群人的寫作壓力,通常最為尖銳。

我們曾提過,學術圈中有句廣為人知的話:「不出書便出局。」學者若未定期寫作和發表論文,他們的職業生涯可能會面臨重挫,並連帶使他們任職學校的聲譽和財務隨之下滑。

因此,世界各地的大學和學院,莫不精心推出各式各樣的措施,如研討會、靜修活動、指導計畫、教練專案,不一而足,藉此勸導和支持那些分身乏術的教授,以及課業繁重的學生,得以繼續寫作。並且不愧為學術單位,撰寫出不計其數的論文,討論這些措施的利弊得失。

有一篇針對 17 項獨立研究所做的綜述論文,探討了三種介入方式的有效性,包含:寫作小組、一對一支持和寫作課程。[1] 得出的結論是,這三種方法當然都能在某種程度上提高

出版率、寫作品質和技巧,其中某種「寫作小組」,在改善研究人員所謂的「社會心理效益」方面,表現尤為突出。*

意謂著,這些寫作小組的某些特點,例如他們所創造的良好感覺和友誼,以及他們所提供的支持和責任感,都很能幫助人們堅持下去。不僅如此,像這樣的互助小組,還能在整個大學校園內,產生研究人員所稱的「漣漪效應」。

菜鳥研究員會感覺受到啟發而開始寫作;停滯不前的寫作者,會覺得更有動力;曾經擱置寫作的人,會重新把寫作放在優先位置。當大學成立並鼓勵寫作小組時,就會醞釀出一種支持寫作的文化,從而提高寫作者的生產力、信心和動力。

讓他人協助你

你可能不需要我們(或別人)告訴你,加入某種形式的寫作小組確實能提高寫作生產力,你可能自己也嘗試過這種方法。當我們看到作家獨自寫作時,也會建議他們加入寫作小組,因為我們曾一次又一次地看到,與其他人一起寫作,能為他們帶來信心,鼓勵他們在崎嶇不平的道路上繼續前進。

美國習慣學專家查爾斯・杜希格(Charles Duhigg)曾解

---

* 如欲了解更多內容,請參閱羅薇娜・莫里(Rowena Murray)所寫的《社會空間中的寫作:學術寫作的社會過程方法》(*Writing in Social Spaces: A Social Processes Approach to Academic Writing*)。社會過程指人類團體互相連結,因而彼此建立社會關係的各種活動,有五種不同的動態類型,即競爭、衝突、順應、合作與同化。

釋道,「他人」甚至可以讓我們更容易養成寫作習慣,因為在其他人的陪伴下,我們會更容易、更有可能也更有機會做出改變。他表示:「當信念發生在一個社群裡,它會變得更容易。」[2] 簡單來說,他人能協助你完成,那些靠自己難以達成的事。

那你可能會問,如果寫作小組如此管用,何必還要浪費篇幅討論這個主題?還請稍安毋躁,且聽我們慢慢道來。

雖然我們自己的研究和經驗顯示,寫作小組、社群與合作寫作,可以帶來巨大的好處,但是你在加入之前,還是有一些因素需要考慮。你如何與這些小組互動,應該選擇何種形式,完全取決於你自己,而這正是本章的主題。為了進一步說明這一點,我們要來深入了解,這個世界上最卓越、最成功的創意寫作課程。

鼓勵競爭的殘酷教室

美國作家保羅·安格爾(Paul Engle)於 1941 至 1965 年間,擔任愛荷華作家工作坊(IWW)的主任時,他會在打字機旁,放著一支馬鞭,此舉對於他的教學方法及此一課程背後的哲學,可說是不言而喻。

該工作坊自 1936 年成立以來,培育出多位傑出作家和詩人,包括約翰·歐文(John Irving)、安·帕切特(Ann Patchett)、瑞蒙·卡佛(Raymond Carver)、理查·福特(Richard Ford)、庫爾特·馮內果(Kurt Vonnegut),它的校友名單堪稱是美國 20 世

紀最偉大作家的名錄,但早期的愛荷華寫作工作坊,並不適合脆弱的人。

安格爾效仿達爾文,刻意設計出一股自我激勵、適者生存的氣氛,在這種氛圍中,作家們的作品和自信心,經常被嚴厲的批評給粉碎。在早期,學生通常是從前線歸來的二戰退伍軍人,他們都自認為是下一個海明威。這群熱愛文學的年輕人,經常以不文學的方式,解決文學上的爭議,例如在酒吧喝醉酒後大打出手,或在校園內進行拳擊比賽——而且通常是和他們的導師對決。

安格爾毫不留情地逼迫作家們只做一件事:寫作和出書。安格爾說他絕不會「縱容年輕浪漫幻想家的自大」,為此他刻意設計愛荷華寫作工作坊,讓學生在離開校園後,能更堅強地面對嚴酷的商業世界。[3]

他設計了一個競爭激烈的環境,讓學生為了爭取位置而直接衝突。他希望學生感受到發表文章的巨大壓力,因為他相信這樣才能取得成果。他的想法在很多方面是對的;該工作坊畢業生所發表的作品數量,遠遠超過世界上其他任何學校的藝術創作碩士課程;迄今為止,畢業生已經出版了超過 3000 本書,並贏得了 29 座普立茲獎。該課程還培育出 6 位美國桂冠詩人,以及無數的美國國家圖書獎得主。但他們付出了什麼樣的代價呢?安格爾殘酷的創作發展方式雖適合某些人,卻也給其他某些人,留下了深深的疤痕。

美國作家芙蘭納莉・歐康納(Flannery O'Connor)在安格爾的「不成功便成仁」環境中茁壯成長,她晚年曾說:「無論我走到哪裡,都有人問我,IWW 是否扼殺了作家?我的看法

是,他們扼殺的作家還不夠多。」[4] 但另外有一些人,例如前任桂冠詩人麗塔・多芙(Rita Dove),則感到創作力被壓垮了。

多芙是 1970 年代的 IWW 學生,離開那裡時,她的信心蕩然無存。她覺得自己被僵化的規則和結構束縛住了,一度受到極大的創傷,甚至停筆一年。

小說家珊卓拉・西斯奈洛斯(Sandra Cisneros)也有類似的災難經歷。她在 IWW 的日子過得非常糟糕,以至於她在退出後,創辦了馬孔多作家工作坊(Macondo Writers Workshop)。她解釋道:「馬孔多工作坊聚集了一群慷慨、富同情心的作家,他們相信自己的寫作,能夠帶來非暴力的社會變革。換句話說,與 IWW 恰好相反。」[5] 她推廣的寫作計畫在方法上更溫和、更具支持性與協作性,它的力量絲毫不遜於狗咬狗的環境。*

該競爭還是合作?

2016 年,有一組行為改變專家,決定研究什麼樣的社交條件,最能激勵人們保持積極的生活方式(久坐伏案寫作的人請注意)。[6] 我們分享此事是為了說明,選擇一個適合自己的團體環境有多重要。研究人員告訴三組久坐的上班族,他們必須試著在四週內改善體能,但是他們要做的方法卻各不相同。

---

* IWW 的環境曾導致學生詩人羅伯特・謝利(Robert Shelley)於 1951 年自殺身亡。

第一組是**協作者**。他們有一個小組目標，必須一起達成。

第二組是**競爭者**。他們被告知要互相競爭獎品，而且他們的進度會顯示在排行榜上，讓所有人都能看到。

第三組是**控制組**。他們只拿到一些關於「多活動有益處」的公共健康宣傳單。

當你得知控制組從未真正離開過他們的旋轉椅時，想必不會太訝異。相較之下，協作組活躍多了，他們一個月內的活動量增加了16％，是一個不錯的結果。但是競爭組的進步最大，他們的活動量增加了近三分之一（30％），因此，為什麼人類要競爭的理由，似乎很清楚。

資料顯示，競爭組與協作組的集體活動水準，一直到最後一週前都相差無幾，但之後令人驚訝的事情發生了：在最後一週，競爭組裡有兩個人的活動量出現超人的躍進，並且偏離了該組的整體數字。研究人員總結道：「這反映了在競爭環境中，那些表現優於平均水準的人，可能會充滿動力並持續改進，而表現低於平均水準的人，則可能會感到士氣低落並放棄。」或者，換句話說，競爭造就了兩個游得快的參加者，其他人則沉了下去；而協作雖未能造就超級明星，但提升了整個小組的表現。

此事給我們的啟示在於，**找到適合自己個性的環境非常重要**。競爭或協作型的環境並無「好」或「壞」，如果你是個好勝的人，協作的環境可能會讓你感到無聊。如果你傾向在獲得更多支持的情況下茁壯成長，那麼競爭型的環境可能會阻礙你的進步。

寫作團體也是如此；你能在安格爾「愛之深，責之切」的環境中茁壯成長嗎？還是你比較喜歡像馬孔多作家工作坊，那樣循循善誘的環境？如果你的答案是後者，那你應該對接下來的內容很感興趣，因為我們現在就要來探討，為什麼非競爭性的環境也可以同樣有效？

歸屬感的力量

時間拉回到 2003 年，雷尼・桑德斯（Rennie Saunders）曾是美國舊金山一家廣告公司的創意總監，這家公司一度在業界引起轟動。但此刻公司正飽受煎熬，因為網路泡沫破裂，公司的員工和科技大廠客戶雙雙減少，情況看來很不妙。但桑德斯並未坐以待斃，他決定化危機為轉機，他退出了利潤豐厚的科技圈，去追尋他長久以來的夢想──成為一名作家，這是他從 10 歲就開始懷揣的願望。

但辭職後不久，桑德斯遇到了一個問題：他開始懷念從前工作時的生活結構，儘管現在他有充裕的時間寫作，卻被拖延的毛病纏上身。當他還在職時，他有需要帶領的同事，還有給他設定目標和完工期限的老闆，如今卻只有他一人獨自坐在房間裡寫作。他發現在沒有其他人需要負責的情況下，堅持寫作變得越來越難。

於是他想出了一個新穎的方法：他沒有參加更多的作家聚會（因為這些聚會雖然有用，卻很容易避開），而是決定自己來組織這些聚會。這給了他出席活動所需的動力，他告訴我

們：「當聚會出現在行事曆上，而且有其他人要來參加時，你就會親自出席，因為你不想讓別人失望。從一個有趣的角度來看，我想我其實是用這種方式欺騙自己，才完成了寫作。」

無論這是否算是詭計，總之它得逞了。自 2007 年 8 月，桑德斯在舊金山的十字路口咖啡館，舉辦了第一次作家聚會後的 18 個月內，他便寫出了三本長篇小說、無數的中篇小說，以及一本短篇故事集。在接下來的十年裡，他都持續舉辦這個聚會。他本可以就此止步，但他沒有，桑德斯組織的聚會越來越受歡迎，為了滿足需求，他在舊金山各地舉辦了更多場聚會，招募志工，並將活動擴展到美國其他城市，甚至拓展到其他國家。

如今雷尼・桑德斯是風靡全球的「安靜寫作！」（Shut Up & Write!）的執行長兼創辦人，而當初他只是為了讓自己能坐下來寫作。當我們在他的家庭辦公室中採訪他時，他興奮不已，我們問了他最喜歡的問題：「『安靜寫作！』的成功祕訣是什麼？」

「安靜寫作！」如今已發展成一個全球性社群，聚集了近 10 萬名作家，並在全球數百個城市設有分會，桑德斯表示，「簡單」是「安靜寫作！」成功的祕訣。有別於安格爾在 IWW 採用的「適者生存」模式，桑德斯設計的聚會完全不含競爭元素，而這便是他們成功的祕訣，寫作者想寫什麼，就寫什麼，他們只需在約定的時間和日期出現在咖啡館。

在場的許多人完全互不相識，唯一的規則是他們在這裡寫作一小時（不做其他事），這裡不會有人出言批評、論斷你寫的東西，你也不必在寫完後大聲朗讀，但主辦方鼓勵所有參與

者，在活動結束時跟其他夥伴分享他們在這一小時內的寫作進度，讓大家都能學習。

英國作家協會（The Society of Authors）的詹姆斯・麥康納奇（James McConnachie）說：「寫作是個孤獨的事業，出版是個競爭激烈的行業，但作家則不同：它是夥伴和社群。」[7]「安靜寫作！」的聚會便是如此，只有支持和社群，桑德斯形容這些聚會就像是「安全的氣泡」。

咖啡館裡的人通常在做各式各樣的事情，如聊天、工作、傳訊息或編碼（這裡畢竟是矽谷）。但是「安靜寫作！」聚會裡的人，每個人都在做同一件事：寫作，桑德斯說：「每個人都戴上他們的創意帽子，簡直跟集體冥想差不多，但大家都覺得很安心，而且我們不必把自己的作品唸出來，也就消除了恐懼和自我批判。」

寫作中的社群動力

你是否曾在教堂、圖書館，甚至是體育賽事或夜店等地方，被一群完全陌生的人包圍，卻感到與他們有某種微妙的連結？你可能會因此改變自己的行為，如變得更安靜或更喧嘩？如果是的話，你正在體驗史丹佛大學心理學家所稱的「單純歸屬感」，這是一種現象，指的是當人類為了特定原因聚集在一個群體時，都會產生歸屬感。

研究人員表示，此一現象與人類的演化過程有關，**當我們有了這份歸屬感，便也會產生責任感，不願意打破團體的社會**

規範。研究顯示,即使只是感覺自己屬於像「安靜寫作!」這樣社會連結較鬆散的聚會,只要彼此擁有共同的目標,也足以提升我們的毅力,讓我們更有可能堅持到底、實現目標。

提出「單純歸屬感」理論的學者們總結道:「單憑這份與社會有連結的感覺,即使是與不熟悉的人在一起,也能使自我、個人興趣和動機發生重大變化。」[8] 所以比起獨自寫作,與他人一起在一個共同目標下寫作,我們會更有可能達成寫作目標。

桑德斯說,當一群人,有些彼此陌生,有些則相識,因為寫作這個共同目標聚集在一起時,神奇的事情就發生了。美國作家安妮‧莫菲‧保羅(Annie Murphy Paul)也提到這種「魔力」,她試圖重新定義「思考」,認為思考不僅是在我們腦海中發生的事情,而是在我們與世界互動時發生的事情。

一起寫作不僅可以給予我們堅持下去,所需的外在動機(因為讓別人失望往往比讓自己失望更難),它還給了我們更深層的東西。她寫道:「群體歸屬感是一種內在動機,也就是說,我們的行為往往受到任務本身內部動機的驅動,例如參與集體努力所獲得的滿足感。」[9]

在共用的實體或虛擬空間中,與他人並肩作戰,可以讓整個寫作過程更有意義、更充實愉快,這反過來也會讓我們產生正面的聯想,讓我們感到有動力並堅持下去。當我們獨自寫作時,當然也會有突破和靈光乍現的美妙時刻,但是當這些時刻同時發生時,往往會激盪出某種特別的力量;也許幾乎是悄無聲息地,與他人一起寫作,會讓我們在遇到寫作障礙時更有韌性,在面對困難時,更能覺察並感受到支持。

到目前為止，我們已經探討了兩種與他人合作的方式，可讓你在團體中負起責任：透過競爭或協作。但其實人們可以透過許多不同的方式一起工作，以下是幾個例子，說明作家如何以團體、小組或兩人一組的方式來完成寫作。當你閱讀這些範例時，請想想它們是否適用於你。

合作無間的最佳拍檔

英國小說家尼克・康瓦爾（Nick Cornwell）曾在文章中提及他母親──珍・康瓦爾（Jane Cornwell）去世時，家人想要準備火化儀式要用的遺照，卻幾乎遍尋不著，這才發現她的照片少得可憐。[10] 他們找到的少數幾張照片，皆是在她學會「隱形伎倆」（尼克・康瓦爾的原話）之前拍的，之後她便不再拍照（就連全家福照片也是），並拒絕接受採訪。

除了家人和少數幾位密友，世人皆不知珍・康瓦爾，在她丈夫的寫作過程中，扮演了舉足輕重的角色。雖然他是「作家」，但書其實是他們共同創造的：珍・康瓦爾在幕後編輯、修改和塑造小說。她的兒子寫道：「一直以來，每一步都有她的身影。她從不張揚，卻無處不在，始終貫穿於整個作品中。他創作，他們共同編輯；他燒火，她搧風。這是他們的共謀，是其他人無法提供給他的東西，他們都縱容了此事。」大衛・康瓦爾與妻子之間的創作關係緊密交織，以至於他們共同創造了第三個身分：約翰・勒卡雷（John le Carré）。

此外，雖然美國作詞家貝蒂・康丹（Betty Comden）和劇

作家阿道夫・格林（Adolph Green）並未結為連理，但他們在寫作方面合作無間，以至於很多人都誤以為他們是夫妻。

兩人合作超過60年，為百老匯多齣知名音樂劇撰寫劇本和歌詞，包括被許多人公認為史上最佳音樂歌舞片的《萬花嬉春》（*Singin' in the Rain*），以及由李奧納德・伯恩斯坦（Leonard Bernstein）配樂、法蘭克・辛納屈（Frank Sinatra）主演的音樂劇《錦城春色》（*On the Town*）還有人人朗朗上口的經典神曲《紐約，紐約》（*New York, New York*）的歌詞，皆是出自他們之手。

我們前往康丹位於紐約的公寓，請教他們的寫作過程及合作方式。[11] 他們表示，就工作方式而言，他們是可以「互換」的，所以很難分辨誰寫了什麼，誰更擅長做什麼，也沒有明確的角色分工。康丹說：「我們真的是平分秋色，所以我們常說，根本不知道誰貢獻了什麼想法，或哪句台詞。我們兩人意氣相投，很合得來，彼此之間就像即時雷達一樣，一偵察到問題便立刻解決，所以一起工作非常容易。」

集體創作的多重面貌

編劇大衛・昆提克（David Quantick）表示，在熱門情境喜劇《副人之仁》（*Veep*）的編劇室工作，就像「在沒有輸送帶的手榴彈工廠裡工作，你必須在手榴彈朝你襲來時，接住它們。」這個手榴彈工廠的老大是阿曼多・伊安努奇（Armando Iannucci），他挑選編劇團隊成員有特定的標準。伊安努奇告

訴我們:「要成為一名優秀的團隊編劇,你必須要有團隊合作精神,不能有自我意識,也不能對自己的作品有占有欲。」

編劇團隊的成員,需要快速草擬劇本和笑話,然後將這些劇本交給其他編劇重新草擬;這就是集體努力的成果,伊安努奇指出:「每位編劇都會負責一集的劇本,我會就故事情節與該編劇交換意見,並要求他們快速完成劇本。快速是很重要的,因為等到我們要拍攝那一集時,幾乎所有的劇本都已經改變或改寫了,所以沒必要對自己寫的對白依依不捨。」編劇室的這種快節奏並不適合所有人,但快速正是這種模式的優勢之一它打造了一個高生產力的寫作環境,因為你根本沒時間掉入寫作停滯。」

雖然編劇室在影視行業很常見,但在其他寫作領域卻極罕見,然而幾位作家卻別出心裁地打破了這個傳統,她們以愛麗絲・康萍安(Alice Campion)的筆名共同創作了兩本小說。*這群作家最初是在雪梨的「豪放女讀書俱樂部」(Book Sluts)相識的(該俱樂部的座右銘是:有書就讀,來者不拒)。某個週末她們正在討論俄羅斯文學時,有人隨口說出一句玩笑話:「何不一起寫一本古裝情色小說來賺旅費?」幾經討論後,大夥發現這確實是個寫小說的好點子,也是高效率的寫作方式。

這些愛麗絲們的寫作過程,是在創作第一本小說時所逐漸成型:她們每週聚會兩次,以確定故事的整體走向和具體場

---

* 目前以愛麗絲・康萍安之名創作的四位作者是:珍妮・柯羅克(Jenny Crocker)、珍・理查茲(Jane Richards)、珍・聖文森・韋爾奇(Jane St Vincent Welch)和丹妮絲・塔特(Denise Tart)。她們第一本小說的合著者還包括瑪德琳・奧利佛(Madeline Oliver)。

景。接著,每位作者各自認領一個場景,並設定截稿日期,完成後,透過電子郵件發送給小組。

下次聚會時,她們會向小組朗讀自己寫的場景,標注反饋意見並修改,然後帶著不同的場景回家改寫,這樣每個場景都會先由一位成員創作,再由另一位成員改寫。她們透過這種方式,在不到一年的時間裡完成了第二本小說《變幻之光》(*The Shifting Light*),而且她們全都有一份全職工作,她們指出:「所有作家(或有志成為作家的人)都知道,創作過程最困難的部分就是實際寫作,而這正是集體寫作最具優勢之處。我們經常把寫作團隊比作體育團隊,輪到你寫作時,你可不能掉以輕心,否則整個團隊都會失望——這絕對有助於解決拖延問題。」

這些寫作關係的例子證明,每個人都能以多種方式,幫助和支持我們保持寫作動力。有時候,合寫關係會緊密交織,以至於「誰寫了什麼」的問題變得模糊不清,本書就是如此。儘管這本書是我們共同努力的成果,但我們寫書的方式,以及這幾個月來我們如何保持動力,卻有很大的不同。所以接下來我們將稍微深入探討這個話題,但為了做到這一點,就像演員打破「第四面牆」一樣,在本章的剩餘部分,我將直接以我自己——克里斯的身分,與你對話。

我們如何寫出這本書?

請容我向你描述一下我們的辦公室,我和蓓蔻就是在這裡

寫出你此刻正在閱讀的這本書；*我們在房子的閣樓寫作，那是一間空間頗大的正方形房間，屋頂呈尖形，裝有 Velux 天窗。夏天時陽光過於炙熱，到了冬天則顯得不夠明亮。

此屋建於 1890 年左右，所以有五根堅固的橡木樑，就橫跨在刷了白漆的斜頂上──我的頭經常撞到它們。在屋頂一端有一個外露的磚拱，是連接煙囪的地方，這種設計到了房仲口中，便成了房子的「特色」。我的書桌（是紅色玻璃桌面配橡木桌腿，謹供閣下參考）擺放在拱門的一側，坐位面朝房子的前方，蓓蔻的書桌（樺木膠合板配藍色薄板）在我身後，她坐著面向房子的另一邊。

我書桌的左手邊擺放了一盆巨大的絲蘭（Yucca），是我從大學時期就養到現在，再過去是一張棕色沙發，上面躺著的是我們的愛犬佩吉。如果牠能抬起老屁股爬上樓來（今天就是個好日子），牠就會躺在沙發上，打著呼嚕、閉目養神。這些年來，牠的鬍鬚日漸變白，打呼聲也越來越大。

我們在寫作時都不喜歡噪音（佩吉的鼾聲勉強可以忍受），我工作時從來不會開著背景音樂。但我們都會喝很多茶，而且一天中會休息好幾次。我們發現每天運動，對於集中注意力很有幫助，所以我會散步、跑步、健身、打壁球和網球，蓓蔻則會散步、瑜伽、健身，最近開始跳尊巴舞（Zumba），但我們的寫作習慣相似之處，大概就這麼多了。

＊我們寫這本書的方式與愛麗絲們創作小說的方式類似：我們給自己分配了不同的章節，設定了截止日期，然後將寫好的內容提交給其他人審閱和提出反饋。在收到編輯和試讀者的反饋後，我們會給彼此不同的章節重寫，以確保「聲音」的一致性。希望我們有做到這一點！

如你所見，我們的工作風格大不相同；在我們撰寫本書初稿和二稿的這一年裡，蓓蔻會跟她的家人和朋友談起她的寫作，包含她寫了多少、進度到什麼階段。

她參加了 Instagram 上的「百日寫作」挑戰，並持續在社群中更新進度；同時加入倫敦作家沙龍的線上寫作小組，也預約了協作平台 Focusmate，以確保自己每天都會動筆。

她還與幾位朋友相約參加寫作聚會，甚至在一間附住宿的圖書館，安排了四天的寫作靜修；她參加書評小組，分享自己的創作並獲取回饋；也報名了寫作課程，學習各種實用技巧。

此外，她還自費聘請編輯，特別針對故事敘事給予建議，並在我們進行重寫時提供專業協助。她也邀請試讀者閱讀修改後的草稿，獲得寶貴的讀者意見。

蓓蔻還申請並獲得一筆創作補助金，支持她的寫作進程與專注時段。除了以上所有安排，她還會設定明確的寫作目標、追蹤進度，每天寫反思日記，並在每日的寫作中，刻意記錄至少一件正向經驗。

那我在這段時間裡，是用什麼方法來堅持下去呢？我什麼也沒做，就只是坐在書桌前埋頭寫呀寫。每當我聽到 Zoom 的嗶嗶聲，通知蓓蔻要開始另一個通話時，我就迅速溜到廚房，坐在餐桌前繼續默默寫作。

每次她出去跟朋友見面，討論他們的進度時，我都待在家裡。我從未在喝咖啡時討論過我的寫作，從未告訴任何人我的寫作目標，從未和任何人一起寫作，從未分享過我的進度，我的大部分朋友，甚至不知道我在跟別人合著一本書（驚喜！），加入寫作小組或社群的想法，令我退避三舍。

我知道你在想什麼：你覺得我這人很孤僻，對吧？我承認，可能有一點，但我會社交，也喜歡見人，我只是從來不覺得需要靠外部的「問責」促使我完成寫作；向別人交待我的寫作進度，對我的幫助不如對蓓蔻那麼有效。

我成年後一直在寫作，當過文案、代筆作家和編劇，我從未錯過任何一個截稿日，請別誤會，我說這些並不是為了炫耀我的寫作流程並不比蓓蔻的「更高明」或「更遜色」（她也很擅長按時完成所有任務），而是兩者各有利弊，我這人喜歡單打獨鬥，有時不免會鑽牛角尖，蓓蔻則需要少分心，但就生產力而言，我們都能按時完成工作。那麼我們有什麼不同呢？＊

寫作也需要問責機制

為了幫助工作坊學員找出適合他們的問責機制，我們會先提出一個問題，而這個問題，會把人們明確地分成幾個群組，且肯定會引發他們的討論。我現在要請你思考一下這個問題。

請先回想一下，**你曾經想要開始做一件不曾做過的事情，或真心想做某件事的時刻**。思考的範圍要廣泛，最好能遍及你生活的各個層面，例如開始健身、學習新的語言或樂器，或

＊ 本書的幾位早期讀者此時在空白處潦草地寫下了「性別」（通常是用相當大的字母）。我們根據過去十年來，在輔導作家及與英國大多數創意寫作課程提供者與機構合作的基礎上，觀察到女性通常比男性更常尋求支持。研究顯示這與性別規範和社會壓力有關。但我們現在要說的是，請注意你是否有這種傾向，並善加利用（理想的做法是推翻父權體制，讓所有性別都能受惠）。

是你曾試著停止做某件事，例如戒菸、戒糖或開始不吃肉。現在，讓我問你一個問題：你覺得完全靠你自己堅持這件事容易嗎？還是你需要其他人的督促，好幫助你維持下去？別擔心，答案沒有對錯之分。我會問你這些問題，是因為你越了解自己，你就越能找到適合自己的問責機制，並幫助你獲得成功。

想一想，我們每個人的動機都不同，有些人較受外部期望的驅動，也就是他人對我們的期望，而另一些人則較受內部期望的激勵，也就是我們對自己的期望。

如果你很難自己一個人堅持一個新的計畫，那麼你的動機很可能是因為來自外在的期望，而且你很討厭讓其他人失望。如果你發現自己輕輕鬆鬆就能堅持新的例行活動和制度，那你很可能是受到內在期望的激勵，這表示你可能討厭讓自己失望。顯然，不是每個人都完全符合這兩個陣營，你可能介於兩者之間，並對兩者都有不同程度的反應。

提出這個概念的美國作家是葛瑞琴・魯賓（Gretchen Rubin），她的研究對於幫助我們協助作家依據自身特質，找到適合他們的問責機制，有極大的助益。

詢問。她提出了「四種傾向」模型，將「我們如何回應外界對我們的期望」分成以下四種：

1. **自律者**
   - 滿足外部期望
   - 滿足內心期望

2. **質疑者**

- 抵觸外部期望
    - 滿足內心期望

3. **盡責者**
    - 滿足外部期望
    - 抵觸內心期望

4. **叛逆者**
    - 抵觸外部期望
    - 抵觸內心期望

她在書中不厭其煩地說明，無論你是哪種傾向，都不會比其他傾向「更好」或「更差」，她寫道：「最快樂、最健康、最有生產力的人，並非來自某種特定傾向的人，而是那些想出，如何利用自己傾向的優點抵消弱點，並建立適合自己生活的人。」[12]

魯賓的研究讓我意識到，我是以回應內在期望為主的人。例如，如期完成任務對我來說一向不成問題，但我需要先知道「為什麼」。事實上，不論收到任何要求，如果我不了解「為什麼」，我就很難去做。這也讓我意識到，過去我可能是個很討厭與人共事的人（雖然蓓蔻一直向我保證，我是本書的完美合著者。要是我有個不以為然的表情符號，我肯定會在這裡插入），因為我覺得我必須質疑對我提出的每項指示或要求；除非事情對我來說是合理的，否則我絕不會讓步。

蓓蔻則較受外部期望的驅動，她知道這一點，並且善加

利用。她非常討厭讓別人失望（她也討厭讓自己失望，這意味著她經常感到精疲力竭），正因如此，她發現工作坊、寫作小組（以及某種形式的責任制合作夥伴關係），對她維持寫作而言，這是一項非常重要的支持。

那麼，你屬於哪種問責類型？你是像我一樣，以滿足自己的個人期望為主，還是像蓓蔻一樣，會因為其他人對你的期望而更有動力？*這一點的考量很重要，因為知道結果後，你就可以開始設計一個適合你個性和生活的問責機制。

深受他人期望影響的人，通常會將他人的需求，凌駕於自己的需求之上；而深受內在期望影響的人，可能會過度自我批評，這也同樣會造成傷害。現在你已經知道自己是哪種問責類型，當你感到困惑或需要動力時，你就可以採取行動。在本章結尾的練習中，有更多關於如何做到這一點的建議。

與人連結，是創作之路的養分

人們對他人的依賴方式與程度，各不相同，寫作則從來都不是一項單打獨鬥的工作。儘管坊間仍舊流傳「真正的寫作和創意天才，都是憑一己之力完成」的說法，但只要翻翻任何一本書的致謝頁，你就會發現傳言並非事實，即使封面上只有一

---

* 我們衷心推薦你加入大約 300 萬人的行列，參與魯賓的「四種傾向」測試，[13]並閱讀她的精彩著作，以進一步了解這個概念。順帶一提，克里斯是質疑者，而蓓蔻是盡責者。

個人的名字,並且任何創意專案,也都不會是一個人的成果。我或許不需要其他人來「鞭策」我,但我仍需要其他人的「幫助」,來碰撞思路、給予方向。本書便是兩個人協作的成果。

我一直很喜歡紐西蘭寫作學者兼教育家海倫・索德(Helen Sword)的觀點,她說:「當我們為他人寫作時,我們是與讀者進行對話。當我們與他人一起寫作時,我們是與同事,為共同的專案而寫作。當我們在一群人中寫作時,我們就創造了一個作家社群。」[14] 我認為我們的寫作,在上述這三種方式中,受到塑造、鼓勵和支持,即使是最低調、安靜、內向的作家,也需要他人的幫助。為了證明這一點,我要講一個小故事,是關於我個人最崇拜的寫作英雄。

根據維多利亞・伍德(Victoria Wood)的傳記作者所說,這位深受喜愛的作家兼英國喜劇演員,在 15 歲時加入青年劇團,是她的「救贖」,那是她第一次對做任何事都感到自在。

伍德出生於英格蘭北部蘭開夏郡伯裡(Bury)的一間偏遠丘陵平房,自幼性格靦腆。她是四個孩子中的老么,小時候只能自娛自樂,她回憶道:「我是在一個有電視、鋼琴和三明治的房間裡長大的。」[15] 她的朋友很少,與父母和兄姐的接觸也很少,童年是在獨自閱讀和學習看譜中度過。

雖然家人一再鼓勵她,參與當地的社交活動,但她卻像躲瘟疫一樣避之唯恐不及,因為她很討厭被人指指點點,後來她被姐姐羅莎琳說服了,去報名參加鄰近小鎮羅奇代爾(Rochdale)的一項新藝術教育計畫,並在導師的鼓勵,和一小群志同道合的表演者支持下,日漸茁壯成長。

她口中的「工作坊」,成為打破自我拘束的地方;她在那

裡與人合作，嘗試隨興表演，和大家交流想法、寫作，並建立她成為歌手、作曲家和表演者的自信。維多利亞・伍德成為她那一代人中，最受喜愛和讚譽的英國藝人之一。她曾獲得英國電影和電視藝術學院獎（BAFTA）14項提名，在倫敦皇家阿爾伯特音樂廳的40場演出，也大獲成功。[17]

伍德雖常個人演出，也是一位極為內向的完美主義者，但這一路走來她並不是孤立地工作。她的作品是由她的聽眾、協作者和同儕所共同創造，她的才華因其他人而發揚光大。

她職業生涯的幾個關鍵轉折點，都來自與他人建立創作夥伴關係。青少年時期，她加入了「工作坊」，在那裡找到了自己的創作聲音；她與喜劇界同儕約翰・道威（John Dowie）一起巡演，鍛鍊了面對觀眾的抗壓能力；她被電視製作人彼得・艾克斯利（Peter Eckersley）發掘，後者成為她的朋友、支持者與導師。

她與傑佛瑞・德罕（Geoffrey Durham）結婚，對方引領她踏上單口喜劇之路，並協助她塑造個人風格；而她與演員茱莉・華特斯（Julie Walters）的相遇，則讓她的作品開啟了全新的方向。

伍德擁有的豐沛人脈，幫助和支持了她的事業。她與人建立寫作夥伴關係，並加入團體（儘管當初很不情願），與他人建立了緊密的連結。

請永遠記住，你為他人工作、與他人協作，以及在一群人中共事的方式，會隨著人生歷程不斷改變。在早期，你可能需要找到一群人，他們會給你所需的鼓勵、支持和反饋，讓你繼續前進，之後你可能需要的是同儕支持。

諾貝爾獎得主、美國社會學家蓋瑞・貝克（Gary Becker）說，世界上最容易讓人上癮的東西不是快克古柯鹼、可口可樂或咖啡因，而是「其他人」。[18] 為什麼？因為比起世界上的任何事物，我們更需要他人。一個作家無論多隱蔽、內向、控制欲強或害羞，「其他人」都會讓他與眾不同。無論你是與他們競爭、合作，還是以某種方式與他們共事來激勵自己，他們都會扮演重要的角色，但如何扮演，則取決於你。現在是時候找出你的問責類型，並據此嘗試一些可以用來持續寫作的方法。

沙盤演練——與人合作

1. **找出你的問責類型**

   現在你可能已經預感到，自己屬於哪一種問責類型，以下是兩種類型的摘要：

   > **內在期望**：當你主要對自己負責時，往往更容易實現個人目標，也不太需要他人的激勵。
   >
   > **外部期望**：當你主要對他人負責時，你會傾向於將別人的需求放在自己的需求之上，若沒有他人的幫助和支持，你可能很難堅持執行新的計畫和制度。

   請記住，這兩種類型各有優缺點，並沒有好壞之分。

2. **探索你的需求**

   如果你的主要動機，來自內在期望，那你可能不需要寫作小組，但可能需要找到你的「寫作動機」。你是否直到徹底了解某件事，才會開始做？這是你更注重內在動機的另一個跡象。

   如果你的主要動機，來自外界的期望，那麼你的寫作會因為你經常將他人的需求凌駕於自己的需求之上，而受到影響，這就是你更注重外在動機的訊號。

   也有可能同時受到兩者驅動，當你有雙重期望時，往往會因為要達成自己的個人目標，又要滿足其他人對你的要求，而感覺忙得不可開交。

一旦你更清楚自己的問責類型,就可以開始設計一個能幫助你完成寫作的問責系統。

3. **如果你偏向受內在期望驅動……**

- **先找到你的「為什麼」**:就像英國作家賽門・西奈克(Simon Sinek)在 TED 講座,以及他書中提到的那樣,從「為什麼」開始著手,可以激發偉大的成就。了解你為什麼要做某件事,並讓你的行動符合個人價值觀、抱負和目標,那會是一股強大的動力。

- **設定目標**:擁有一個明確的目標,可以為你提供前進的方向。除了明確知道成功的樣貌之外,你還需要將目標拆解為可執行的小步驟,並設定里程碑,以便持續追蹤進度,幫助你建立動機和動力,讓你不再鑽牛角尖和拖延。

- **迎接個人挑戰**:全國小說寫作月 NaNoWriMo 每年吸引數十萬作家參與,挑戰自己在 11 月寫出 5 萬字的小說。蓓蔻發現,擁有一個雄心勃勃的目標,可以產生令人難以置信的效果。你也是這樣嗎?「挑戰」會激勵我們超越自己的能力極限,而你要做的,就是設定一個剛好超出你的舒適區的目標;某些人若不是「膽大包天的目標」根本看不上眼,但另一些人卻覺得,能持續寫作就謝天謝地了。

- **協作**：你可能不需要外部的問責，便能持續寫作，但與其他人一起寫作，仍會讓我們獲益良多。如果你主要受到內在期望的驅動，這可能會讓你變得有些過於內省（克里斯坦承認自己就是這樣），這可能導致你無法看清事態，有時甚至會陷入困境。請記得考慮適合你的共事環境類型：你比較適合在協作還是競爭的環境中成長？你的動力來源是「一定要贏」，還是「志在參加」？

- **為自己準備一個寫作追蹤器**：當你受到目標驅動時，隨著時間推移看見自己的進度逐步累積，是維持動力的一種有效方式。請以適合自己的方式，記錄你的進度，你可以選擇傳統的紙本日記或掛曆，你也可以用應用程式來追蹤，記錄自己連續寫作的天數。

4. 如果你更受外在期望驅動……

- **公開分享**：來自美國加州道明大學（Dominican University of California）的心理學家蓋兒・馬修斯博士（Dr Gail Matthews）發現，那些與朋友分享目標，並且每週寄送最新進度報告的人，完成目標的成功率平均高出 33%！[19] 所以，告訴別人吧！只需告訴其他人，並請他們定期檢查你的進度，就能讓你持續向前邁進。

- **找個夥伴一起寫**：與寫作夥伴合作有很多方式，你可以選擇正式或非正式的安排。其中一個方法是簽訂寫作「合約」，這是兩個當事人之間的正式協議，要求在特定的日子寫作，藉此定下夥伴關係。也可組成評論型的夥伴關係，藉此互相分享自己的作品、獲取反饋，並提供指導和支持。

- **參加寫作小組**：參加寫作小組，可以讓評論型的夥伴關係，上升到另一個層次。寫作小組的規模各異，形式也可能不同，可以透過線上或面對面交流。像我們先前提過的「安靜寫作！」之類的寫作小組之所以有效，是因為他們只互相加油打氣，但不評論文章；另有一些，則是因為提供同儕支持和反饋而有效。你可以調查一下所在的地區（以及線上）有哪些寫作小組，然後決定你是想與他人分享你的作品，還是你更喜歡與其他作家一起工作時，所受到的激勵。

- **從親友處獲取反饋**：有些寫作者會害怕與陌生人分享作品，因此會請朋友和家人試閱並提供反饋。因為你們已是熟人，所以你需要確保他們清楚你要求他們做什麼，以及這麼做的原因；你可以向他們提出具體問題、設定截止日期，並告訴對方你希望他們如何評論。

- **找一位寫作教練或導師：**寫作教練或導師的費用可能會很高，但是與專業人士合作，你可以獲得量身訂作的建議和專業知識，讓你的寫作更上一層樓。好的教練會回應你的需求，並在你的寫作過程中提供支持。然而這並不是一件容易的事，你必須完成該做的事，若無法履行承諾，他們也會要求你負起責任。

第 10 章
走向精通

堅持下去，會越寫越好

距離我們現在寫作所在地「西約克郡」僅數英里遠處，曾經住著一位牧師與他的家人。美國知名作家喬伊絲・卡蘿・歐茲（Joyce Carol Oates）曾描述這個家庭的孩子們，寫道：「這些孩子住在約克郡荒原上，一座孤立的牧師宅邸，彷彿與世界隔絕。那裡就像是世界的邊緣，但每個孩子都擁有異常豐富的想像力。」[1]

歐茲筆下的孩子，指的是勃朗特家（The Brontës）的三姐妹——夏綠蒂、艾蜜莉和安妮，以及排行老二的男孩派崔克・布蘭威爾（Branwell Brontë）。他們的母親和兩位年長的姐姐皆已去世，只剩下這四個孩子，與父親一起住在山頂的牧師公館裡。

他們雖然沒了母親，但童年時光並不算悽慘，大部分時間都在閱讀、探索周圍的鄉村風光，或是用父親送的那盒 12 個木製玩具兵，編織起各種故事。拿這些玩具兵扮家家酒，成了他們的文學沙盤，原本只是孩子氣的遊戲，經過多年的發展，

逐漸交織成複雜的長篇故事，以及受到當時期刊啟發的一系列手寫小書。成年後的勃朗特三姐妹，更是憑藉著她們開創性的小說和詩歌，震撼了文學界。

歐茲提醒我們不要小看詩人或小說家的成熟作品，誤以為是孩童的遊戲之作，她認為作家的起源，可以追溯到兒童時期的夢想世界：「想像力的廣闊，足以容納孩童的幻想和成人的謀略。」這番話正是歐茲本人的寫照，坊間有幾篇關於培養寫作能力的學術文章，都提到了她年輕時的練習方法：她會模仿知名作家的作品；海明威即為其一。她用鋼筆寫小說，每寫完一本就毫不留戀地開始下一本，歐茲自陳：「我刻意訓練自己，一本接一本地寫小說，寫完一本就扔掉。」[2]

相較於歐茲的作風——狠心地把自己年少時期的作品扔進垃圾桶裡，勃朗特姐妹創作的許多書籍，皆得以保存下來。多年來，學者們拿起放大鏡，仔細研究那些小巧如火柴盒般的書籍，只為深入了解勃朗特姐妹成為作家的歷程。

許多人都想知道，如此傑出的三姐妹，她們是天才，還是靠著努力、勤練和學習才取得成就？透過分析她們的作品及其創作方式，我們可以窺探得知她們如何從編故事的遊戲中，逐步掌握創作技巧，更重要的是，可以參考並應用勃朗特姐妹的練習方法。在進一步探討之前，讓我們先來看看，孩子是如何學會寫作的。

從遊戲到出版

孩子們很早就開始學習寫作了，三歲的孩子就能「有目的地塗鴉」。[3] 他們已能知道「文字」，也理解印刷品傳達著訊息。美國教育部的研究發現，學齡前兒童能識別招牌和標誌，也能辨認重要的字母，例如自己名字的首字母。到 4 歲時，大多數孩子已經能試著寫出表達語言的字母，例如自己的名字，或是「我愛你」這樣有意義的詞語。

這是長達 20 年寫作技巧發展過程的開始，美國密蘇里大學心理學系教授隆納德・T・凱洛格（Ronald T. Kellogg）指出，寫作技能的發展過程，分為三個階段：[4]

1. **講述知識**：為了娛樂和遊戲而寫作。
2. **轉換知識**：為一票讀者寫作。
3. **加工知識**：為了出版而寫作和編輯。

聰明的中小學生能掌握前兩個階段，最後一個階段，則專屬於立志成為專業作家的成年人。我們就來看看勃朗特姐妹，是如何經歷每個階段。

1. 為了娛樂和遊戲而寫作

遊戲，是勃朗特姐妹寫作發展的基礎，並且重點是，她們寫作只供自用。她們一起創作劇本和演出，但沒有觀眾；她們寫書和雜誌，卻沒有讀者。[5] 這是寫作最基本的

形式,也是凱洛格所說的「講述知識」,寫作只是「提取作者想要表達的內容,然後生成一段文字來說出來。」[6] 要進一步發展,寫作者必須超越以自我為中心的寫作,開始為讀者寫作。

2. 為一票讀者寫作

勃朗特姐妹是在 1826 年 6 月,收到父親送的那盒 12 個木製玩具兵,她們很快便愛不釋手,還給每個士兵取了名字。儘管人們常常強調這些孩子的與世隔絕,但他們的眼界從不狹隘,而且很愛閱讀關於外國事物的書。她們在 1827 年 12 月寫下了《玻璃鎮》(*Glass Town*)的故事,關於一個虛構的非洲王國,這是日後多本複雜傳說的原型。

12 個木製玩具兵是勃朗特姐妹的第一批「讀者」,那些火柴盒大小的微型書,也是為了配合這些小雕像的尺寸而製作的。此時勃朗特姐妹進入了凱洛格所說的第二個寫作技能發展階段,也就是「轉換知識」。在這個階段,寫作者不僅要知道讀者是誰,還需投其所好地重新編寫文本:「從而改變了作者想要表達的內容。」

三姐妹創作的童書內容日趨複雜,開始加入地圖,以及風景、建築的插圖。她們規劃、審閱並編輯自己的作品,合力創作故事。其後,在 1834 年終止了這個階段,也許是手足間的一較高下,破壞了她們的創作夥伴關係,也可能是她們的想像力耗盡,抑或只是她們年紀漸長,不

再玩士兵遊戲了？[7] 她們持續寫作和創作了數百篇短篇小說、劇本、詩歌和中篇小說，多年後才正式出版。

3. 為出版而寫作與編輯

勃朗特姐妹所做的這一切努力，最終引領她們進入寫作發展的最終階段——加工知識。當作家進步到專業水準時，她們會「全心以讀者為念，並精心構思自己想表達的內容，以及思索如何表達。」三姐妹便是如此這般地到達專業寫作的重要里程碑：出書。

1846 年，她們以「貝爾家三兄弟」為筆名出版了一本詩集，分別屬名庫瑞爾（夏綠蒂）、艾利斯（艾蜜莉）和艾克頓（安妮）。雖然她們可能有把讀者放在心上，但該書並未取得成功；第一年只賣出兩本。*在接下來的一年裡，三姐妹各自專注於不同的寫作專案，雖然她們是獨立創作，但每晚都會在餐桌上討論各自作品，長達數小時。夏綠蒂的《簡愛》、艾蜜莉的《咆嘯山莊》和安妮的《艾格尼絲‧格雷》皆在隔年全數出版。

三姐妹在文壇嶄露頭角看似一夜成名，但事實是，她們從初嘗作家、編輯和出版人的滋味，到真正成為命中註定的作

---

* 在詩集出版的同一年，她們的父親派崔克‧勃朗特（Patrick Brontë）接受了眼部手術（沒有麻醉）。由於三姐妹皆未婚，所以她們在經濟上十分依賴父親，要是身為神職人員的父親死了，她們就會失去收入且無房可住。需要注意的是，三姐妹其實承受著巨大的生活壓力，她們的文學抱負事關重大——不是為了興趣或娛樂而寫，而是希望透過寫作謀生。可惜只有夏綠蒂活得夠長，有幸看到自己的寫作成功了，她們的父親倒是比所有人都長壽。

家,這個過程耗時整整 20 年。[8]這與凱洛格說「成為一名專業作家,需要 20 年」的說法不謀而合。

你或許覺得此事頗令人沮喪,但你不應該這樣想,因為勃朗特姐妹並非神童,而是筆耕不輟的奮鬥者。無論你是今天剛開始寫作的菜鳥,還是已經寫了數十年的資深老手,只要你願意練習,你就有可能成為專業作家。

「如何練習」更為重要

且讓我們重溫「孤獨天才」的迷思。我們已在上一章中提出,作家需要其他人的幫助;所以我們現在要來探討「天才」這部分。

瑞典心理學家安德斯‧艾瑞克森(K. Anders Ericsson)對刻意練習的研究,告訴我們如何塑造自己的潛能。艾瑞克森駁斥了「才能是一種天賦」的觀念;這個觀念很有說服力,卻很危險,但長期以來一直占據主導地位。

這種迷思並非近代才出現,早在古希臘時期,人們就相信創造力來自神的賜與。例如,人們認為繆斯女神是所有知識與藝術的源頭,她們是記憶女神妮摩西妮(Mnemosyne)與天神宙斯的九位女兒。即使像荷馬這麼偉大的作家,在開始寫作之前也會請求繆斯女神相助,他的史詩《奧德賽》的第一行,便請求繆斯幫助他寫下故事。當古代最偉大的詩人,都覺得他們需要神力的加持時,難怪這個迷思能持續這麼久。

雖然在 19 世紀時,科學取代了宗教,但它並未帶來希

望,而是用凡間的「神」——統治階級——取代了天上的神。維多利亞時代的知名人士,將天才歸因於遺傳特質,還拿可疑的證據來支持他們的特權,讓他們得以在社會上和藝術界站穩主導地位。

所幸,如今可見艾瑞克森拿出更為嚴謹的證據,支持一種樂觀、公平的人才發展觀點。他在多個領域做了數十項研究,發表了近 300 篇著作,他的發現徹底改變了我們對人類潛能的理解。他指出:「當我們意識到,各領域中最頂尖的人才,並不是因為他們天生具有某些才能,而是因為他們通過多年的實踐,所培養出自己的能力,這場革命就開始了。」[9]他對於刻意練習所做的研究證明,**我們的成長沒有限制,我們的身體和大腦都可以適應變化,而且透過訓練,我們可以創造出以前不存在的技能。**

此外,隨著年齡的增長,我們可以花更多時間去培養這些技能,不論我們幾歲,刻意練習都能給我們一條通往專業的道路。知道我們不需要先天的賜福,或是後天神明的眷顧,雖然是件好事,但這也是問題所在:要真正精通某項技能,需要多年的時間,這也就是為什麼很多人還沒學會,就已早早放棄。

艾瑞克森的研究是建立在「10 年有成法則」的基礎上,這個概念最早出現在 1973 年一篇研究國際象棋的文章中。[10]從那時起,這個理論在許多研究和領域中被重現,從音樂到數學,再到幾乎所有的運動項目。他針對小提琴家所做的一項研究指出,**專業知識需要數千小時的練習。**[11]藉此,從好的一面來看,神童之說不成立。

然而,也沒有捷徑可走,他發現,平均來說,那些花了

較多時間練習的人，比那些花較少時間練習的人，來得更有成就。這項研究讓「1 萬小時法則」廣為流傳，特別是在麥爾坎‧葛拉威爾（Malcolm Gladwell）所寫的《異數：超凡與平凡的界線在哪裡？》（Outliers: The Story of Success）一書中，被大力介紹。

葛拉威爾舉了披頭四樂團的例子，來說明這個規律。1960 年代初期，他們曾在德國漢堡一間昏暗髒亂的酒吧裡，演出超過 1200 場，累積的演出時間超過 1 萬小時，因而搖身一變成為那個時代最火紅的樂團。但這並不是一道簡單的等式；**練習時數多，並不保證成功**。正如披頭四成員之一的保羅‧麥卡尼，在讀完《異數》一書後所說：「在這裡，有很多樂團付出了 1 萬小時的努力卻沒有成功，所以這並不是一個顛撲不破的理論。話雖如此，每當你看見一個成功的團體時，總會發現，他們在幕後早已付出了無數努力。」[12]

麥卡尼說得沒錯，你需要練習，但要成為專家，並因此獲得成功，你需要做的不只是累積時間。葛拉威爾的著作，也許在暢銷書排行榜上名列前茅，並受到好評，但艾瑞克森認為他過度強調了 1 萬小時法則，因為練習固然很重要，但如何練習更為重要。

有目標的練習

最基本的練習是「天真」的練習，只是出現並重複進行活動。在第 8 章中已經得知，我們日常生活中，有 43% 的時間

都花在執行已習慣的工作上,這條捷徑,讓我們可以輕鬆地度過每一天。對許多人來說,做飯或運動就是在練習自動化的行為,需要做的只是吃和活動一下,但如果你想成為廚師或職業運動員,你就必須升級到「有目的」的練習。

艾瑞克森如此描述有目標的練習:「走出你的舒適區,但要專心一致、要有明確的目標、達成目標的計畫,以及監控進度的方法。對了,還要想辦法保持你的動力。」[13]

寫作工作坊正是一個展現「有目標的練習」的絕佳例子,如果你報名參加「在週末寫一篇短篇故事」課程,你就有了一個明確的目標。課程的結構提供了一個計畫,讓你在經驗豐富的導師支持下達成目標;你可以在做每個定時練習時,就用紙上的這些文字來監控你的進度;在團體中工作,能讓你保持動力,通常還帶有競爭感,尤其是當你加入限時寫作的壓力時。週末結束,你已完成一篇短篇故事——這是史蒂芬妮‧史考特(Stephanie Scott)第一次報名參加週末歷史小說寫作課時的感想。

第一次寫短篇故事,改變了史考特的人生,在那之前,她從未嘗試過創意寫作。2010 年,她還是投資銀行業的新星,並已訂婚,她報名參加寫作課程,只是為了找個有趣的方式度過週末,誰能想到後來她竟辭去了銀行的工作,全職投入寫作,並花了十年時間創作一本小說。她的經驗為「有目標的練習」提供了一個範本,但我們稍後才會探討此事,現在我們要回頭聊聊,那個史考特生平第一次參加的寫作工作坊。

寫作工作坊非常擅長教我們基本的寫作技巧,但研究發現,聽講座或參加課程可能會增加知識,卻無法提升技能。簡

而言之,要成為一名優秀的作家,你必須練習寫作技巧,並獲得專家的反饋,以提升你的表現。史考特的指導老師在那個週末裡,從她的草稿中發現了她的潛力,並鼓勵史考特申請參加費伯學院(Faber Academy)的小說寫作課程。

史考特認真地修改了那篇短篇故事,並連同她的申請表一起寄出,她同時還申請了牛津大學的創意寫作碩士學位,並再次寄出她唯一的一篇故事。她兩處都獲得了錄取,於是毅然辭去了工作,一週後她結婚了,但翌日就回到學生宿舍(頭髮還沾著婚禮拉炮的彩紙),她的丈夫和她一起偷偷地住進了單人房,她的寫作之路也正式開始。

刻意練習之路

天真的練習或有目標的練習,足以讓你寫出一篇短篇故事,但要寫出一篇優秀的短篇故事,就需要「刻意練習」。艾瑞克森發現,要達到練習的最高境界,我們必須把樂趣換成奮鬥、犧牲和痛苦的自我評估。我們需要超越週末課程,承諾長期投入練習。他告訴我們,成為專家「要專注於超出你目前能力和舒適度的任務,你需要一位消息靈通的教練,不僅要指導你進行刻意練習,還要幫助你學習如何指導自己。」[14]

那個週末寫作課程,給了史考特上述三樣東西:她正在學習一項超越她現有能力的新技能,她遇到了一位教練,會為她的小說「助產」,課程還為她提供了一個範例,幫助她確認需要提升哪些領域。不過她首先需要做的是給出時間,而且是大

量的時間。

且讓我們看看史考特，是如何效法刻意練習的要素。第一個要素是，從她在 2010 年寫下第一篇短篇故事，到 2020 年出版她的第一本小說，整整花了 10 年時間，這是艾瑞克森的核心「規則」。本章討論了很多時間框架，不僅有艾瑞克森的 10 年有成法則，還有凱洛格的概念，亦即需要 20 年才能培養出專業的寫作技巧。值得慶幸的是，這些時間是並行，不是額外的──艾瑞克森的 10 年有成法則，符合凱洛格所說的作家發展的最後階段，而且凱洛格的研究在很大程度上借鑒了艾瑞克森的研究，並將它具體應用於寫作。

儘管艾瑞克森因 10 年有成法則而聞名，但他並沒有那麼執著於特定的時數或年數，他只說「該多久就多久」，不要指望快速成功。就拿史考特來說，她雖然知道寫到能出書，要花很長時間，但沒料到會這麼長。她最初存夠了錢，可以不工作，但錢不會永遠夠用，所以她給自己設定了一個期限──等念完碩士再決定是要繼續寫作，還是回去找份全職工作。史考特告訴我們：「你必須設定界限，給自己時間去做決定，看看這是否適合你。」

在碩士課程結束時，史考特收到了正向的信號，顯示她應該繼續寫作：她參加了多項寫作比賽，並成功入圍和贏得獎項，這些反饋證明她在進步，這是刻意練習的重要部分。當她贏得英國 A.M. Heath 文學經紀公司的新作獎時，她得到了很大的鼓舞，而且這筆獎金讓她能夠繼續寫作。對我們許多人而言，寫作資金是一個限制因素；英國國家寫作中心提供的額外資助，以及東芝基金會、英國日本研究學會所提供的一筆研究

經費,讓她得以前往日本(小說的故事背景地)旅行,這一切都讓她的寫作與眾不同。

史考特說:「沒有人是一夜成名,俗話說『台上十分鐘、台下十年功』,你看似突然羽翼豐滿地站上舞臺,但其實你早已花了數年時間默默成長,而我也是投入了大量時間去打磨技藝。」她在技藝上的投入,帶領我們進一步探究刻意練習的具體細節。

向頂尖師資精進寫作

刻意練習包含兩個面向:精進既有技能,以及拓展技能的邊界。多數人的寫作能力源自求學階段,約十年的學習足以奠定基礎,應付日常書寫綽綽有餘;但若要掌握專業層級的寫作技巧,仍必須持續不斷地鍛鍊。

正式的寫作課程已經存在了數十年,雖然社群媒體喜歡爭論寫作是否可以教,但研究顯示答案是肯定的。艾瑞克森甚至聲稱,如果沒有接受訓練和未經正式規劃的知識、活動與專業技術,就不可能達到最高水準的專業技能。[16]

史考特從一開始,便不斷擴展她的寫作技能:「我專心磨練寫作技藝,並發展我的寫作技能組合,此舉對於我的作家之路大有助益,也讓我有機會跨類型寫作。」她說得很對,作家在不同階段,需要各種因才施教的老師,才得以學到不同的技巧。我們很多人都是先找在地的老師,或許是在附近的書店、大學或圖書館上課。當我們邁向專業時,我們會尋找更高明的

老師,以持續提升我們的技巧。正如艾瑞克森所發現的那樣:
「最終,所有表現優秀的人,都會與本身已達到國際水準的老師密切合作。」[17]

如今寫作課程在英國已穩健發展,你有很多機會能向世界級的作家學習,少走冤枉路。蓓蔻曾在阿爾文基金會工作,負責管理寄宿式寫作課程,這家教育慈善機構五十多年來,持續在英國歷史悠久的鄉間別墅舉辦寫作課程。蓓蔻在 2013 年第一次見到史考特,就在我們的家鄉,在那條通往勃朗特姐妹故居的小路上。上過這個課程的學員成千上萬,史考特卻能脫穎而出,是因為她連續報名了兩門完全不同領域的課程,當時我們很是不解,現在看來卻合情合理:她不過是想透過左手寫詩、右手為電台撰稿,訓練自己成為全方位的小說家。

從信任導師到自我教練

想要充分發揮與專家合作的價值,重點必須放在個人反饋上。艾瑞克森發現,真正的專家會主動尋找教練和導師,因為他們可以提供有建設性的反饋,雖然有時可能令人難受。

教練可以加快學習過程,是發展專業知識的最後一環。雖然短期課程有助於提升能力,但它們無法取代與專屬教練合作的價值。與教練建立關係,營造一個安全的空間,從而獲得具建設性且有助成長的反饋,這是成為一名作家必經之路。史考特有兩位長期合作的教練,皆是透過寫作課程結識,她說:「對每位年輕作家而言,擁有一位值得信賴其專業知識與判斷

力的導師,至關重要。」

基於「反饋」的性質,信任便是教練與學生關係的核心。艾瑞克森發現,頂尖表演者不會感情用事,只會挑選「會挑戰他們,並促使他們達到更高水準」的教練。[18] 這也讓我們看到了抱持不批判態度的重要性,史考特說她的教練向來不留情面,她解釋道:「『仁慈』是你最不需要的東西!我很幸運能與那些只在乎技藝的人合作。我的意思是,我們真的是很好的朋友,但是當我們討論我寫的作品時,我們只會就事論事。」

好的教練會訓練作家教導自己,這就是艾瑞克森所說的「心智表徵」,也就是預測反饋的能力。史考特表示:「到了某一刻,你會離開你的導師,你們仍可以當朋友並保持聯繫,但是最終,你必須獨當一面。」

對史考特來說,這意味著她要閉關寫作:「我不再學習和上課,而是走進我的洞穴裡。我想那時我已經累積了足夠的專業知識,也已經能夠審查和評判自己的技藝了。」史考特說的洞穴,暗指她練習寫作技巧的地方,並且憑著一己之力,將她在寫作課和導師那裡學到的知識,全部付諸實踐。

想要達到精通技巧的境界,向比自己優秀的人學習固然重要,但研究顯示,僅依賴課程並不足夠;必須透過親身實踐,而自我教練正提供了這樣的實踐途徑。幸好,在邁向精通的最後階段,並不需要付出任何代價(但需付出血汗和淚水)。

如何教導自己

自我教導最著名的例子，是美國開國元勳之一的富蘭克林；他是一位博學多才的學者，在科學、外交和藝術方面，都有深厚的專業造詣。他在自傳中表示，自孩提時代他便酷愛閱讀，手頭一有錢就會買書，他更因愛書成癡，十幾歲就開始在印刷廠工作，同時培養自己的寫作抱負。

富蘭克林曾提及他年輕時，一件難為情的往事；他寫給朋友的信，被他父親看到了，他的父親立刻不留情面地指出，雖然拼字正確無誤，但表達既不優雅，也不清楚，方式拙劣，並隨口舉出幾個例子讓他心服口服。「他的評論很公正，從此我更加注意我的寫作方式，並下定決心努力改進。」[19]

富蘭克林並沒有請他的父親當教練（青少年肯定很能同理他的決定），而是學習如何自我教練。他會在工作一天之後，利用晚上寫作，或是在上班前的清晨寫作；或是星期天不上教堂，而是在家寫作──把寫作看得比做禮拜還重要。他最初的寫作靈感來自倫敦的政治雜誌《旁觀者》（Spectator），該雜誌為他提供了一個可以效仿的優秀寫作模式：「我認為這雜誌裡的文章寫得極好，如果可能的話，我希望能模仿它。」

他自行發展出一套閱讀、抄襲、記憶的方法，甚至將文章改寫成詩句，然後再轉回散文。在整個過程中，他都會參考原文，富蘭克林寫道：「我發現了許多錯誤並加以改正，但有時我也會自得其樂地想──在某些無關緊要的小地方，我或許有幸改進了寫作的方法或措辭。這使我受到鼓舞，認為自己或許終有一天，能成為一個還算不錯的英文寫作者。這是我極其渴

望的目標。」。

富蘭克林改善寫作技巧的過程,堪稱是一堂自我輔導的大師課,艾瑞克森寫道:「要在沒有老師的情況下,想要有效地練習一項技能,記住三個 F 很有幫助:專注(Focus)、反饋(Feedback)、修正(Fix it)。將技能分解成你可以重複做並有效分析的部分,確定你的弱點,並找出解決的方法。」[20]

練習並不只是坐下來寫作;有趣的是,富蘭克林並沒有撰寫原創文章。我們許多作家都犯了這樣的錯誤——關注的焦點沒在刻意練習,而是練習時數。這正是為何過度強調累積 1 萬小時練習時數,容易誤導大眾,但像富蘭克林這般,一遍又一遍地修改同一篇文章,令人懷疑他是否曾經有過定稿,這樣的練習方式可能也令人感到沮喪。

雖然聽起來,他很享受自己設計的學習過程,把政治文章改寫成詩文確實頗有趣味,但這項練習的重點並非寫出一首詩,而是藉此拓展他的寫作技巧。此舉與史考特接連參加不同課程的作法不謀而合,雖然她的核心目標是寫小說,但她也想學習更多其他形式的寫作,她解釋說:

> 「想要尋求寫作的嚴謹,以及關注寫作的細節,讀詩和寫詩是非常有益的。同樣地,戲劇因其機智和簡潔而備受推崇,學習劇作家如何僅透過對白,來發展劇情和情感關係,對於創作自己散文中的戲劇場景,也很有幫助。多方嘗試不同的寫作形式,會讓你對自己的作品、想要創造的東西,以及想要達成的目標有更多的了解。」

但史考特學習詩歌和劇本創作，看在朋友和家人的眼中，卻像是在拖延，（他們一再問她為什麼不寫小說），但這都是她成為作家的過程。當她的小說《所剩無幾的我，全都屬於你》（*What's Left of Me Is Yours*）在 2020 年出版時，便獲得《華爾街日報》《衛報》《紐約時報》和《每日郵報》一眾書評人的推崇，他們紛紛讚揚她細膩而感性的文筆，誇讚這本處女作不僅令人驚豔，還展現出超齡的大師級技巧。但史考特可是花了好多年時間的刻意練習，才得以掌握如此高超的寫作技巧，並創作出這本廣受好評的小說，不僅入圍多個文學獎項，且深受全球讀者的喜愛。

艾瑞克森是這麼說的：「人們應該從所有故事和研究中，汲取到一個最重要的道理──你沒有理由不去追尋夢想。刻意練習可以為你打開一扇大門，那裡充滿了你一直認為遙不可及的事物。打開那扇門吧！」[21]

如果你刮開任何一位作家的成功表面，底下都會有多年的練習。研究顯示，不論任何年齡的人，只要持續有目的、刻意地寫作，就會一直進步。正如中國諺語所說：「種樹的最佳時機是二十年前，次佳時機是今天。」以下練習將引領你踏上精進寫作技巧的旅程，雖然可能無法加速讓你成為高手，但卻能幫助你刻意練習技巧，並善用寫作時間。

請記住，每次寫作時，只要你用心練習，你就會越寫越好。今天的練習會讓你成為比昨天、上週、去年更好的寫作者。莫辜負「次佳」的時機，從今天開始持續練習吧。

沙盤演練──走向精通

1. **把讀者放在心上**

　　隆納德・T・凱洛格概述了作家發展的三個階段：講述知識、轉換知識、加工知識，到了最後階段，作家會充分考慮讀者的想法，去塑造他們想要的內容以及表達方式。勃朗特姐妹為她們的玩具兵寫作，你也可以為一群虛構的讀者寫作，這樣你就能從他們的角度，來理解作品的意義。[22] 另一種方法，則是創造一個人物角色，這是一種常用於行銷和產品開發的複合人格。

　　閱讀自己寫的東西可能很困難，因為你會太過貼近它，難以獲得客觀的視角。研究人員建議在編輯稿子時，不妨想像一位虛擬的讀者：「這位讀者的存在與期望，會影響你的改稿過程。」[23] 為了能站在別人的立場，以獲得寶貴的外部視角，你不妨將讀者的名字，寫在你書桌旁的一張紙上，或是問問自己：「〔填入名字〕會怎麼想？」這樣你就可以為他們寫作。

　　拉開距離有助於保持客觀，以免你不忍心下手修改自己視若珍寶的作品。這就是為什麼許多作家，會把寫好的作品放進抽屜裡，一連數週都不去看；把作品「晾」在一旁一陣子，能讓你獲得你需要的正確觀點。

2. **刻意練習**

　　切莫為了「我每天寫多久、多久寫一次、是不是很規律」這些表面數字上而分心，應該專注於如何善用這些時

間,答案即是刻意練習。

刻意練習有不同的元素,這些元素涉及本書中的一些主題,包括:

動力:投入任務的內在動機。
努力:為提升表現而做的表現。
挑戰:練習接近你目前能力水準的邊緣。
反饋:知道自己的進度和結果。
重複:高度反覆執行任務。

安德斯・艾瑞克森指出,刻意練習的特點是「去嘗試做一些你做不到的事情,這會讓你離開舒適區,而且你要反覆練習,用心觀察自己到底是怎麼做的,哪些地方做得不夠好,以及怎樣才能做得更好。」[24] 艾瑞克森形容刻意練習是付出高、樂趣低,但請注意,當看到自己進步所帶來的回報,將會抵消短期的痛苦。

3. 學會自我指導

如果你已讀過前一章,應該已了解他人能以何種方式協助你,以及你能從哪些支持中受益。不管是哪種類型的寫作,或是寫作、編輯過程中的哪個方面,坊間都有名師,可以提供指導和幫助,只不過學費可能不便宜。所以長遠來看,你需要效法富蘭克林,學會自我指導。

你可以遵循三個 F 原則:專注、反饋、修正,並先找出需要發展的領域,至於需要多長時間,則視實際情況而

定。觀察你的寫作技巧,將技巧分成幾個部分,「如此一來,你便能分析當下情況,找出可改進之處,並嘗試解決的方法。每次結束寫作時,用以下問題進行反思:

- 哪些做得很好?
- 哪些做得不好?
- 下次會嘗試哪些不同的做法?

4. 不要長時間工作

人們在遵循 1 萬小時法則時,經常掉進的另一個陷阱是,以為較長的寫作時段才是王道,所以一心累積時數。但研究顯示,時間較短、更加專注的寫作時段效果才更好。雖然大家對於最理想的寫作時數,並沒有一致的看法(畢竟生產力是個人的問題),但同樣有研究指出,對於寫作這種對認知要求很高的工作,從 1 小時到 4 小時都是有可能的。[25]

一旦建立起規律的寫作習慣,你可能會發現你可以增加專注的時間。剛開始或許很短,只有 10 分鐘或 15 分鐘,但只要持之以恆地練習,你可能會開始渾然忘我,進入心流狀態長達數小時。觀察自己能專注多久、你的感覺如何,然後試著一點一點地延長時間。

5. 休息一下、打個盹、睡飽覺!

艾瑞克森發現,練習寫作的時數與每週睡眠時數之間,存在著有趣的聯繫。他發現休息時間和練習時數同樣

寶貴;「最優秀」的學生,每週「平均睡眠時間比優秀學生多出約 5 小時,主要是透過午睡來實現。」

不要低估休息的重要性,其他研究也發現,只要作家完成預定時段的寫作工作,他們就會「把一天中其他剩餘時間,花費在散步、寫信、打盹,以及其他不太費力的活動上。」

6. 堅持下去——你會越寫越好

當你年復一年地刻意練習寫作,你就會越寫越好。美國非小說類暢銷書作家傑夫・柯文(Geoff Colvin)發現:「許多科學家和作家都是經過 20 年左右的努力,才寫出最出色的作品,這表示在第 19 年,他們仍在精益求精。」[27]

每當讀到作家在高齡才出版作品的故事時,我們夫妻倆都會偷著樂(糟糕,好像有點洩露出我們的年齡了)。其實,作家大器晚成並非新鮮事。丹尼爾・笛福(Daniel Defoe)於 1719 年出版第一本長篇小說《魯賓遜漂流記》時,已 59 歲;蘿拉・英格斯・懷爾德(Laura Ingalls Wilder)在 1932 年出版首作《大樹林中的小屋》(Little House in the Big Woods)時,更已 65 歲。

年紀稍長才開始寫作的例子也不在少數。從童妮・摩裡森(Toni Morrison,39 歲)到雷蒙・錢德勒(Raymond Chandler,51 歲)、瑪麗・衛斯理(Mary Wesley,57 歲

初試童書、71歲轉戰成人小說）、法蘭克・麥考特（Frank McCourt，66歲），甚至米拉德・考夫曼（Millard Kaufman，90歲）皆是如此。

在這麼多前例的鼓勵下，蓓蔻也躍躍欲試，夢想著以她的小說處女作（尚未寫成），參加皇家文學學會主辦的克里斯多夫・布蘭德獎（Christopher Bland Prize），此獎是專為50歲以上首次出版小說的作家而設。此獎的主辦方、布蘭德本人是這麼說的：「我的創作生涯從76歲才開始，所以永遠不會太晚。」

結語
數量迷思

　　最後來到結語，著實費了好一番工夫才完成，我們與它纏鬥了數月之久。它曾是本書的第一章，但後來我們把它刪掉，並將一部分內容放在前言中，之後它出現在中間的某個地方。

　　讀過早期草稿的人，給了我們一些有用的反饋，但其中頗多互相矛盾之處，這其實是反饋的常態。到頭來還是得靠我們自己慢慢摸索；這事急不來，我們喝了很多茶，經常撓頭苦想，然後帶狗去散步，才一點點理清思路。現在這篇成品對了嗎？天知道！再說了，「正確」到底是什麼意思呢？

　　你可能會大喊：「夠了，別再自我陶醉了！這跟我有什麼關係？」但我們只是想告訴你：**你永遠無法真正知道，自己付出努力所得到的最終創作成果，是否足夠優秀**。所謂當局者迷，那感覺就像你正在組裝一具引擎，各種零件散落在身邊，你永遠無法確定自己能否成功，也不知道最終的結果，會是一場令人尷尬的失敗，還是一次改變遊戲規則的巨大成功。

　　想像一下──要是你真的知道哪些想法、結論或故事，是你的讀者會喜歡，哪些是他們會討厭，那該多省心啊！這樣你就知道哪部分該放在哪裡了。

　　只可惜你當然不可能知道這些，因為創作的過程本就充斥著前途未卜的迷途、隧道盡頭的微光、錯誤的開端，以及突如

其來的急轉彎。即便你永遠無法準確預測寫作的最終結果,但你有能力做一件非常重要的事,那就是持續向前,並在過程中不斷調整,讓作品逐漸貼近你想要的模樣。

創作成敗難料

美國心理學家迪恩・基斯・西蒙頓(Dean Keith Simonton)指出,創意人士最常見的特質之一,就是他們極不擅長判斷自己正在創作的作品,究竟會大賣還是會大敗。當他們自以為十拿九穩時,總是會出錯。

他在一篇論文中,分析了世界上最成功、最有名的古典作曲家作品,他寫到韓德爾曾對自己的幾部歌劇寄予厚望,可惜其他人完全不買帳。貝多芬也是如此,他一次又一次猜錯,自己的哪些作品會最受歡迎。西蒙頓發現,他研究的這群作曲家,幾乎都無法預測哪些作品會成為傑作,哪些作品會失敗。而且作品的成功與否,與作曲家為其投入多少精力和時間,或是他們多快完成作品並無關聯;許多他們多年苦心鑽研的作品都無疾而終,而他們最不屑的作品,反而成了大受歡迎的經典之作。

西蒙頓寫道:「當作曲家為了五斗米折腰,放下身段去創作他們眼中『粗製濫造的作品』或『跟風的作品』時,他們創造傑作的能力,並沒有因此犧牲。創作天才是否有能力分辨主

要和次要作品?關於這一問題,顯然只有後代子孫才能做出最終的評判。」[1]不僅如此,他的研究還發現,這些作曲家何時達到創作高峰,並沒有特定的模式;有些作曲家早早就功成名就,隨後卻經歷了漫長的創作低谷,但在生命的最後階段又迎來輝煌的勝利。而另一些作曲家則在一生中不斷創造出經典作品。

西蒙頓在後來的研究中,繼續寫到發明家愛迪生的成功與失敗,他在 64 年的職業生涯中註冊了多達 1,093 項專利。[2]愛迪生以改變世界的發明而聞名,例如燈泡和電話,但他也為一些並不那麼重要的發明申請專利。例如一個會說話的「留聲機娃娃」(網路搜尋一下,我們保證會把你嚇一跳)、「靈魂電話」(當然是用來和鬼魂聊天的)和電動鋼筆。

這款電動鋼筆由盛裝酸液的電池供電,是一種鑄鐵製的「打孔」裝置,體積約如小型行李箱。雖未在寫作圈流行,專利卻被一位紋身藝術家買下並加以改裝,用來為客戶刺青。數年後愛迪生的筆最終輸給了體積更小、危害性更低的打字機。雖然發明家可能有預感,他所發明的某些小工具,會比其他小工具更成功,但他當時無法確定。他很可能希望它們都能成功,並且以同樣的熱情和活力去創造每一件產品。

西蒙頓研究了數百位著名作家、科學家、發明家、藝術家和音樂家的作品和生活,看看他們是否有任何共同的特質,以及是否能以某種方式,預測出天才的創造力。他沒有什麼發現,在年齡和成功之間,沒有任何共通的因果關係。雖然有些

領域的從業者，創作生涯往往比其他人更長，但年齡並不會排除任何人創作出最好的作品。*

年老或年輕既不是限制，也不是優勢。他檢視了外部因素是否會影響創造力，也考慮了歷史事件是否會造成影響，同樣地，他也找不到太多的模式。他所研究的人在和平、戰爭、豐收、饑荒、繁榮和衰退時期，都以差不多相同的速度持續創作，唯一讓他們停止創作的原因，是他們生病了。

但話雖如此，西蒙頓的結論並不是說影響創意「偉大」的因素是隨機的。他確實發現，最成功（或最臭名昭著）的創作者，往往有一個共同點，做這件事也會給你帶來最大的成功機會，但可惜的是，這件事往往導致名聲不佳。

多產是通往品質的捷徑

布萊恩‧克萊格（Brian Clegg）是一位享譽國際的英國作家，他已出版了 84 本書，包含 24 本商業書、50 本科普書和 10 本小說（到現在他可能已經寫了更多）。他的興趣廣泛：量子運算、謀殺推理和氣候科學。他是物理學會和皇家學會的

---

* 西蒙頓在研究中計算了在不同領域工作的創作者的「半衰期」，也就是創作者的創作生涯還剩一半的時間。詩人的「半衰期」是 15.4 年，數學家是 21.7 年，小說家是 20.4 年，地質學家是 28.9 年，歷史學家是 39.7 年。他寫道：「後面這項觀察或許有助於了解為什麼詩人的壽命實際上比其他文學家短……因為他們燃燒自己的速度太快，相對來說，詩人可能死得較早，卻沒有將那麼多潛在的創造力『扼殺在萌芽狀態』。相反地，那些英年早逝的小說家和歷史學家，他們的創作潛能實現的機會則少得多，因此可能尚未創作出足夠數量的傑出作品，所以無法在死後留下持久的聲譽。」[3]

成員，也不時出現在英國電視台上，以精闢淺顯的英語，解釋複雜的科學概念。當我們採訪克萊格時，他正忙著宣傳他的最新作品《重力波》（*Gravitational Waves*），一本關於愛因斯坦的書。《新科學人》（*New Scientist*）雜誌的一位書評人寫道：「布萊恩·克萊格是一位如此高產的科普作家，以至於人們很容易忘記他有多出色。」克萊格在推特上轉發了這位書評人的這段話，並評論道：「當然，對於作家來說，高產可能會被視為一種負面因素。」雖然這位知名期刊的書評人無意冒犯，但他們可能也不是在開玩笑。但是對我們身為寫作者而言，這句隨口說出的話，透露了很多訊息。

在本書中，我們多次談到了關於寫作應該如何進行、不應該如何進行的各種迷思。我們也提過，這些迷思是如何隨著時間的推移逐漸固化，並形成影響我們行為的教條。現在，我們要告訴你本書中最後一個迷思，我們稱之為「數量迷思」。

接下來，我們將引用美國作家亞當·格蘭特（Adam Grant）的觀點來解釋這一點，他是組織心理學領域最高產的作者，也是最具影響力的學者之一。他寫道：「人們普遍認為數量和品質之間，存在權衡關係，如果你想做出更好的作品，就必須減少產量，但這已被證明是錯誤的。事實上，就創意生成而言，數量是通往品質最可預測的途徑。」[4]

西蒙頓也得出了相同的結論，他的研究發現，生產力和數量才是使作家、藝術家和發明家，能夠偉大的關鍵因素。經過長達40年的研究，西蒙頓發現，創造力卓越的關鍵因素並非天賦，而是作家寫了多少本書、科學家發表了多少篇研究論文、電影導演拍了多少部電影、發明家申請了多少項專利、作

曲家創作了多少首奏鳴曲,以及表演者演出了多少場次。

雖然有些人的天賦確實比其他人更突出,但天賦本身並不會保證成功。他的研究發現,**最成功的創作者,未必比成就平平的同行更有天賦,只是創作量更多,因而提升了整體成功的命中率**。西蒙頓指出:「我推測數量與品質之間存在密切關聯,在整個職業生涯中,優劣想法都會不斷出現。事實上,產生有影響力或成功點子的機率,應是所產生點子總數的正函數。換言之,品質是數量的機率函數。」[5]

與普遍流傳的數量迷思相反,創意天才並不是專注於一個領域、努力創作一部「偉大的作品」而成為天才,相反地,他們會廣泛地撒網,創作許多作品,希望(但並非確信)其中一些作品能取得成功。*

但為什麼這個迷思,會對我們造成如此大的影響呢?其中一個原因,是我們常常對自己的創作潛力有誤解,我們擔心自己的創作力會枯竭,或是認為想法越多、品質越差,但事實恰恰相反。為進一步說明這一點,不妨回到前言中提及的創作力持久性研究。

---

* 對 1901 年至 2005 年間的所有諾貝爾獎得主所做的研究顯示,在其所選領域中最具聲望的人,往往也是擁有最多、最廣泛受好的人,例如創意寫作、寫詩、表演、畫畫、唱歌或繪圖。獲得獎項較少的科學家,關注的範圍往往更窄,對科學以外的事物興趣缺缺,這跟人們的預期恰恰相反。[6]

別低估你的創造力

2015 年，一組社會心理學家，邀請了 131 個專業喜劇創作團隊的編劇，在 4 分鐘內為以下場景想出有趣的結局，且越多越好：「4 個人在舞臺上放聲大笑，其中 2 個人擊掌，所有人立即停止大笑，然後有人說＿＿＿。」研究團隊參加的是為期 10 天的素描節（Sketchfest）活動，它邀請了來自全美各地的專業喜劇創作團隊共襄盛舉。

研究人員提供的範例是：「在這個國家，擊掌意味著『狂歡派對』——快跑！」或是「膠水兄弟的手掌，就是這樣黏在一起的。」這些話究竟好不好笑，端看個人的幽默感和笑點高低，所以有可能引起哄堂大笑，或是尷尬的一片寂靜。

研究人員按下計時器後，編劇們便開始創作了，結果平均每個人寫了六個結局，大家都過關了。但研究團隊隨即提高了難度。

他們還能再做一次嗎？如果再給他們 4 分鐘時間，他們寫出的結局會變少、一樣，還是更多？現在，讓我們回想一下，這些作家都是喜劇專業人士，許多人已經在國際節日巡迴演出多年。他們寫過成千上萬則笑話，經歷過各種磨難，在全球各地的演出中遭遇過嘲笑、掌聲、噓聲，天知道還有其他什麼反應。你可能會以為這些見識過大風大浪的喜劇老手們，肯定很清楚自己的實力。在區區幾位來訪的研究人員面前，重複做簡單的練習，怎麼可能難得倒他們。但他們居然都嚇壞了，他們明明累積了一輩子的寫作和表演經驗，卻還是低估了自己不斷想出新穎有趣結尾的能力。

這群編劇並非故作謙虛或過於謹慎，但他們卻都不看好二度挑戰的結果，因此預測自己能提出的點子遠少於實際情況，顯示他們低估了自身的創造力。在其他 7 項類似測試中，研究團隊詢問了其他團體，包含作家、創意人士、一些專業人士和一些非專業人士，研究人員詢問受試者，如果給他們更多時間和資源，他們能有多大的生產力或創造力，結果所有測試均證實，人們往往低估了自己的創造力。

他們低估了自己的創意產量，低估了產生想法的速度，他們也低估了自己解決困難任務的能力，他們預測的結果比實際情況差得多、品質也低得多。年齡和經驗並不重要，在各自領域擁有多年經驗的創意專業人士，竟跟完全的外行一樣，對自己的潛力沒信心。

研究人員得出的結論是，**創意過程的試錯性質，可能會導致人們過早放棄自己的專案**，而此舉可能會帶來一些嚴重的後果。心理學家警告我們，創意過程可能非常費力，或者用他們的術語來說，會造成大量「不流暢」；如果人們找不到繼續下去的方法，可能會導致他們完全放棄自己的專案。他們指出：「低估堅持的重要性，可能會導致人們過早結束自己的創意工作，並可能使最出色的想法被埋沒。」[7]

你不知道自己有多棒

你讀過蘇・湯森德（Sue Townsend）寫的《少年阿莫的祕密日記》（*The Secret Diary of Adrian Mole, Aged 13¾*）嗎？

這是克里斯小時候最喜歡的書之一,這本書有趣又溫馨,很容易讓人產生共鳴,他以前從未讀過類似的書。這本書幫助他度過了童年的一些困難時光。這本書他肯定讀了不下百次,;另一本則是《銀河便車指南》(The Hitchhiker's Guide to the Galaxy)。但你知道嗎,湯森德的這本書差點沒能出版,因為她認為這本書不值得印出來。

在她最初想到阿德裡安‧莫爾這個角色時,她寫了幾章他的日記,但隨後對整個想法感到失望。你或許也很熟悉這種「我的人生到底在做什麼?」的階段;她把手稿塞進一個大紙箱裡,以為它再也不會重見天日,她說:「它跟我這20年來寫下的爛詩、歌詞和未完成的短篇小說,一起被收起來。這些作品大多是在孩子們睡著後的深夜寫的。」[8]。

那時的湯森德有三份工作,白天她是社區幹事和服務青少年的社工,晚上則在酒吧裡當服務生。她大部分時間都疲憊不堪,卻還是打起精神堅持寫作。她加入了一個寫作小組,以幫助自己保持條理和責任感,還不時參加在地的寫作比賽。她在收到作品落選的通知時,從不氣餒,而是立刻振作,繼續投入創作。最終她得獎了,雖然只是一個地區性的小獎,但機會之門卻突然開了:她被當地一家劇院聘為編劇,這為她提供了人脈和資源,製片人和導演對她的寫作很感興趣。他們開始問她:「妳接下來要寫什麼?」她發現自己沒有什麼原創作品可以給他們,便想起了那個裝滿未完成作品的舊箱子,她決定翻出她的《少年阿莫的祕密日記》手稿,心想說不定有人會對這個感興趣?

他們愛極了,並要求她交出一個提案,但她根本抽不出時

間準備,所以她只是寄出了她寫好的三個章節,並以為事情就到此為止。不料消息漸漸傳開,一位製片人和另一位製片人聊起了這件事,這些摘錄便傳遞開來,最終傳到了出版商那裡,在讀了這些摘錄後很是喜歡,於是請湯森德寫一本書。

在經歷這些起起落落、成功與失敗之後,她對自己的作品感到非常羞愧,以至於當她聽說,出版商打算首刷印製 5,000 本精裝書時,她立刻打電話給他們,要求別印:她覺得這本書很糟糕,不會有人買。幸好,出版商比她更有眼光,我們也很高興他們沒聽她的話。迄今為止,《少年阿莫的祕密日記》已經售出超過 500 萬冊,並被翻譯成 45 種語言。湯森德確實有才華,但多虧她一直堅持下去從不放棄,這份才華才能夠展現在世人眼前。

找到只有你能做的事

美國作家兼科技大師凱文・凱利(Kevin Kelly)在接受採訪時曾說,他在編輯他創辦的《連線》(Wired)雜誌時,某天突然有個靈感。[9]這本雜誌大約半數文章來自投稿(特約記者向他提出想法),另一半來自委託(凱利向記者提出想法讓他們撰寫)。這些委託的想法來自各個地方,通常來自凱利,有時委託這些任務很容易,但有時卻非常困難──真的非常困難,他解釋道:「通常我會想到一個點子,然後試著找到自由接案者,來接下這個任務,但我無法說服他們接受這個點子,甚至連送出去都不行。」

於是他只好把這個創意擱置一旁,並認為這可能不是一個好主意。有些創意就此消失了,但有些卻一直縈繞在他心頭。年復一年,一次又一次的挫折,他仍堅持說服那些不情願的記者採納他的故事。當時他一定想著,這些想法太糟糕了,就連付錢請別人寫都沒人願意接。幸好他沒有放棄,而是改變了策略:他自己接下了這些任務。

他開始寫那些沒人想寫的故事,他原本以為會失敗,但出乎意料的是,這些文章卻讓他的雜誌大賣。這些文章成為他最優秀、最受歡迎、最能定義他職業生涯的作品,這時他才恍然大悟:「我做的是只有我才能做的事。」這就是這些文章之所以如此出色的原因。

繼續努力

你可能會想,這聽起來很不錯,但你怎麼知道只有你能做、能寫、能創造的東西是什麼呢?答案就是**繼續努力**。你可能擔心自己會江郎才盡,但事實是,你不會;你可能會認為自己無法繼續下去,但你可以。你可能會認為第一個點子就是最好的,但你會擁有更多好點子,而且它們會越來越好。你的創造力是無窮的,你的潛力是無限的,只有透過不斷創作、生產、寫作和創造時,你才能真正理解自己能做什麼。

我們寫這本書的唯一目的是幫助你持續寫作,但書中的理念也可以指導你的人生。畢竟我們的一生都是試錯的過程,充滿高低起伏、突破與阻礙。你越能意識到自己的信念和生活

方式，就越能應對那些可能使你偏離軌道、阻礙你發揮潛力的「不流暢」情況。「堅持下去」說起來容易，做起來難。希望我們能為你提供一些方法和策略，讓你知道如何堅持下去，並在寫作生涯中遇到不可避免的挫折時，能變得更加堅韌。

美好的事物不會降臨在只會守株待兔的人身上，但會眷顧那些付諸行動的人，以及勇於將作品帶到世界面前、並樂於嘗試和探索的人。

所以，無論你做什麼，都要堅持下去。無論你在創造什麼，都要繼續創造。

繼續學習，繼續嘗試，繼續調整，繼續前進。

因為最終，這是我們唯一知道確實有效的方法。

邁出下一步

感謝你閱讀本書。在繼續前進之前，請花點時間反思一下。你對自己或你的寫作有什麼新的發現？你打算做出什麼改變？你打算做些什麼不同的事情？

歡迎你跟我們聊聊，說不定我們能幫助你實現目標，請發送電子郵件至 hello@prolifiko.com。

說到採取行動，你可以透過以下幾種方式支持我們：

- 留下評論。這能讓其他人了解本書，同時也能幫助我們了解你喜歡什麼，以及我們如何能為其他作家提供更多支持。
- 歡迎訂閱我們的電子報《突破與阻礙》（https://breakthroughsandblocks.substack.com/），這是一份友好的鼓勵，能幫助你控制內心的批評者，並消除疑慮。我們將為你提供新的想法、激勵人心的故事，以及關於行為改變、心理學和寫作領域的最新研究成果。
- 在 Instagram、推特、LinkedIn 等社交平台上關注我們，只需搜索 Prolifiko 即可。

繼續寫作
蓓蔻和克里斯

備註：別忘了，你可以前往 prolifiko.com/writtenresources 獲取本書中提到的所有下載資源。

謝辭

你可能還記得，本書開頭曾引用編劇吉米・麥高文（Jimmy McGovern））的一段話。克里斯是在 2022 年夏天某個平靜的早晨，烤著吐司時聽到這段採訪，麥高文的原話是這樣說的：「我不喜歡寫作，但我喜歡寫完之後的成果。」

正如我們在註腳中所寫，麥高文確實說過這句話，但其他多位作家也說過類似的話，現在我們也可以這麼說了。幫助我們完成本書的──事實上，不僅是幫助，更是使這本書成為可能──是其他人。我們在第九章中寫道，這本書是兩個人共同創作的成果，但實際上，它是更多人的共同成果。

首先，我們要感謝我們的經紀人 Michael Alcock、Johnson and Alcock 文學經紀公司和 Icon Books 的所有成員，感謝他們對這本書的信任、耐心、堅持和善意，也感謝他們承受蓓蔻主動出擊、快速推進的行動壓力。我們要特別感謝我們的 Kiera Jamison 和 Hanna Milner。

接下來，我們要大大感謝奧利佛・柏克曼的相挺，感謝他撰寫了鼓舞人心的推薦序，並感謝他慷慨地抽出寶貴的時間。

與 Cara Holland 和 Graphic Change 團隊合作，為本書創作原創插圖，是一次非常愉快的經歷，感謝你們將我們的文字，在視覺形式上生動地呈現出來。

感謝策劃編輯 Parul Bavishi 和 Randall Surles，他們對於

如何建構本書的結構提出了寶貴意見，使我們能夠專注於創作和講故事。感謝 Caroline Curtis 幫忙一校，並對本文、語法和語氣提出了寶貴意見。

我們要向每一位接受採訪的人致以衷心的感謝，可惜無法在這裡逐一列舉各位的大名。感謝你們的耐心，以及對這個專案的信任。感謝試讀者幫助我們專注於作家真正需要的建議，他們在整個寫作過程中提供的反饋，使得本書比我們想像的更好，感謝你們的寶貴時間、友善和慷慨。以下是本書的試讀者名單：Angela Billows, Anna Giulia Phippen-Novero, Chris J L Allen, Edith A. Fadul, Jane Creaton, Jim Vander Putten, Jo Garrick, Jonathan O'Donnell, Kaushalya Perera, Kristin Kari Janke, Louise Bassett, M. Rose Barlow, Nicki Robson, Nina Fudge, Phil Harrison, Rani Elvire, Ruth Goldsmith, Sarah Breen, Simon Linacre, Sue Burkett, Sundeep Aulakh, Trina Garnett。

就像撰寫一本鉅作一樣，如果沒有朋友和家人的幫助、支持與鼓勵，我們是不可能完成這項工作。首先感謝我們的母親 Carol Evans 和 Joyce Smith，我們對她們永遠心懷感激。謹將本書獻給我們的父親 Richard Evans 和 Colin Smith，他們肯定很以我們為榮。感謝蓓蔻的兄弟姐妹：Matthew, Imogen, Dominic and Tristan，以及他們的另一半 Dee, Matt 和 Jane；還有可愛的姪甥們：Harriet, Daniel, Ellis, Eric, Ruby and Olive，他們是閱讀和寫作的未來希望。特別感謝 Nick Foley, the Salisbury Roaders，以及由問責制冠軍艾莉森・瓊斯帶領的 12 週勇士們。

感謝多年來與我們合作的所有寫作組織，尤其是阿爾文基金會和朗班的諸位女士們。感謝所有我們曾經指導、輔導和鼓勵過的寫作者們。支持寫作者的工作，讓我們得以從眾多關於生產力、行為改變與寫作的研究中，提煉出可在實踐中驗證的可行方法。敬告所有讀者和有意寫作的人，你們可以做到的，只要你們願意開始寫。

最後，我們要給我們的老拉布拉多犬佩吉撓撓脖子，還要給她一隻豬耳朵嚼嚼，感謝她多年來一直當作家最好的朋友。雖然佩吉在編輯反饋方面不太積極，但是跟她一起散步卻次次讓我們身心煥然一新。要是我們沒有離開書桌去散步，這本書就不會存在。而這也給了我們最後一次機會，分享提高效率的小技巧：**當你覺得不應該休息時，正是你應該休息的時候。**

參考文獻

引言

1. Today, BBC Radio 4, Jimmy McGovern interview, 15 July 2022 2 hours 44 minutes. https://www.bbc.co.uk/programmes/m00194bf

前言

1. Lucas, B.J., & Nordgren, L.F., 'People underestimate the value of persistence for creative performance', Journal of Personality and Social Psychology, 109(2), August 2015. https://www.scholars.northwestern.edu/en/publications/people-underestimate-the-value-of-persistence-for-creative-perfor

2. Falling short: seven writers reflect on failure', Guardian, 22 June 2013. https://www.theguardian.com/books/2013/jun/22/falling-short-writersreflect-failure#Atwood

3. Write, Guardian Books, 2012

4. Maran, Meredith, Why We Write, Plume, 2013

5. Evans, B., Smith, C., & Tulley, C. 'The life of a productive scholarly author', 2019 https://prolifiko.com/wp-content/uploads/2019/03/Life-of-a-Productive-Scholar_-Key-Findings-Report.pdf

6. Kwok, Roberta, 'You can get that paper, thesis or grant written – with a little help', Nature, 30 March 2020. https://www.nature.com/articles/d41586-020-00917-5

7. Burkeman, Oliver, 'Is a daily routine all it's cracked up to be?', Guardian, 19 April 2019. https://www.theguardian.com/lifeandstyle/2019/apr/19/daily-routine-cracked-productive-regimen

8. Kamler, B., & Thomson, P. 'The failure of dissertation advice books: Toward alternative pedagogies for doctoral writing', Educational Researcher, 37(8),

November 2008. https://doi.org/10.3102/0013189X08327390

第 1 章

1. The Tim Ferriss Show, 'How to Be Creative Like a Motherf*cker – Cheryl Strayed. (#231)', 30 March 2017. https://tim.blog/2017/03/30/cheryl-strayed/
2. Ibid.
3. Sword, Helen, '"Write every day!" : a mantra dismantled', International Journal for Academic Development, 21(4), 2016. https://www.tandfonline.com/doi/ful l/10.1080/1360144X.2016.1210153
4. Gourevitch, Philip (ed.), The Paris Review Interviews, vol. 4, Canongate Books, 2009
5. Maran, Meredith, Why We Write. Plume, 2013
6. Dore, Madeleine, 'Austin Kleon: A writer who draws', Extraordinary Routines. https://extraordinaryroutines.com/austin-kleon/
7. Maran, ibid.
8. Valby, Karen, 'Who is Elena Ferrante? An interview with the mysterious Italian author', Entertainment Weekly, 5 September 2014. https://ew.com/article/2014/09/05/elena-ferrante-italian-author-interview/
9. Currey, Mason, Daily Rituals: Women at Work, Picador, 2019
10. 'Bestselling Crime Writer Jeffery Deaver On 150-Page Outlines, Knowing What Readers Want, and Studying the Greats', Writing Routines. https://www.writingroutines.com/jeffery-deaver-interview/
11. Dweck Carol S., Mindset, Robinson, 2012
12. Ibid.

第 2 章

1. Ashworth, Jenn, Notes Made While Falling, Goldsmiths Press, 2019
2. Boice, Robert, Procrastination and Blocking: A Novel, Practical Approach, Praegar, 1996

3. Darwin Correspondence Project, University of Cambridge. https://www.darwinproject.ac.uk/confessing-murder

4. Harper Lee in conversation with WQXR host Roy Newquist, 1964. https://www.youtube.com/watch?v=EfsFeMRF7CU

5. Nocera, Joe, 'The Harper Lee "Go Set a Watchman" Fraud', New York Times, 24 July 2015. https://www.nytimes.com/2015/07/25/opinion/joe-nocera-thewatchman-fraud.html

6. Cep, Casey, Furious Hours: Murder, Fraud and the Last Trial of Harper Lee, William Heinemann, 2019

7. Langer, Ellen J, Mindfulness, Da Capo Press, 1989

8. 'Mindfulness in the Age of Complexity', Harvard Business Review, March 2014.
https://hbr.org/2014/03/mindfulness-in-the-age-of-complexity

9. 'Insanity Is Doing the Same Thing Over and Over Again and Expecting Different Results', Quote Investigator. https://quoteinvestigator.com/2017/03/23/same/

10. Heffernan, Margaret, Uncharted: How Uncertainty Can Power Change, Simon & Schuster, 2021

11. Evans, Bec, 'How to write a book in 100 days', Prolifko, 4 September 2019. https://prolifiko.com/how-to-write-a-book-in-100-days/

12. 'Mindfulness in the Age of Complexity'. https://hbr.org/2014/03/mindfulnessin-the-age-of-complexity

第 3 章

1. Allcott, Graham, 'Creativity and productivity', Productive Mag. http://productivemag.com/20/creativity-and-productivity

2. Evans, Bec, 'Get the Habit', Mslexia, 65, Mar/Apr/May 2015

3. The Extraordinary Business Book Club, 'Productivity and Focus with Graham Allcott', 18 April 2016.
http://extraordinarybusinessbooks.com/ebbc-episode-5-productivity-and-focus-with-graham-allcott/

4. Newport, Cal, Deep Work: Rules for Focused Success in a Distracted World, Piatkus, 2016

5. Evans, Bec, 'How to make time to write – 4 approaches to finding time in busy schedules', 8 February 2021. https://prolifiko.com/make-time-to-write/

6. Allcott, Graham, How to Be a Productivity Ninja: Worry Less, Achieve More and Love What You Do, Icon Books, 2016

7. Tulley, Christine, How Writing Faculty Write: Strategies for Process, Product, and Productivity, Utah State University Press, 2018

8. Schulte, Brigid, 'Why time is a feminist issue', Sydney Morning Herald, 9 March 2015. https://www.smh.com.au/lifestyle/health-and-wellness/brigid-schultewhy-time-is-a-feminist-issue-20150309-13zimc.html

9. Whillans, Ashley. Time Smart: How to Reclaim Your Time and Live a Happier Life, Harvard Business Review Press, 2020

10. Evans, Bec, 'Finding time to write: the spontaneous writer', Prolifko, 24 October 2019. https://prolifiko.com/spontaneous-writing/

11. Smith, Chris, 'How writing scholars write: productivity tips from the best of the best', Prolifko, 1 May 2018. https://prolifiko.com/how-writing-scholars-writeproductivity-tips-from-the-best-of-the-best/

12. Trollope, Anthony An Autobiography (Sadleir, M., and Page, F., eds), Oxford University Press, 1950 (reissued 1999)

13. Evans, Bec, 'Finding time to write: create a daily writing routine', Prolifko, 21 October 2019. https://prolifiko.com/find-time-to-write-daily/

14. Prolifiko, The Life of a Productive Scholarly Author: How academics write, the barriers they face and why publishers and institutions should feel optimistic, March 2019. https://prolifiko.com/wp-content/uploads/2019/03/Life-ofa-Productive-Scholar_-Key-Findings-Report.pdf

15. Trollope, ibid.

16. The Tim Ferriss Show, 'How to Be Creative Like a Motherf*cker—Cheryl Strayed (#231)'

17. Ibid.

18. Murray, Rowena, Writing in Social Spaces: A Social Processes Approach to Academic Writing, Routledge, 2015

19. Boice, Robert, 'Procrastination, busyness and bingeing', Behaviour Research

and Therapy, 27(6), 1989, https://doi.org/10.1016/0005-7967(89)90144-7

20. Evans, Bec, 'Finding time to write: the deep worker', Prolifko, 23 October 2019.
https://prolifiko.com/deep-worker-writing/

21. Newport, Cal, 'Fixed-schedule productivity: How I accomplish a large amount of work in a small number of work hours', Study Hacks Blog, 15 February 2008.
https://www.calnewport.com/blog/2008/02/15/fixed-schedule-productivityhow-i-accomplish-a-large-amount-of-work-in-a-small-number-of-work-hours/

22. Valian, Virginia, 'Solving a work problem' in Scholarly Writing and Publishing: Issues, Problems, and Solutions (ed. Fox, Mary Frank), Westview Press, 1985, pp. 99–110

23. Evans, Bec, 'Finding time to write: the time boxer', Prolifko, 22 October 2019.https://prolifiko.com/time-boxer/

24. Vanderkam, Laura, 168 Hours: You Have More Time Than You Think, Portfolio Penguin, 2010

25. https://shutupwrite.com/; https://www.focusmate.com/; https://writershour.com/

26. Cirillo, Francesco, 'The Pomodoro Technique'. https://francescocirillo.com/pages/pomodoro-technique

第 4 章

1. Butler, Octavia E., 'Positive Obsession', Bloodchild and Other Stories, Seven Stories Press, 1996, reissued 2005

2. Butler, Octavia E., 'Afterword to Crossover', in Bloodchild and Other Stories

3. Eyal, Nir, Indistractable: How to Control Your Attention and Choose Your Life, Bloomsbury, 2019

4. Doidge, Norman, The Brain That Changes Itself: Stories of Personal Triumph from the Frontiers of Brain Science, Penguin, 2008

5. Peale, Norman Vincent, The Power of Positive Thinking, Prentice Hall, 1952

6. The Secret website: https://www.thesecret.tv/history-of-the-secret/

7. Jennings, Rebecca, 'Shut up, I'm manifesting!' Vox, 23 October 2020. https://www.vox.com/the-goods/21524975/manifesting-does-it-really-work-meme

8. Google Trends data: https://trends.google.com/trends/explore?q=manifesting

9. @tomdaley, Instagram Reel, 24 January 2021. https://www.instagram.com/reel/CKcBpSfHVeZ/?

10. Daley, Tom, YouTube channel, 'Visualisation is key!', 24 January 2021. https://youtu.be/LdwfN4tom1o

11. Amos, Georgina, & Chouinard, Philippe, 'Mirror neuron system activation differs in experienced golfers compared to controls watching videos of golf compared to novel sports depending on conceptual versus motor familiarity', Journal of Vision, 18(10), September 2018. https://jov.arvojournals.org/article.aspx?articleid=2699421

12. Bernardi, N.F., De Buglio, M., Trimarchi, P.D., Chielli, A., & Bricolo, E., 'Mental practice promotes motor anticipation: evidence from skilled music performance'. Frontiers in Human Neuroscience, 7, August 2013. https://doi.org/10.3389/fnhum.2013.00451; Iorio, C., Brattico, E., Munk Larsen, F., Vuust, P., & Bonetti, L., 'The effect of mental practice on music memorization', Psychology of Music, 50(1), 2022. https://doi.org/10.1177/0305735621995234

13. Mielke, S., & Comeau, G., 'Developing a literature-based glossary and taxonomy for the study of mental practice in music performance', Musicae Scientiae, 23(2), June 2019. https://doi.org/10.1177/1029864917715062

14. Driskell, J.E., Copper, C., & Moran, A., 'Does mental practice enhance performance?', Journal of Applied Psychology, 79(4), 1994. https://doi.org/10.1037/0021-9010.79.4.481

15. Open Culture, 'Behold Octavia Butler's Motivational Notes to Self', 29 June 2020. http://www.openculture.com/2020/06/behold-octavia-butlersmotivational-notes-to-self.html

16. Locke, E.A., Shaw, K.N., Saari, L.M., & Latham, G.P., 'Goal setting and task performance: 1969–1980', Psychological Bulletin, 90(1), 1981. https://doi.org/10.1037/0033-2909.90.1.125

17. Locke, Edwin A., & Latham, Gary P., A Theory of Goal-Setting and Task

Performance, Prentice Hall, 1990

18. Evaristo, Bernardine, Manifesto: On Never Giving Up, Hamish Hamilton, 2021

19. Latham, G.P., Ganegoda, D.B., & Locke, E.A., 'Goal-setting: A state theory, but related to traits', in Chamorro-Premuzic, T., von Stumm, S., & Furnham, A. (eds), The Wiley-Blackwell Handbook of Individual Differences, Wiley Blackwell, 2011

20. Rhimes, Shonda, Year of Yes, Simon & Schuster, 2016

21. Holland, Cara, 'How to visualise your writing dreams and goals', Prolifko, 19 December 2017. https://prolifiko.com/visualise-writing-dreams-goals/

22. Cameron, Julia, The Artist's Way, Pan Macmillan, 1995

23. Since interviewing her in 2018, Dr Gabija Toleikyte has written about this in her book with a more detailed exercise. Read: Why the F*ck Can't I Change? Insights From a Neuroscientist to Show That You Can, Thread, 2021

24. Check out www.futureme.org

第 5 章

1. Evans, Bec, 'How small steps lead to great progress', 30 January 2020. https://prolifiko.com/small-steps/

2. Saad, Layla, F., 'I need to talk to spiritual white women about white supremacy (Part One)', 15 August 2017. http://laylafsaad.com/poetry-prose/whitewomen-white-supremacy-1

3. Ctrl Alt Delete podcast, 'Layla F Saad: Doing the anti-racism work', 4 June 2020.https://play.acast.com/s/ctrlaltdelete/-266laylasaad-doingtheanti-racismwork

4. Lao Tzu, Tao Te Ching: A New English Version (trans. Mitchell, S.), HarperPerennial, 1992, Chapter 63

5. Saad, ibid.

6. Maurer, Robert, One Small Step Can Change Your Life: The Kaizen Way, Workman Publishing, 2004

7. Fogg, B.J., Tiny Habits: The Small Changes That Change Everything, Penguin Random House, 2019

8. http://laylafsaad.com/meandwhitesupremacy

9. @laylafsaad, 'Today is the two year anniversary of the Me and White Supremacy Instagram challenge', 28 June 2020. https://www.instagram.com/p/CB-QxnEJbgl/

10. Saad, Layla, F., 'Leveling up: Welcome to my next (r)evolution', 7 August 2018. http://laylafsaad.com/poetry-prose/leveling-up

11. Lao Tzu, Tao Te Ching: A New English Version (trans. Mitchell, S.), HarperPerennial, 1992, Chapter 64

12. Fogg, ibid.

13. Leow, Rachel, @idlethink, 'just misread "24hr bookdrop" as "24hr bookshop". the disappointment is beyond words', 15 November 2008, https://twitter.com/idlethink/status/1006813155

14. Sloan, Robin, Mr. Penumbra's 24-Hour Bookstore, the story. https://www.robinsloan.com/books/penumbra/short-story/

15. Kickstarter, 'Robin writes a book (and you get a copy)'. https://www.kickstarter.com/projects/robinsloan/robin-writes-a-book-and-you-get-a-copy

16. Sloan, Robin, 'Penumbra has a posse', https://www.robinsloan.com/notes/penumbra-posse/

17. Nickels, Colin, & Davis, Hilary, 'Understanding researcher needs and raising the profile of library research support', Insights 33(1), 2020. http://doi.org/10.1629/uksg.493

18. Lodge, David, Consciousness & the Novel: Connected Essays, Harvard University Press, 2004

19. Alter, Alexandra, 'EL James interview: "There are other stories I want to tell. I've been with Fifty Shades for so long"', 17 April 2019. https://www.independent.co.uk/arts-entertainment/books/fatures/el-james-fifty-shade-grey-mister-newnovel-a8873216.html

20. Bandura, A., & Schunk, D.H., 'Cultivating competence, self-efficacy, and intrinsic interest through proximal self-motivation', Journal of Personality and Social Psychology, 41(3), 1981. http://dx.doi.org/10.1037/0022-3514.41.3.586

21. Fogg, ibid.

22. Sloan, Robin, 'Writing and lightness', March 2020. https://www.robinsloan.com/notes/writing-and-lightness/

23. Jung R.E., Wertz, C.J., Meadows, C.A., Ryman, S.G., Vakhtin, A.A., &

Flores, R.A., 'Quantity yields quality when it comes to creativity: a brain and behavioral test of the equal-odds rule', Frontiers in Psychology, 6, article 864, 25 June 2015. https://doi.org/10.3389/fpsyg.2015.00864

第6章

1. Gaiman, Neil, 'Entitlement issues…' Journal, 12 May 2009. https://journal.neilgaiman.com/2009/05/entitlement-issues.html
2. Renfro, Kim, 'George R.R. Martin's friends explain the complicated reasons his next book might be taking so long to write', Insider, 25 April 2018. https://www.insider.com/why-winds-of-winter-is-taking-so-long-2017-1
3. '"Winds of Winter" release date: George R.R. Martin explains why it's taking so long to complete book: "Writer's block isn't to blame"', HNGN, 22 October 2014. https://www.hngn.com/articles/46711/20141022/winds-of-winterrelease-date-george-r-r-martin-explains-why-its-taking-so-long-to-completebook-writers-block-isnt-to-blame.htm
4. Martin, George R.R., 'Back in Westeros', Not a Blog. 15 August 2020. https://georgerrmartin.com/notablog/2020/08/15/back-in-westeros/
5. Kahneman, Daniel, Thinking, Fast and Slow, Penguin, 2012
6. Ibid.
7. Ibid.
8. Carr, Nicholas, The Shallows: What the Internet Is Doing to Our Brains, Atlantic Books, 2010
9. Gallagher, Winifred, Rapt: Attention and the Focused Life, Penguin, 2009
10. Zhu, Erping, 'Hypermedia interface design: the effects of number of links and granularity of nodes', Journal of Educational Multimedia and Hypermedia, 8(3), 1999. https://eric.ed.gov/?id=EJ603768
11. Dolan, Paul, Happiness by Design: Finding Pleasure and Purpose in Everyday Life, Penguin, 2014
12. 'Interview Larry King with Gabriele Oettingen', 26 March 2020. https://www.youtube.com/watch?v=6TfO2fNW_ZU
13. Oettingen, Gabriele, Rethinking Positive Thinking: Inside the New Science of Motivation, Penguin, 2015

14. Ibid.
15. Elliot, Jeffrey, M., Conversations with Maya Angelou, University Press of Mississippi, 1989
16. Gourevitch, Philip (ed.), The Paris Review Interviews, vol. 4, Canongate, 2009
17. 'Maya Angelou with George Plimpton: 92NY/The Paris Review Interview Series'. https://www.youtube.com/watch?v=XYn3HFg_T0o&t=18s
18. Cialdini, Robert, Pre-suasion: A Revolutionary Way to Influence and Persuade, Random House, 2016
19. Ibid.
20. Hemingway, Ernest, 'Monologue to the maestro: A high seas letter', Esquire, 1 October 1935. https://classic.esquire.com/article/1935/10/1/monologueto-the-maestro
21. Evans, Bec, 'Oliver Burkeman's ten top tips for a productive and happy writing life', Prolifko, 28 November 2014. https://prolifiko.com/oliverburkemans-top-ten-tips-for-a-productive-and-happy-writing-life/

第 7 章

1. Gittings, G., Bergman, M., Shuck, B. and Rose, K. 'The impact of student attributes and program characteristics on doctoral degree completion', New Horizons in Adult Education and Human Resource Development, 30(3), 2018. https://doi.org/10.1002/nha3.20220
2. Lindner, Rebecca, Barriers to Doctoral Education: Equality, Diversity and Inclusion for Postgraduate Research Students at UCL, UCL Doctoral School, July 2020. https://www.grad.ucl.ac.uk/strategy/barriers-to-doctoral-education.pdf
3. Masten, Ann S., Ordinary Magic: Resilience in Development, Guilford Press, 2014
4. American Psychological Association, 'Building your resilience', 1 January 2012. https://www.apa.org/topics/resilience/building-your-resilience
5. 'Interview Larry King with Gabriele Oettingen', ibid.
6. WOOP Toolkit, https://woopmylife.org/en/home

第 8 章

1. Pink, Daniel H., The Power of Regret: How Looking Backwards Moves us Forward, Canongate, 2022
2. Doney, P., Evans, R., & Fabri, M., 'Keeping creative writing on track: Co-designing a framework to support behaviour change', in Marcus, A.(ed.), Design, User Experience, and Usability. Theories, Methods, and Tools for Designing the User Experience, Lecture Notes in Computer Science, 8517, 2014.
https://doi.org/10.1007/978-3-319-07668-3_61
3. Chapter XVIII: 'How we should struggle against appearances', from Book 2 of Arrian's Discourses of Epictetus (ed. Long, George). http://www.perseus.tufts.edu/hopper/text?doc=urn:cts:greekLit:tlg0557.tlg001.perseus-eng1:2.18
4. Harvard University, Department of Psychology, 'William James'. https://psychology.fas.harvard.edu/people/william-james
5. James, William, The Principles of Psychology, vol. 1, Henry Holt & Company, 1918
6. Andrews, B.R., 'Habit', American Journal of Psychology, 14(2), April 1903. https://doi.org/10.2307/1412711
7. Barnett, Michaela, 'Good habits, bad habits: a conversation with Wendy Wood', Behavioral Scientist, 14 October 2019. https://behavioralscientist.org/good-habits-bad-habits-a-conversation-with-wendy-wood/
8. The Booker Prize, 'The Man (Booker) in a Van', 5 August 2016
9. Duncan, P., Ulmanu, M., & Louter, D., 'How to finish a novel: Tracking a book's progress from idea to completion', Guardian, 20 March 2017. https://www.theguardian.com/books/ng-interactive/2017/mar/20/how-to-finish-a-novel-tracking-book-progress-wyl-menmuir
10. Landay, William, 'How writers write: Graham Greene', 8 July 2009. https://www.williamlanday.com/2009/07/08/how-writers-write-graham-greene/
11. Freakonomics podcast, 'Here's why all your projects are always late – and what to do about it', episode 323, 7 March 2018. https://freakonomics.com/podcast/heres-why-all-your-projects-are-always-late-and-what-to-do-about-it/

12. Menmuir, Wyl, 'Why I track and monitor my writing progress', Prolifko, 8 September 2017. https://prolifiko.com/benefits_of_tracking_your_writing/

13. Norcross J.C., & Vangarelli D.J., 'The resolution solution: longitudinal examination of New Year's change attempts', Journal of Substance Abuse, 1(2), 1988–9, pp. 127–34. https://doi.org/10.1016/S0899-3289(88)80016-6

14. Wood, Wendy, Good Habits, Bad Habits: The Science of Making Positive Changes That Stick, Pan Macmillan, 2021

15. Ibid.

16. Duhigg, Charles, The Power of Habit: Why We Do What We Do and How to Change, Penguin Random House, 2013

17. Steinbeck, John, Working Days: The Journals of The Grapes of Wrath, Penguin, 2019

18. Wood, ibid.

19. Ward, A.F., Duke, K., Gneezy, A., & Bos, M.W., 'Brain drain: The mere presence of one's own smartphone reduces available cognitive capacity', Journal of the Association for Consumer Research, 2(2), April 2017. https://www.journals.uchicago.edu/doi/10.1086/691462

20. Lally, P., van Jaarsveld, C.H.M., Potts, H.W.W., & Wardle, J., 'How habits are formed: Modelling habit formation in the real world', European Journal of Social Psychology, 40(6), October 2010. https://doi.org/10.1002/ejsp.674

21. Wood, ibid.

22. Fogg, ibid.

23. Dictionary.com, 'Incentive'. https://www.dictionary.com/browse/incentive

24. Rubin, Gretchen, Better Than Before: What I Learned About Making and Breaking Habits – to Sleep More, Quit Sugar, Procrastinate Less, and Generally Build a Happier Life, Two Roads, 2015

25. In Writing with Hattie Crisell podcast, 'Meg Mason, novelist', series 4, episode 37, 5 November 2021. https://audioboom.com/posts/7974168-megmason-novelist

26. Trapani, Gina, 'Jerry Seinfeld's productivity secret', Lifehacker, 24 July 2007. https://lifehacker.com/jerry-seinfelds-productivity-secret-281626

27. Duhigg, ibid.

28. Chonotype: Automated Morningness-Eveningness Questionnaire (AutoMEQ): https://chronotype-self-test.info/
29. Fogg, ibid.
30. Currey, Mason, Daily Rituals: How Great Minds Make Time, Find Inspiration, and Get to Work, Picador, 2013
31. Austin Kleon has a brilliant 100-day wall chart you can print off from his website. https://www.dropbox.com/s/16are47xphabayb/practice-suck-less-100-days.pdf?dl=0

第 9 章

1. McGrail, M.R., Rickard, C.M., & Jones, R.M., 'Publish or perish: A systematic review of interventions to increase academic publication rates', Research & Development, 25(1), 2006
2. Duhigg, , ibid.
3. Dowling, David, O., A Delicate Aggression: Savagery and Survival in the Iowa Writers' Workshop, Yale University Press, 2019
4. Doherty, Maggie, 'Unfinished work: How sexism and machismo shapes a prestigious writing program', New Republic, 24 April 2019. https://newrepublic.com/article/153487/sexism-machismo-iowa-writers-workshop
5. Ibid.
6. Trust Me, I'm a Doctor, 'The big motivation experiment', BBC2. https://www.bbc.co.uk/programmes/articles/3hRfJqQDPLW5ZbqQCQS1K1v/the-big-motivation-experiment
7. McConnachie, James, 'Emerging from lockdown', The Author, summer 2020. https://societyofauthors.org/News/The-Author/Summer-2020
8. Walton, G.M., Cohen, G.L., Cwir, D., & Spencer, S.J., 'Mere belonging: The power of social connections', Journal of Personality and Social Psychology, 102(3), 2012. https://doi.org/10.1037/a0025731
9. Murphy Paul, Annie, The Extended Mind: The Power of Thinking Outside the Brain, Houghton Mifflin Harcourt, 2021
10. Cornwell, Nick, 'My father was famous as John le Carre. My mother was his crucial, covert collaborator', Guardian, 13 March 2021. https://www.theguardian.com/books/2021/mar/13/my-father-was-famous-as-john-lecarre-

my-mother-was-his-crucial-covert-collaborator

11. Daniell, Tina, & McGilligan, Pat, 'Betty Comden and Adolph Green: Almost improvisation', in McGilligan, Patrick (ed.), Backstory 2: Interviews with Screenwriters of the 1940s and 1950s, University of California Press, 1991. http://ark.cdlib.org/ark:/13030/ft0z09n7m0/

12. Rubin, Gretchen, The Four Tendencies: The Indispensable Personality Profiles That Reveal How to Make Your Life Better (and Other People's Lives, Too), Two Roads, 2017

13. The Four Tendencies Quiz: https://quiz.gretchenrubin.com/

14. Sword, Helen, Air & Light & Time & Space: How Successful Academics Write, Harvard University Press, 2017

15. Rees, Jasper, Let's Do It, The Authorised Biography of Victoria Wood, Trapeze, 2020

16. Jeffries, Stuart, 'Victoria Wood obituary', Guardian, 20 April 2016. https://www.theguardian.com/culture/2016/apr/20/victoria-wood-obituary

17. https://www.bafta.org/heritage/in-memory-of-victoria-wood, https://www.royalalberthall.com/about-the-hall/news/2016/april/remembering-victoriawood-the-royal-albert-halls-record-breaking-comedian/

18. Levittt, Steven D., 'Gary Becker, 1930–2014', Freakonomics, 5 May 2014. https://freakonomics.com/2014/05/gary-becker-1930-2014/

19. Matthews, Gail, 'The impact of commitment, accountability, and written goals on goal achievement', Psychology: Faculty Presentations, 3, 2007. https://scholar.dominican.edu/psychology-faculty-conference-presentations/3

第 10 章

1. Oates, Joyce Carol, 'The Magnanimity of Wuthering Heights', Critical Inquiry, winter 1983

2. Oates, Joyce Carol, quoted in Plimpton, G. (ed.), Women Writers at Work: The Paris Review Interviews, Penquin Press, 1989

3. US Department of Education, 'Typical language accomplishments for children, birth to age 6 – Helping your child become a reader'. https://www2.ed.gov/parents/academic/help/reader/part9.html

4. Kellogg, Ronald T., 'Training writing skills: A cognitive development

perspective', Journal of Writing Research, 1(1), 2008

5. The British Library, 'Earliest known writings of Charlotte Bronte'. https://www.bl.uk/collection-items/earliest-known-writings-of-charlotte-bronte

6. Kellogg, ibid.

7. Friar, Nicola, 'The importance of the child author', 17 July 2017. https://brontebabeblog.wordpress.com/2017/07/17/first-blog-post/

8. Friar, Nicola, 'Autobiography, wish-fulfilment, and juvenilia: The "fractured self" in Charlotte Bronte's paracosmic counterworld', Journal of Juvenilia Studies, 2(2), 2019. https://journalofjuveniliastudies.com/index.php/jjs/article/view/21/39

9. Ericsson, Anders, & Pool, Robert, Peak: Secrets from the New Science of Expertise, Penguin Random House, 2016

10. Chase, W.G., & Simon, H.A., 'Perception in chess', Cognitive Psychology, 4(1), 1973. https://doi.org/10.1016/0010-0285(73)90004-2

11. Ericsson, K.A., Krampe, R.T., & Tesch-Romer, C., 'The role of deliberate practice in the acquisition of expert performance', Psychological Review, 100(3), 1993. https://doi.org/10.1037/0033-295X.100.3.363

12. 'Interview: Paul McCartney heads to Canada', CBC, 6 August 2010. https://www.cbc.ca/news/entertainment/interview-paul-mccartney-heads-tocanada-1.942764

13. Ericsson & Pool, ibid.

14. Ericsson, K.A., Prietula, M.J., Cokely, E.T., 'The making of an expert', Harvard Business Review, July–August 2007. https://hbr.org/2007/07/the-makingof-an-expert

15. Ibid.

16. Ericsson, K.A., 'Commentaries: Creative expertise and superior reproducible performance: Innovative and flexible aspects of expert performance', Psychological Inquiry, 10(3). https://doi.org/10.1207/S15327965PLI1004_5

17. Ericsson, Prietula & Cokely, ibid.

18. Ericsson, Prietula & Cokely, ibid.

19. Franklin, Benjamin, Autobiography of Benjamin Franklin (ed. Woodworth Pine, Frank), Henry Holt and Company, 1916

20. Ericsson & Pool, ibid.

21. Ibid.

22. 22. Ong, Walter J., An Ong Reader: Challenges for Further Inquiry, Hampton Press Communication, 2002

23. Sommers, Nancy, 'Revision strategies of student writers and experienced adult writers', College Composition and Communication, 31(4), December 1980.
https://doi.org/10.2307/356588

24. Ericsson & Pool, ibid.

25. Ibid.

26. Ericsson, K.A., Krampe, R.T., & Tesch-Romer, C., 'The role of deliberate practice in the acquisition of expert performance', Psychological Review, 100(3), 1993. https://doi.org/10.1037/0033-295X.100.3.363 quoting Cowley, M. (ed.), Writers at Work: The Paris Review Interviews, Viking Press, 1959 and Plimpton, G. (ed.), Writers at Work: The Paris Review Interviews, Penguin Books, 1977

27. Colvin, Geoff, Talent Is Overrated: What Really Separates World-Class Performers from Everyone Else, Nicholas Brealey, 2008

結語

1. Simonton, D.K., 'Creative productivity, age, and stress: A biographical timeseries analysis of 10 classical composers', Journal of Personality and Social Psychology, 35(11), 1977. https://doi.org/10.1037/0022-3514.35.11.791

2. Simonton, D.K., 'Thomas Edison's creative career: The multi-layered trajectory of trials, errors, failures and triumphs', Psychology of Aesthetics, Creativity and the Arts, 9(1), 2015. https://doi.org/10.1037/a0037722

3. Simonton, D.K., 'Creative productivity: A predictive and explanatory model of career trajectories and landmarks', Psychological Review, 104(1), 1997.
https://citeseerx.ist.psu.edu/viewdoc/download?doi=10.1.1.391.5108&rep=rep1&type=pdf

4. Grant, Adam, Originals: How Non-Conformists Move the World, Viking, 2016

5. Simonton, ibid.
6. Smith, Chris, 'The surprising creative hobbies of superstar scholars – and what you can learn', 24 April 2018. https://prolifiko.com/surprsingcreative-hobbies-of-superstar-scholar/
7. Lucas & Nordgren, 'People underestimate the value of persistence for creative performance'
8. Townsend, Sue, 'Book Club: The Secret Diary of Adrian Mole, Aged 13? by Sue Townsend', Guardian, 18 December 2010. https://www.theguardian.com/books/2010/dec/18/adrian-mole-sue-townsend-bookclub
9. Longform, podcast, '#376: Kevin Kelly', January 2020. https://longform.org/posts/longform-podcast-376-kevin-kelly

權利聲明

本書所引用的所有資料皆已盡力聯繫其著作權擁有者。如有疏漏，敬請通知，本出版社將於後續版本中補充致謝。

原始插圖 © 2022 Cara Holland @GraphicChange，未經作者同意不得重製。

Fogg 行為模型 © 2007 B.J. Fogg，經授權使用。

四大傾向模型 © Gretchen Rubin，經作者授權轉載。

Part 1 開場引言 © Cathy Rentzenbrink，經作者提供並授權使用。

Part 2 開場引言 © 2021 Akwaeke Emezi，摘自《Dear Senthuran: A Black Spirit Memoir》，經 Faber and Faber 出版社與 Riverhead（隸屬於 Penguin Publishing Group，Penguin Random House LLC 旗下品牌）授權使用。版權所有，翻印必究。

第 73 頁引文摘自 Bernardine Evaristo 所著《Manifesto》，由 Hamish Hamilton 出版。© Bernardine Evaristo，2021。經 Penguin Books Limited 授權重印。

Part 3 開場引言 © David Quantick，經作者提供並授權使用。

不拖延、不依賴靈感的寫作達標術
暢銷作家、教授、編輯、記者、自媒體創作者……萬人實證有效的高產出習慣
Written: How to Keep Writing and Build a Habit That Lasts

作　　　　者	蓓菈・艾文斯（Bec Evans）、克里斯・史密斯（Chris Smith）
譯　　　　者	閻蕙群
封　面　設　計	周家瑤
內　文　排　版	賴姵伶
責　任　編　輯	蔡川惠
出版二部總編輯	林俊安

出　　版　　者	采實文化事業股份有限公司
執　行　副　總	張純鐘
業　務　發　行	張世明・林踏欣・林坤蓉・王貞玉
國　際　版　權	劉靜茹
印　務　採　購	曾玉霞
會　計　行　政	李韶婉・許俽瑀・張婕莛
法　律　顧　問	第一國際法律事務所　余淑杏律師
電　子　信　箱	acme@acmebook.com.tw
采　實　官　網	www.acmebook.com.tw
采　實　臉　書	www.facebook.com/acmebook01

I　S　B　N	978-626-431-092-5
定　　　　價	420 元
初　版　一　刷	2025 年 9 月
劃　撥　帳　號	50148859
劃　撥　戶　名	采實文化事業股份有限公司
	104 台北市中山區南京東路二段 95 號 9 樓
	電話：02-2511-9798
	傳真：02-2571-3298

國家圖書館出版品預行編目資料

不拖延、不依賴靈感的寫作達標術：暢銷作家、教授、編輯、記者、自媒體創作者……萬人實證有效的高產出習慣 / 蓓菈・艾文斯（Bec Evans）、克里斯・史密斯（Chris Smith）著；閻蕙群譯 – 初版 – 台北市：采實文化，2025.9
面；14.8×21 公分 .--（翻轉學系列；157）
譯自：Written : how to keep writing and build a habit that lasts
ISBN 978-626-431-092-5(平裝)
1.CST: 寫作法
811.1　　　　　　　　　　　　　　　　114009690

版權所有，未經同意不得
重製、轉載、翻印

Written: How to Keep Writing and Build a Habit That Lasts
Copyright © Bec Evans and Chris Smith, 2023
Traditional Chinese edition copyright ©2025 by ACME Publishing Co., Ltd.
This edition arranged with Johnson & Alcock Ltd.
through Andrew Nurnberg Associates International Limited.
All rights reserved.

翻轉學

翻轉學